Ach, Mutti

Das Telefon hatte geklingelt; ich hatte es ganz deutlich gehört. Ich saß sofort senkrecht in meinem Bett und warf einen Blick auf das Leuchtzifferblatt meines Weckers. Zwei Uhr zehn. So früh noch! Auf nackten Füßen rannte ich in Richtung Wohnzimmer und blieb mit den Zehen an der offen stehenden Schlafzimmertüre hängen. Ein heftiger Schmerz durchzuckte mich, aber ich lief weiter.

Das Läuten hatte aufgehört. Oder hatte ich es nur geträumt? Ein Blick auf das Mobilteil des Telefons zeigte – nichts. Kein Blinken, kein Leuchten.

Hatte ich mir das Geräusch nur eingebildet? Litt ich unter Halluzinationen? Aber der Schmerz war real, der zweite Zeh deutlich gerötet und schon angeschwollen. Ich konnte kaum auftreten. Ich ärgerte mich über mich selbst, dass ich am Abend zuvor mal wieder vergessen hatte, das Telefon mit ins Schlafzimmer zu nehmen. Dieser nächtliche Spurt mit seinen Folgen war völlig überflüssig gewesen.

Ich humpelte wieder zum Bett. An Einschlafen war aber nicht mehr zu denken. Es war nicht nur der schmerzende Zeh, der mich wach hielt. Der kalte Fußboden unter meinen nackten Füßen hatte meine Blase dazu gebracht, sich zu melden. Nachdem ich diesem Bedürfnis nachgekommen war, kroch ich wieder unter die warme Bettdecke.

Nun waren es meine Gedanken, die mich wach hielten. Ich wälzte mich von einer Seite auf die andere. Mit dem Ärger über mich selbst wuchs auch meine Wachheit.

Ich begann mich vor dem neuen Tag zu fürchten, den ich – übermüdet und überreizt – irgendwie überstehen musste. Es waren ja weniger die körperlichen Anstrengungen, die meinen Alltag so belastend machten, sondern das ewige Einerlei, die immer gleichen Handlungen, die immer gleichen Gespräche, gleichen Anblicke und die krampfhaften Versuche, diesen leeren, verlorenen Stunden so etwas wie Inhalt zu geben, für sie und für mich.

Verwitwet

So hatte ich mir mein Leben nicht vorgestellt, als ich meine Mutter zehn Jahre nach dem Tod meines Vaters davon überzeugte, dass es besser sei, zu mir nach W. zu ziehen. Schließlich würden wir beide nicht jünger und wer weiß, wie lange ich noch Auto fahren könnte.

Sie hatte sich, nachdem sie die ersten Umstellungsprobleme und Schwierigkeiten ihrer Witwenschaft überstanden hatte, als durchaus selbständig, ja unternehmungslustig erwiesen und war häufig mit Freunden und Bekannten auf Reisen gegangen und alles andere als den Eindruck einer in Trauer vergrabenen Witwe geboten.

Mit einer Freundin pflegte sie, ausgedehnte Shoppingtouren zu unternehmen und der Inhalt ihres Kleiderschranks nahm stetig zu. In dem großen Freundes – und Bekanntenkreis aus über fünfzig gemeinsamen Ehejahren war sie ein häufig eingeladener und gern gesehener Gast. Schließlich hatte sie selber sehr oft die Rolle der großzügigen Gastgeberin gespielt und sich immer als anpassungsfähig und zurückhaltend erwiesen, auch wenn sie durchaus mitfeiern konnte, und die Familien meiner beiden Schwestern hatten sich wie selbstverständlich zu ihren eigenen entwickelt, so dass keinen Augenblick lang zu befürchten war, dass sie unter Einsamkeit leiden könnte.

Ich gönnte ihr die ungetrübten Jahre, hatte sie doch in ihrem Leben, durch die Kriegs – und Nachkriegszeit bedingt, auch viele schwere Zeiten durchstehen müssen, die sie aber alle mit unerschütterlichem Optimismus, und großer Tatkraft, gemeistert hatte.

Ihr würde schon nichts passieren!

Eine gewisse Leichtigkeit des Seins, eine gesunde Zuversicht, dass sich schon wieder alles zum Guten entwickeln würde, war ihr wohl in die Wiege gelegt worden, ohne dass die Haltung allerdings religiös begründet gewesen wäre. Eine eifrige Kirchgängerin oder gar eine von ihrem Glauben geprägte Katholikin war sie nie gewesen, auch wenn sie ihre Konfession bis zu ihrem Tode beibehielt.

Religiöse Fragen oder kirchliche Bräuche interessierten sie einfach nicht – zumindest gab sie es nicht zu erkennen - oder wurden von ihr nur wahrgenommen, wenn sie drohten, sie in ihrer persönlichen Lebensführung, sei es bei der Durchführung ihrer alltäglichen oder besonderen Vorhaben, zu beeinträchtigen.

So hatte sie empört reagiert, als der Pastor ihrer heimatlichen Pfarre sich nach dem Tode meines Vaters nicht bereit erklärte, den Trauergottesdienst auf eine spätere Zeit als neun Uhr morgens - wie in der Gemeinde üblich - zu verlegen, damit auch die Verwandten aus der Eifel und Belgien daran teilnehmen konnten. Immerhin war es Januar, sehr kalt damals, die Straßen vereist, und das Geld für eine Hotelbernachtung fehlte den meisten Angehörigen.

Die Einrichtungen der Kirche, seien es die Rituale zu besonderen Lebenssituationen oder auch die Ferienfreizeiten der Gemeinde nahm sie dagegen selbstverständlich gerne in Anspruch.

Die Kirche hatte für sie in erster Linie eine dienende Funktion und der Pastor hatte sich nach ihren Bedürfnissen und zeitlichen Planungsvorgaben zu richten, wenn sie seine Dienste brauchte. Eine Einmischung von ihm in ihre persönlichen Angelegenheiten war von ihr nicht vorgesehen.

Die Marotten mancher ihrer Mitmenschen achselzuckend als unvermeidlich hinzunehmen, fiel ihr leichter, als sich nach kirchlichen Geboten zu richten. Allerdings war es in unserer Familie Brauch, freitags kein Fleisch zu essen, zumindest so lange meine Großmutter noch lebte, die auch immer das Kochen übernommen hatte. Nach deren Tod änderte sich das. Ob das mit der neu übernommenen Zuständigkeit oder mit der sich abzeichnenden besseren wirtschaftlichen Lage der Familie zusammenhing, kann ich im Nachhinein nicht beurteilen, aber es gab eine Zeit lang freitags immer Schellfisch oder Kabeljau, damals noch recht preiswerte Nahrungsmittel, die auch mein Vater für sich akzeptierte, obwohl für ihn immer noch - wie auch in der Vergangenheit wegen seiner Kriegsverletzung und seiner Berufstätigkeit – Ausnahmen gemacht wurden.

Die Maßstäbe für ihr Leben setzte Mutti sich immer selbst oder übernahm sie freiwillig von ihren Angehörigen. Vertretern der Kirche gegenüber war sie durchaus zu einer kritischen Betrachtungsweise fähig, soweit die nicht aus ihrer eigenen Familie stammten.

Da sie erst dreiundsiebzig Jahre alt war und von recht guter Gesundheit – mit Ausnahme einer Osteoporose – sprach nichts dagegen, dass sie dieses Leben nicht noch viele Jahre führen und eher noch lange Zeit gelegentlich eine Stütze und Hilfe für die jüngere meiner beiden Schwestern, die mit ihren noch relativ kleinen Kindern im Saarland wohnte, sein konnte, als dass sie Hilfe von ihren Töchtern in Anspruch nehmen müsste.

Meine älteste Schwester lebte weit entfernt von meiner Mutter mit ihrem Mann in München – und zwar in ausgesprochen guten finanziellen Verhältnissen - ihr einziger Sohn war schon volljährig und selbständig, und die Besuche bei mir gingen in gleicher Weise weiter wie vor der Erkrankung und dem Tod meines Vaters, nur jetzt, statt mit dem väterlichen Auto, mit dem Zug.

War meine Mutter in München zu Besuch, wurde von ihr keine Hilfe erwartet, sondern sie erlebte stattdessen, dass ihre älteste Tochter sie umhegte und verwöhnte, eine Erfahrung, die sie bis zum Tode ihres Mannes nur selten machen konnte, da sie sich bis zu diesem Zeitpunkt - nach der Fürsorge für ihre Kinder - auch im Urlaub ausschließlich der Betreuung, ja Bedienung, ihres Mannes gewidmet hatte; das ging vom täglichen Zurechtlegen der Wäsche und anderer Anziehsachen bis zum Streichen und Belegen der Butterbrote.

Die Gewöhnung an diese Dienste war bei meinem Vater so weit gegangen, dass er sich zum Abendessen in die nächste Wirtschaft begab, wenn seine Frau abends einmal nicht zu Hause war und nicht schon in weiser Voraussicht, die belegten Brote für ihn – schön ordentlich unter einer Glasglocke – bereit gestellt hatte.

So wusste meine Mutter den durch ihre Witwenschaft gewonnenen Freiraum durchaus zu nutzen und klagte nie über Einsamkeit. Im Gegenteil, sie betonte sogar, dass ihr das „Alleinsein" nichts ausmache, dass sie immer etwas zu tun hätte. Alle Zuwendung, die wir Töchter ihr entgegenbrachten, ging daher von unserem eigenen inneren Bedürfnis aus. Wir w o l l t e n mit ihr zusammen sein! Schließlich war sie von unserer frühesten Kindheit an, auch während der durch Kriegs- und Nachkriegszeit bedingten häufigen Wohnortswechsel, der beständigste Pol in unserem Leben gewesen. Bei ihr hatten wir über so viele Jahre Geborgenheit erleben dürfen, auch wenn sie uns von ihrer her Bildung nicht überlegen war.

Bei aller Schlichtheit ihres Gemüts war sich meine Mutter jedoch jederzeit bewusst, dass dieses Leben auch für sie nicht ewig so weiter gehen würde und sah sich gemeinsam mit einer Freundin schon nach anderen Wohnformen um. Erst einmal aber behielt sie ihre gewohnte Umgebung und ihren Lebensstil bei und erhielt damit auch ihren Kindern das Elternhaus.

Unerwartete Entwicklung

Zwei Jahre nach dem Tode meines Vaters trat dann ein Ereignis ein, das - vielleicht noch mehr uns Töchter als meine Mutter selber - auf die Zerbrechlichkeit dieses Zustandes aufmerksam werden ließ.

Meine Mutter hatte ihren fünfundsiebzigsten Geburtstag gefeiert, in einem Gourmetrestaurant im Saarland, in der Nähe des Wohnortes meiner jüngsten Schwester; deren Mann - obschon Pastor, ein ausgewiesener Feinschmecker, wovon auch seine Figur zeugte - hatte dieses Lokal ausgesucht. Sie hatte sich spendabel gezeigt und es bei der Auswahl der Speisen an nichts fehlen lassen. Mein Münchener Schwager hatte in gewohnter Großzügigkeit die Bezahlung der Getränke übernommen und die Stimmung war gut, wenn auch nicht ausgelassen.

Meine Mutter genoss es, zwei Jahre nach der Beerdigung des Ehemannes aus fröhlichem Anlass wieder einmal alle Kinder und Enkelkinder um sich zu scharen und im Mittelpunkt dieses kleinen Kreises zu stehen, was auch in der launigen Ansprache meines Schwagers zum Ausdruck kam. Uns allen wurde deutlich, dass sie immer der Nabel der Familie gewesen war, auch wenn sich früher immer alles um meinen Vater zu drehen schien.

Ein Leben ohne Vater führten wir nun schon zwei Jahre; ein Leben ohne Mutti schien mir undenkbar.

Aus den Fotos, die an diesem Tag gemacht wurden, kann man die Harmonie spüren, die uns alle zu diesem Zeitpunkt noch vereinte und es wird deutlich, welch attraktive Frau sie damals noch war: Ein gut geschnittenes Gesicht aus dem dunkelbraune Augen freundlich blickten, entspannt und zufrieden, und eine wohl proportionierte, weibliche Figur, wenn auch vielleicht schon etwas vollschlank. Ich beneidete sie um ihr Äußeres. Es hätte mich auch nicht gewundert, wenn bald ein Mann in unserer Runde aufgetaucht wäre, der diese Vorzüge bemerkt und sich an ihre Seite gedrängt hätte. Ich weiß nicht, wie ich mich innerlich dazu gestellt hätte; allein diese Furcht hatte sich bisher als nicht begründet erwiesen. Aber bei der Schilderung ihrer Freizeitaktivitäten hörte ich stets ganz genau hin, immer in der Erwartung, dass eine solche Entwicklung eintreten könnte. Denn wenn meine Schwiegermutter, die mit viel weniger äußeren Vorzügen gesegnet war als meine Mutter, in fortgeschrittenem Alter noch einen Freund gefunden hatte, warum sollte meiner Mutter das nicht auch noch passieren? Es war nicht so, dass ich einer solchen Bekanntschaft von vorne herein ablehnend gegenüber gestanden hätte, sie hätte wohl sicher ihre Vorteile, auch für uns Töchter, und sie hätte vielleicht sogar den Alltag meiner Mutter bereichert, aber ich konnte mir nur schwer vorstellen, jemand anderen als meinen Vater an ihrer Seite zu sehen.

Ich empfand immer noch seine Abwesenheit als Mangel, als ein Loch in unserem Leben, wenn ich sie in Duisburg besuchte und nur alleine in der Wohnung antraf. Sein Platz, der Ruhesessel, in dem er immer gesessen hatte, war zwar noch da, aber er war leer. Ich hatte mich immer noch nicht daran gewöhnt.

Es war jedoch eine ganz andere Entwicklung, mit der ich konfrontiert wurde und die mir sehr viel mehr abverlangte, ja, mich bestürzte.

Es war der Sonntag nach ihrem Geburtstag, als ich sie alleine nachmittags in ihrer Wohnung besuchte. Mein Mann und ich hatten sie am Tag nach der Feier im Saarland mit unserem Wagen nach Duisburg gebracht und dort wohlbehalten abgesetzt. Sie hatte ihr kleines Jubiläum in den folgenden Tagen mit Freunden und Verwandten nachgefeiert und war auch aus diesem Anlass noch am Abend zuvor mit ihrem Bruder und dessen Frau zum Essen gegangen. Nun saß ich ihr gegenüber und wartete auf ihren Bericht und auf eventuelle Neuigkeiten von Verwandten und Bekannten.

„Setz dich erst mal hin. Ich muss dir etwas Schlimmes sagen", eröffnete sie ohne lange Vorreden das Gespräch.

„Ich habe Brustkrebs."

„Nein!", entfuhr es mir und sah sie entsetzt an.

Das konnte doch nicht wahr sein! Doch nicht meine Mutter! Und das nicht zwei Jahre nach dem Tod meines Vaters!

„Doch", sprach sie weiter, „ich war beim Arzt und er hat es mir bestätigt."

Erst blieb ich wie versteinert sitzen und sah sie fassungslos an. Es dauerte eine ganze Weile, bis ich meine Sprache wieder fand, dann versuchte ich vorsichtig auszuweichen:

„Vielleicht hat er sich getäuscht. Lass dich erst einmal richtig untersuchen!"

Doch sie schüttelte nur den Kopf.

„Das ist alles schon geschehen. Sogar eine Mammographie ist schon gemacht. Der Befund ist eindeutig. Es ist deutlich zu sehen."

Jetzt stand ich endlich auf und nahm sie nur still in den Arm. Was sollte ich sonst machen? So konnte ich erst einmal schweigen und mich selbst innerlich fassen – und sie brauchte mein Gesicht nicht zu sehen. Ich rang eine ganze Weile nach Fassung und Luft.

Schließlich setzte ich mich wieder ihr gegenüber hin.

„Seit wann weißt du es?", wollte ich wissen.

„Als ich bei A. unter der Dusche stand, habe ich zufällig den Knoten gefühlt. Den hatte ich nie davor bemerkt. Aber ich hatte gleich einen Verdacht. Ich wollte es euch nur nicht sagen; ich wollte euch nicht belasten. Wir wollten doch feiern! Aber zu Hause bin ich gleich am nächsten Tag zum Arzt gegangen und seit Freitag weiß ich es. Ich wollte es dir nur nicht am Telefon erzählen."

Tausend Gedanken schlugen wie ein Tsunami über mir zusammen. Vati war an Krebs gestorben, an Lungenkrebs. Ich hatte ihn ein Jahr lang leiden sehen, ein endloses Jahr lang. Muttis Mutter war an Krebs gestorben, an Schilddrüsenkrebs. Dieses Sterben zu erleben, war das Trauma meiner Kindheit. Meine Schwiegermutter war an Brustkrebs gestorben, nach zwei Operationen und anschließender Therapie. Sie hatte die letzten Monate in unserem Haus verbracht.

Ich wusste also, was Krebs bedeutete. Und jetzt Mutti! Hörte das nie auf?

Das durfte einfach nicht sein! Das hatte sie nicht verdient. Wie hätte ich den Tod meines Sohnes ohne sie überstehen können, ohne ihre Bereitschaft, jederzeit zu mir zu kommen, für mich da zu sein?

Mutti und Brustkrebs! Sie, die fast nie krank war! Ich konnte es nicht fassen und hoffte immer noch auf ein Wunder! Es musste eine Täuschung sein!

Schließlich nahm ich meinen ganzen Mut zusammen und fragte sie: „Und wie geht es jetzt weiter?"

„Mittwoch werde ich im St. Anna-Krankenhaus operiert. Kannst du mich am Dienstag dahin bringen? Ich habe doch Gepäck. Und dann noch der schwere Bademantel!"

Diesmal konnte ich ohne Zögern antworten. „Das ist doch selbstverständlich. Wann soll ich bei dir sein? Wissen Ch. und A. es schon?"

Sie verneinte; sie wollte erst die Operation hinter sich bringen. Wozu die beiden anderen Töchter beunruhigen? Sie konnten im Moment ohnehin nicht helfen.

Genauso hatte mein Vater sich auch verhalten, er hatte uns so lange wie möglich schonen wollen und uns seine Befürchtungen nicht mitgeteilt, auch ihr nicht. Erst als die Diagnose unumstößlich feststand und die Operation schon terminiert war, hatte er sich entschlossen, uns einzuweihen.

Wir begannen zusammen den Ablauf der nächsten Tage zu planen. Ich war froh, dass ich überhaupt etwas tun konnte; aber die Angst um sie ließ sich nicht betäuben.

Dass ich ohne Unfall oder Verkehrsdelikt die Rückfahrt nach W. überstand, war ein kleines Wunder. Vorsichtshalber hatte ich die Landstraße gewählt, obwohl es nicht sicher war, dass sie vom Schnee geräumt war. Schließlich war es Anfang Februar und richtig Winter. Zuhause berichtete ich meinem Mann von Muttis Diagnose, auch wenn ich fürchtete, traurige Erinnerungen an die Leidenszeit seiner eigenen Mutter bei ihm zu beleben, und zwei Tage später brachte ich Mutti ins Krankenhaus.

Ich hatte ihr zu ihrem Geburtstag ein besonders apartes, mit aufwändiger Perlenstickerei verziertes, seidenes Bettjäckchen geschenkt, für das ich tagelang alle einschlägigen Geschäfte in mehreren Städten durchsucht und tief in mein Portemonnaie gegriffen hatte. Ich wollte ihr doch etwas besonders Schönes schenken! Damals hatte ich nicht gedacht, dass sie für dieses Kleidungsstück so schnell Verwendung finden würde. Nun kam es also zum Einsatz.

Wir räumten noch gemeinsam ihre Sachen in den Kleiderschrank, bestückten die Bettkonsole und trugen die notwendigen Utensilien ins Bad und dann verabschiedete ich mich von ihr bis zum nächsten Tag.

Von der Stationsschwester erfuhr ich, dass sie morgens als erste operiert werden sollte und ich beschloss, rechtzeitig zum Aufwachen in ihrem Zimmer zu sein.

Mit sehr gemischten Gefühlen trat ich meine Heimfahrt an, schlief schlecht und machte mich am Morgen sofort nach dem Frühstück wieder auf den Weg zum Krankenhaus.

Das Gebäude kannte ich schon von eigenen Aufenthalten und hatte mich dort damals sogar wohl und gut behütet gefühlt; aber diesmal erschienen mir die langen, breiten Flure kalt und bedrohlich.

Im Zimmer meiner Mutter war die Stelle, an der gestern noch ihr Bett gestanden hatte, leer, ein Anblick, der mich beunruhigte, obwohl ich ja damit gerechnet – ja gehofft - hatte, vor ihrer Rückkehr aus dem OP wieder in ihrem Zimmer zu sein.

Ich hatte bisher nur einmal erlebt, dass meine Mutter wegen einer Erkrankung ein Krankenhaus aufsuchen musste, vor zwanzig Jahren, als sie sich die Gebärmutter hatte entfernen lassen müssen, weil sich dort ein riesiges Myom gebildet hatte.

So groß wie eine Apfelsine sei es gewesen, hatte sie gesagt.

Damals hatte ich sie bereits wieder in ihrem Bett liegend angetroffen, frisch operiert, ganz blass, fast weiß im Gesicht, mit eingefallenen Zügen, von Narkose und Operation gezeichnet. Ich glaubte sie dem Tode nahe und empfand panische Furcht, dass sie sterben und mich alleine lassen könnte.

Es rief ein Echo der diffusen Angst aus frühen Kindheitstagen bei mir hervor, das ich damals weder artikulieren noch sonst verständlich machen konnte, zumal sie mich in meiner Erinnerung ja nie wirklich allein ließ sondern immer in Obhut meiner geliebten Großmutter. Aber es hatte auch andere Momente gegeben, an die ich mich nicht genau erinnern konnte, Bombennächte im Luftschutzkeller, die ich mit meiner Schwester in Obhut von Nachbarn verbrachte, weil Mutti vor Übermüdung den Sirenenalarm überhörte und weiterschlief, wovon sie mir viele Jahre später berichtete.

Bei Muttis Anblick, das Gesicht verfremdet wie bei einer Toten, fühlte ich ein Messer, das sich in meinem eigenen Bauch drehte und wühlte und auch mir das Leben herausschnitt. Es war einer der Momente, in denen ich intensiv fühlte, wie eng meine Bindung an sie und wie groß meine Liebe zu ihr war, in denen seelische Gefühle zu körperlichem Schmerz wurden.

An dieses ziehende Gefühl konnte ich mich von meinen Kindertagen noch gut erinnern, wenn ich sehen musste, dass Blut aus ihrem Finger tropfte, weil sie sich beim Kartoffelschälen oder anderen Tätigkeiten geschnitten hatte. Es war eine nicht zu beschreibende oder erklärende körperliche Verbundenheit mit ihr, die ihren Schmerz zu meinem werden ließ, vielleicht sogar stärker als von ihr selber empfunden.

Später erlebte ich gleiche Empfindungen, wenn eines meiner Kinder sich verletzt hatte und blutete. Ich war dann einer Ohnmacht nahe, konnte mich nur mit äußerster Anstrengung dazu bringen, nicht in Panik zu reagieren sondern vernünftig zu handeln. Aber eigenes Blut oder das anderer Menschen, auch wenn sie mir nahe standen, konnte ich ohne Probleme sehen, ja, ich schaffte es sogar, bei größeren Operationen zu-zuschauen, ohne dass mir schlecht wurde.

Ich hatte mich auch für die nun anstehende Begegnung mit meiner Mutter innerlich erneut auf einen bestürzenden Anblick eingestellt, war aber nun über die leere Stelle im Zimmer be-stürzt. Ich stand einen Augenblick verwirrt und ratlos. Ein Blick auf die Uhr sagte mir, dass die Operation eigentlich schon beendet sein musste. Hoffentlich war alles gut gegangen!

Ich lief hinaus, um eine Schwester zu suchen und Auskunft einzufordern. Während ich noch auf dem Weg zum Stationszimmer war, kamen mir am anderen Ende des Ganges zwei Kran-kenschwestern entgegen, die ein Bett schoben. Das Rollen der Räder hallte in meinen Ohren wie ein Zug, der aus der Ferne kommend, immer lauter werdend, herannaht.

Im Näherkommen erkannte ich meine Mutter. Gott sei Dank, sie lebte. Die letzten Meter lief ich neben den Schwestern und Mutti her und beglei-tete sie bis in ihr Zimmer, getraute mich aber nicht, ihre Hand zu nehmen, da sie einen großen Bluterguss aufwies.

Mutti war zwar sehr blass, aber als ich an ihr Bett trat und sie ansprach, öffnete sie die Augen. Sie hatte mich erkannt. Gott sei Dank, sie rea-gierte. Ich atmete auf.

Die Krankenschwestern verrichteten ihre Ar-beit in aller Ruhe ohne erkennbare Emotionen. Es schien wirklich alles in Ordnung zu sein. Ich musste noch eine Weile auf dem Flur warten, bis die Schwestern mir erlaubten einzutreten.

Mutti lag gut zugedeckt in ihrem Bett, ein Arm war an eine Infusion angeschlossen, die andere Hand lag frei auf der Bettdecke. Aus einem Drainageröhrchen tropfte Blut in einen Beutel, der am Bettrahmen befestigt war. Auch wenn ich diese Szenerie gut aus eigener Erfahrung kannte, befremdete sie mich doch bei meiner Mutter und machte mir ihre Verletzlichkeit deutlich. Ich griff vorsichtig nach der freien Hand und umfasste sie mit beiden Händen.

„Mutti", sprach ich sie an, „hast du Schmerzen?"

Sie öffnete einmal kurz die Augen und verneinte mit leiser Stimme.

„Schlaf ruhig weiter!", ermunterte ich sie, „alles ist gut gegangen. Ich bleibe noch bei dir."

Ihr Kopf sank wieder zur Seite; aber sie wirkte nicht so erschöpft wie damals, nach der Unterleibsoperation. Als sie wieder regelmäßig atmend schlief, entwand ich meine Hände langsam und vorsichtig aus der Umschlingung ihrer Finger und ging auf den Flur, um jemanden zu suchen, der mir Auskunft über den Operationserfolg und den Befund geben konnte.

Der Arzt bestätigte mir, dass die Operation ohne Komplikationen verlaufen war und sie die besten Chancen hatte, vollkommen gesund zu werden.

Ich war unsagbar erleichtert. Ich fühlte nicht nur, was sie für mich bedeutete, sondern mich plötzlich auch für sie verantwortlich.

Wenn ich an diesen Tag zurückdenke, glaube ich dass mit diesem Ereignis alles angefangen hat. Es war eine Mischung aus Zuneigung und Pflichtbewusstsein, die mich erfüllte und dazu die Erkenntnis, dass ich mich dieser Empfindung nicht entziehen konnte, ohne mit dauernden Selbstvorwürfen zu leben. Ich tat es für sie und für mich.

Aber das ist eine Analyse meiner Gefühle, die ich erst viele Jahre später leistete.

Nun galt es, erst einmal die anderen Familienmitglieder über das Geschehen zu informieren.

Ich rief dann später von zu Hause aus meine beiden Schwestern an, um ihnen zu berichten. Sie waren überrascht und auch etwas verärgert, dass ich ihnen nicht vorher Bescheid gesagt hatte, zeigten aber schließlich Verständnis für Muttis Entscheidung. Sie hatte es ja schließlich so gewollt. Mir wäre es auch lieber gewesen, meine Sorgen und Unruhe mit jemandem zu teilen, aber meine Mutter hatte sicher vernünftig gehandelt. Wir waren ja auch aus der Zeit der Erkrankung und der Betreuung meines Vaters ein eingespieltes Team.

Meine ältere Schwester kündigte gleich für den nächsten Tag ihren Besuch an und ich versprach, sie am Bahnhof abzuholen.

Wir fuhren dann von dort gemeinsam zu meiner Mutter und waren beide sehr erleichtert, sie bei unserer Ankunft einigermaßen wohl und ohne Anzeichen von Schmerzen anzutreffen. Sie saß schon wieder in ihrem Bett, das ausziehbare Tischchen über ihr Bett gezogen, und aß. Ihre Haut war auch nicht mehr so blass und sie schien kaum verändert. Sie strahlte, als wir gemeinsam eintraten.

Aus Muttis Augen sprach das Glück, ihre beiden ältesten Töchter vereint an ihrem Bett zu sehen. Sie freute sich immer, wenn ihre Kinder miteinander etwas unternahmen. Ich glaube, sie freute sich noch mehr, als sie am nächsten Tag erfuhr, dass Ch. es vorgezogen hatte, bei mir in W. zu übernachten, statt allein in Muttis Wohnung, für die sie auch einen Schlüssel hatte. Ich war genau so glücklich über die Entscheidung meiner Schwester.

Die gemeinsame Sorge um meine Mutter brachte uns einander nahe und milderte die Auswirkungen der großen räumlichen Entfernung zwischen uns. Als meine Schwester am Wochenende wieder zurück nach München fuhr, lag auch das Ergebnis der histologischen Untersuchung der Lymphknoten vor. Sie waren nicht befallen. Meine Schwester konnte mit ruhigem Gefühl heimfahren. Ich würde mich um alles kümmern.

Das hatte ich bei Vatis Krebserkrankung auch getan, schließlich war ich die einzige, die in der Nähe lebte und die auch die nötige Zeit aufbringen konnte. Die Kinder meiner jüngsten Schwester, von der mich elf Jahre Altersabstand trennten und die immer noch von uns beiden großen Schwestern als die „Kleine" angesehen wurde, waren noch zu jung und erforderten die intensive Betreuung durch ihre Mutter.

Ich fuhr also täglich zum Krankenhaus - hin, mit frischgewaschenen und gebügelten Nachthemden - zurück, mit Schmutzwäsche. Das neue Bettjäckchen bekam ich trotz aller Bemühungen nicht mehr sauber; es blieb für immer gezeichnet. Es kostete mich viel Überwindung, es vorsichtig mit den Händen zu waschen, nicht weil ich mich ekelte, aber es war das Blut meiner Mutter. Die Wunde hatte genässt und die Flecken waren schon eingetrocknet, als ich es mitnahm. Aber es gab wichtigere Dinge als ein verdorbenes Nachtjäckchen.

Der Heilungsprozess verlief komplikationslos, eine Nachbehandlung wurde von den Ärzten nicht für erforderlich gehalten. Nur Tabletten musste sie über einige Zeit einnehmen.

Mutti erholte sich schnell und konnte bald zu einer Rehakur an die Nordsee fahren. Nach vier Wochen durfte ich eine gut erholte, leicht gebräunte Mutter in Duisburg vom Bahnhof abholen. Äußerlich sah man ihr nichts mehr von ihrer Erkrankung an und auch die anschließenden Untersuchungen gaben keinen Anlass zur Besorgnis. Sie hatte sich, wie es schien, auch mit ihrer Prothese abgefunden.

Nur einmal sagte sie zu mir bei einem Besuch: „Was für ein Glück, dass Vati mich so nicht sehen muss!"

Ich war völlig überrascht und konnte diesen Satz nie vergessen. Er traf mich wie ein unerwarteter Schlag.

Irgend einer von uns hatte die Situation völlig falsch eingeschätzt; war ich es, die die Bedeutung der Amputation für sie unterschätzt hatte, oder sah s i e meinen Vater falsch, oder beurteilte ich das Verhältnis der beiden Eheleute nach über fünfzig Ehejahren nicht richtig? Ich konnte nicht glauben, dass meinem Vater die Verstümmelung des Körpers seiner Frau mehr bedeutet hätte als die Erhaltung ihrer Gesundheit!

Freilich kam mir in Erinnerung, dass sie eine schöne Brust immer besonders hoch geschätzt hatte. So empörte sie sich noch zwanzig Jahre später über eine Bemerkung, die ihre dreizehn Jahre jüngere Schwägerin einmal ihr gegenüber in jungen Jahren geäußert hatte, als meine Mutter sich mit dem Gedanken getragen hatte, sich einen zweiteiligen Badeanzug zu kaufen, wie sie damals in den fünfziger Jahren gerade modern wurden. Als meine Tante davon hörte, soll sie zu meiner Mutter gesagt haben: „Was willst du denn da oben rein tun?"

Diesen Ausspruch hat meine Mutter ihr nie verziehen und zitierte ihn noch mit weit über neunzig Jahren immer wieder und bezeichnete ihn als „ungezogen"; dabei war das Verhältnis zwischen den beiden Frauen inzwischen ausgesprochen herzlich geworden.

Auch als ich nach dem plötzlichen Unfalltod meines ältesten Sohnes furchtbar abgenommen hatte und sie mich zum Einkauf der Trauerkleidung begleitet hatte, bestand sie darauf, dass ich mir einen BH mit Einlage kaufte, weil ich ja sonst nach „nichts" aussähe.

Es war ja auch eine üble Laune des Schicksals; nun, wo meine Mutter endlich einen attraktiven Busen zu präsentieren hatte, nahm ihr eine Erkrankung das Objekt ihres Stolzes.

Aber immer noch besser, als an Brustkrebs zu sterben. Ich glaube, mein Vater hätte das auch so gesehen.

Familienbande

Erst einmal aber lagen noch viele unbeschwerte Jahre vor meiner Mutter.

Sie fuhr mal mit meiner jüngeren, mal mit meiner älteren Schwester in Urlaub, aber meistens mit einer engen Freundin.

Einmal reiste sie mit mir gemeinsam in die Heimat ihres Vaters nach Polen, in der Nähe von Danzig, in das frühere Westpreußen. Es war eine Busreise, an der viele Personen aus verschiedensten Gründen und mit unterschiedlichstem Bildungsstand teilnahmen und ich konnte selber erleben, wie leicht es ihr fiel, Bekanntschaften zu schließen und Sympathien zu erringen.

Während andere am Essen herummäkelten, beteiligte sie sich nicht an der allgemeinen Kritik, sondern erklärte sich die schlechtere Qualität mit der Armut des Landes. Schimpften Mitreisende über heruntergekommene Fassaden der Häuser, glaubte sie den Erklärungen des Reiseleiters, der von den Schwierigkeiten berichtete, Fassadenfarbe zu erstehen und freute sich über die bescheidenen Versuche der Bewohner, ihren Häuser mit ein paar Topfblumen auf den Fensterbänken und neben den Haustüren einen freundlichen Anstrich zu geben. Kritisierten Mitreisende die grauen Gardinen und die abblätternde Farbe der Fensterrahmen und Haustüren, fand sie ein anerkennendes Wort über die Sauberkeit der Straßen, auf denen keine Papierreste und leere Blechdosen herum lagen wie zum Teil in unseren Städten, aber dem Lob über die Schönheit der

Landschaft konnte sie sich der gesamten Gesellschaft aus vollem Herzen anschließen.

Abends saß sie mit mir und anderen Hotelgästen zusammen, trank ein Bier und hörte sich die Berichte der Reisegefährten über deren Jugend in diesem ehemaligen deutschen Lande an. Sie selber konnte da freilich nicht mitreden, kannte sie die Landschaften doch nur aus den Erzählungen ihres Vaters, erwarb sich aber durch ihre zurückhaltende, wohlwollende Art gegenüber Land und Leuten die Anerkennung unseres polnischen Dolmetschers. Es war die Heimat ihres Vaters, und da sie ihn sehr geliebt hatte, liebte sie auch die Landschaft aus der er kam.

Sie war während der ganzen Reise immer gewillt, einer Situation das Beste abzugewinnen, während andere schon bei Kleinigkeiten meckerten und lamentierten. Kritik übte sie – wenn überhaupt – nur leise und wenn wir allein waren.

Sie machte es ihren Mitreisenden leicht, Umgang mit ihr zu pflegen. Ich war stolz auf meine liebenswürdige und gut aussehende Mutter und genoss die gemeinsame Reise. Sie erzählte mir mancherlei Episoden aus ihrer Kindheit und von ihrem Vater und ich erfuhr während dieser Zeit viel, was mir sonst wahrscheinlich unbekannt geblieben wäre. Auch wenn wir uns nicht jede Minute Seite an Seite aufhielten, brachte uns diese Fahrt noch näher.

Für eine begrenzte Zeit war das Verhältnis Mutter zu Tochter in eine Beziehung zwischen Freundinnen umgewandelt. Wir waren beide auf der Suche einer uns unbekannten Vergangenheit und den Spuren unserer Familie, waren Reisegefährtinnen geworden, und spürten, dass uns mehr als die Mutter-Tochter-Beziehung miteinander verband.

Einige Zeit nach unserer Rückkehr rief meine ältere Schwester mich während meines Dienstes an. Das war total ungewöhnlich und ließ bei mir sofort sämtliche Alarmglocken klingeln.

„Ist was mit Mutti?", fragte ich sie, denn einen anderen Anlass für ihren Anruf konnte ich mir nicht vorstellen.

Sie zeigte sich erstaunt über die Frage, kam dann aber schnell zum Grund ihres Anrufs. Sie hatte einen Knoten in ihrer Brust entdeckt und fürchtete das Schlimmste. Auch für mich war das ein Schock.

Erst Mutti – jetzt sie!

Ich versuchte, kühlen Kopf zu bewahren und sie zu beruhigen, denn beunruhigt war sie, das hörte ich an ihrer belegten Stimme. Sie hatte einen ungewohnten heiseren Unterton.

„Das muss nicht unbedingt etwas Schlimmes sein", sprach ich behutsam auf sie ein, „das kann eine Zyste sein oder sonst etwas. Und selbst wenn es bösartig sein sollte, lässt sich das heute alles erfolgreich behandeln. Denk an Mutti!"

Aber in meinem Kopf hämmerte es, „Krebs, Krebs, schon wieder Krebs!"

Wir redeten noch eine Weile und sie versprach mir, sich sofort bei mir zu melden, wenn sie eine Diagnose hätte.

Der Tag schlich dahin, ich konnte mich nicht auf meine Arbeit konzentrieren, Zum Glück war

Urlaubszeit und ich hatte im Krankenhaus weniger Kinder zu betreuen als zu normalen Zeiten.

Im Zimmer meiner Kollegin gab es eine etwas größere Sammlung von medizinischer und psychologischer Fachliteratur und da hatte ich schon einmal ein Buch gesehen, das die Behandlung und Heilung von Krebs unter einem psychologischen Aspekt zum Thema hatte. Ich hatte den Inhalt dieses Buches damals nur flüchtig betrachtet, aber nun fiel mir das Thema wieder ein.

Dieses Buch lieh ich mir aus und las darin mit großem Interesse. Nicht nur mit Medikamenten konnte man einer solchen Erkrankung begegnen, auch die persönliche Einstellung dazu, die Psyche spielte bei der Behandlung eine große Rolle. Allerdings war sie auch bei der Entstehung dieses Übels beteiligt. All die Ursachen, die dort beschrieben waren, konnte ich auch bei meiner Schwester bestätigen.

Sie war immer beherrscht und kontrolliert, hatte sich nie erlaubt, ihre Gefühle auszuleben, vor allem keine negativen Empfindungen zu zeigen; dabei war sie, ob von Natur aus oder durch Kindheitserfahrungen, ängstlich. Hatte sie als Kind und junges Mädchen noch Ausbrüche von Jähzorn gezeigt, gehörte solche Impulsivität schon lange der Vergangenheit an.

Vielleicht hatten die begrenzten finanziellen Verhältnisse unserer Familie dazu geführt, dass sie später, bei der Wahl ihres Partners, besonders hohen Wert auf wirtschaftliche Sicherheit gelegt hatte, und auch wenn ihr Mann sympathisch und uns allen als Familienmitglied hoch willkommen war, spielte dabei neben seiner guten Herkunft und Selbstsicherheit auch seine berufliche Position eine große Rolle. Da er aber zudem einige Jahre älter war als sie, hatte er sicher - auch wenn sie eine intelligente, attraktive, junge Frau und für ihn begehrenswert war - die absolute Führung in ihrer Ehe übernommen und sie hatte sich seinen Forderungen immer angepasst oder gebeugt. Sie war eine vorbildliche Ehe- und auch Hausfrau geworden, zurückhaltend, stets gepflegt und elegant, lernbegierig und fleißig und ungeheuer ordentlich. Sie verlor nie die Kontrolle, weder über ihren Haushalt, noch über ihren Sohn, erst recht nicht über sich selbst.

Vielleicht hatte sie durch diese Partnerschaft nicht nur gewonnen sondern auch etwas verloren? Vielleicht eigene Wünsche, Ziele, ein Stück von sich selbst?

Wenn die Gründe für die Genese von Krebs bei ihr zutrafen, warum sollten es dann nicht auch die psychologischen Bekämpfungsansätze?

Die Frage, weshalb meine Mutter an dem gleichen Leiden erkrankt war, stellte ich mir nicht. Ich wusste um die schweren Zeiten in ihrem Leben, und dass sie ihre eigenen Bedürfnisse meistens denen meines Vaters untergeordnet hatte.

Der Autor des Psychologiebuches empfahl unter anderem, den Krebs zu visualisieren und als Feind zu bekämpfen, dabei Aggressionen zuzulassen und sich für sein weiteres Leben Ziele zu setzen. Ich konnte mir gut vorstellen, dass man sich nicht mehr so hilflos der Erkrankung ausgeliefert fühlen würde, wenn man seinen Ratschlägen folgte, zumal er mehrere Beispiele von Patienten aufgeführt hatte, durch deren Krankheitsgeschichte er als behandelnder Therapeut erst seine Theorie entwickelt hatte. Er war ausgebildeter Onkologe und Psychotherapeut und betrachtete Krebs nicht als die Erkrankung eines Organs sondern des ganzen Menschen.

Es gab inzwischen auch andere Mediziner, die seinem Ansatz folgten und seine Methode erfolgreich angewandt hatten. Warum sollte meine Schwester es nicht auch probieren? Schließlich war der Mensch eine Einheit von Körper und Seele. Es konnte auf jeden Fall nicht schaden!

Auf dem Heimweg ging ich an einer Buchhandlung vorbei und bestellte das Buch mit der dazu gehörenden CD, um es ihr zu schicken. Ich wollte nichts unterlassen, was meiner Schwester helfen könnte.

Abends rief sie mich dann an und bestätigte den schlimmsten Verdacht.

Sie wurde bald operiert, bekam Bestrahlung, aber wenn ich mich recht erinnere, keine Chemotherapie, zumindest keine besonders aggressive. Wohl musste sie – genau wie meine Mutter – zwei Jahre lang Tabletten nehmen, die ihren Hormonhaushalt verändern sollten. Ob ihre befallene Brust amputiert wurde, weiß ich nicht. Sie hat nie darüber gesprochen. Doch auch bei ihr waren zum Glück keine Lymphknoten befallen. Dennoch vergingen für uns schlimme Wochen voller Angst.

Nur meine Mutter zeigte sich nicht besonders besorgt. Es war bei ihr ja auch gut gegangen.

Alle behandelten meine Schwester mit einer Mischung aus zurückhaltender Scheu und künstlich forcierter Normalität oder Fröhlichkeit. Nur mein Schwager nahm nicht gerade übertrieben viel Rücksicht auf sie. Er trat eine Reise alleine an, die als gemeinsame Unternehmung mit Freunden geplant war und auf die auch meine Schwester sich gefreut hatte.

Meine Schwester telefonierte jetzt öfter als früher mit mir und schüttete mir ihr Herz über diese Enttäuschung aus. Mit diesem Verhalten ihres Mannes hatte sie nicht gerechnet. Ich auch nicht. Das war das erste Mal, dass ich meinen Schwager in einem anderen als günstigem Licht sah.

Aber meine Mutter fand auch eine Entschuldigung für ihn. Sie hatte sich früher ja selber meinem Vater immer untergeordnet und sah ein solches Verhalten als normal an. Schließlich sorgte der Mann für den Unterhalt der Familie. Sie war, auch wenn sie selbst einige Zeit berufstätig gewesen war, immer voll im alten Rollenverständnis befangen gewesen.

Viele Jahre später sagte meine Schwester einmal zu mir, ich wäre die einzige gewesen, mit der sie sich offen über ihre Krankheit und ihre Probleme während dieser Zeit hätte unterhalten können und die nicht immer nur alles schön gemalt, sondern auch von vorne herein eine schlimme Diagnose nicht ausgeschlossen, ihr aber auch neue Aspekte zur Bekämpfung dieser Krankheit gezeigt hätte. Ob sie das Buch aber wirklich gelesen und auch von der CD Gebrauch gemacht hat, weiß ich nicht. Ich glaube aber, dass allein die Geste, ihr das Buch zu schicken, schon hilfreich war.

Es war so traurig, dass ausgerechnet wieder so eine bösartige Erkrankung die Brücke zwischen uns verstärken musste.

Ch. überstand die statistisch relevante Fünfjahresfrist; ihre Tumormarker blieben unauffällig und nach außen waren ihr keine Spuren der Krankheit anzusehen. Aber etwas hatte sich in ihrer Ehe geändert.

Ihr Sohn heiratete und sie war eine jugendlich aussehende, elegante Bräutigamsmutter. Alle Familienmitglieder waren zur Hochzeit nach München gekommen. Meine Mutter war schon vorgefahren und blieb ein paar Tage bei meiner Schwester. Sie genoss die Zeit dort, war voller Stolz auf den gesellschaftlichen Rahmen, in dem die Hochzeit gefeiert wurde und nahm auch die junge Frau ihres Enkels voller Herzlichkeit als neues Familienmitglied auf.

Da sie die älteste Angehörige war, wurde sie von allen Anwesenden hofiert, und von meiner Schwester und von meinem Schwager verwöhnt.

Auch das Verhältnis zwischen Mutti und mir hatte sich wieder gewandelt; sie war wieder die Mutter, die Anspruch auf Fürsorge hatte, und ich wieder in der Tochterrolle. Meine Schwester hatte es mir vorgemacht.

Neue Probleme

Einige Jahre nach ihrer Krebserkrankung hatte Mutti sich erneut einer Operation unterziehen müssen. Wieder war es eine Unterleibsoperation, aber Gott sei Dank kein Krebs.

Wieder betreute ich sie während ihres Krankenhausaufenthaltes und in der Zeit danach. Nur diesmal forderte diese Tätigkeit von mir sehr viel mehr körperliche Kraft und Selbstüberwindung, schließlich ging es mir zu diesem Zeitpunkt selber schon nicht mehr gut.

Ihr Krankenhausaufenthalt fiel in die heißeste Jahreszeit, und da ich immer erst nachmittags nach Dienstende zu ihr fahren konnte, war ich jedes Mal auf der Rückfahrt am Ende meiner Kraft. Auch erwies meine Mutter sich nicht mehr als so pflegeleicht und leicht zufrieden zu stellen, wie früher. Sie übte Kritik an dem Pflegepersonal, an den Reinigungskräften, an der Unterbringung und an vielen Nebensächlichkeiten. Über die Gründe für diese Verhaltensänderung konnte ich nur Rätselraten: Sicher hatte sich im Krankenhausalltag im Vergleich zu früher einiges geändert. Die Schwestern hatten weniger Zeit, die Putzfrauen gehörten einem privaten Reinigungsunternehmen an und putzen nicht mehr so wie früher. Alles musste schneller gehen und die Maßstäbe einer kritischen Patientin und gewissenhaften Hausfrau wurden nicht mehr befriedigt.

Bei ihrem ersten Krankenhausaufenthalt hatte mein Vater ihre Bedürfnisse artikuliert, nun sollte ich das tun.

Dass sie darüber hinaus durch den fürsorglichen Umgang meiner Schwester mit ihr übersteigerte Ansprüche entwickelt hatte, kann ich nur vermuten. Freilich waren die Münchener Verwandten es gewöhnt durch ihren finanziellen und gesellschaftlichen Hintergrund überall äußerst zuvorkommend behandelt zu werden. Meine Mutter verlangte plötzlich nicht mehr Gleichbehandlung im Krankenhaus, sondern erwartete eine bevorzugte Betreuung.

Sie war geschickt genug, ihre Ansprüche nicht dem Pflegepersonal selbst gegenüber zum Ausdruck zu bringen, sondern erwartete von mir, dass ich ihre Ansprüche durchsetzte. Ich hatte Mühe, ihr die veränderte Situation im Krankenhausalltag zu erklären und ihre Ansprüche zu reduzieren.

Nach der Entlassung musste ich sie noch täglich an ihrem Wohnort besuchen, um mit ihr gemeinsam einzukaufen, sie zum Arzt zu bringen, Rechnungen zur Erstattung einzureichen und zu überweisen, alltägliche Bankgeschäfte zu erledigen oder andere Aufträge für sie zu erfüllen. Nur ganz allmählich gewann sie ihre Selbständigkeit wieder.

Den Kontakt zu ihrer früheren besten Freundin, die etliche Jahre jünger als sie war und mit der sie viele Jahre lang gemeinsame Reisen unternommen hatte und mit der sie dann auch stets ein Doppelzimmer geteilt hatte, hatte sie abgebrochen. Es waren nicht nur die sehr gewöhnnungsbedürftigen Eigenarten dieser Dame dafür ausschlaggebend, wie starkes Rauchen - auch in dem gemeinsamen Hotelzimmer - und extrem frühes Aufstehen und „Herumgeistern", wie meine Mutter es nannte. Das alles wurde in ihren Augen wettgemacht durch amüsantes Wesen, Kameradschaftlichkeit und erfrischende Natürlichkeit, sondern es war eine unschöne Bemerkung, die diese Freundin bei gemeinsamen Bekannten über meine Mutter fallen ließ und die ihr hintertragen wurde. Sie hatte Mutti als „alte Mumie" bezeichnet.

Das verletzte den Stolz und die Eitelkeit meiner Mutter so sehr, dass sie ihr die Freundschaft kündigte. Sie lud ihre ganze Enttäuschung über diese Gemeinheit bei mir ab und brauchte Wochen, bis sie sich von diesem Verrat erholt hatte. Dabei konnte sie es sich nicht verkneifen, nun ihrerseits etliche Schwächen dieser Dame mir gegenüber aufzudecken. Davon waren die lebensgefährlichen Fehlleistungen der ehemaligen Freundin beim Autofahren noch das Geringste.

Mir tat diese ganze Entwicklung leid, nicht nur weil meine Mutter offensichtlich darunter litt, sondern auch weil ihr eine Kameradin, mit der sie viel gemeinsam unternommen und ihre Ferien verbracht hatte, in Zukunft fehlte. Wer würde nun mit ihr gemeinsam auf Reisen gehen?

Doch sie fand schnell Ersatz. Mutti fuhr von nun an immer mit einer anderen langjährigen Bekannten in das gleiche Urlaubshotel im Schwarzwald, das diese früher mit ihrem Mann besucht hatte, auch wenn sie nach ihrer Rückkehr von diesen Aufenthalten diese Dame durchaus auch kritisch schilderte.

Die Vorteile der gemeinsamen Ferienaufenthalte schienen auch hier wieder die Nachteile zu überwiegen. Es verging jedoch kein erstes Zusammentreffen nach dem Urlaub mit ihr, bei dem sie nicht betonte, wie sehr die anderen Hotelgäste sie wegen ihrer Duldsamkeit und Toleranz im Umgang mit der Urlaubsgefährtin bewunderten. Sie wurde wohl von allen als geborene Diplomatin angesehen.

Ihre Schilderungen schienen nicht aus der Luft gegriffen zu sein, wie ich später bei einem Besuch im Schwarzwald selbst feststellen konnte. Meine Mutter war dort in die sich in schöner Regelmäßigkeit immer zusammen findende Feriengesellschaft gut integriert und bekam nicht nur in Duisburg sondern später auch in Wesel regelmäßig Post von der Hotelbesitzerin und Besuch von einigen anderen Dauergästen, selbst als sie schon nicht mehr in der Lage war, in den Schwarzwald zu reisen.

Mutti konnte sich eben gut anpassen, nahm auch im Urlaub immer an allen Gemeinschaftsveranstaltungen teil, wusste, was man von ihr erwartete, war großzügig und spendierte auch einmal eine Runde.

Auch ein vierwöchiger Urlaubsaufenthalt, den sie mit ihrem Bruder und dessen Frau im Hause meiner Schwester am Lago Maggiore verbrachte, war trotz des manchmal autoritären Auftretens meines Onkels ungetrübt verlaufen.

Er konnte diese Eigenschaft im Allgemeinen mit viel Charme und Organisationstalent wettmachen. Außerdem besaß er durchaus Sinn für Humor und sie kannte ja seine Eigenheiten von Kind auf. Sie war nur ein gutes Jahr älter als er und die zwei hatten sich eigentlich während ihres ganzen Lebens immer sehr nahe gestanden und gegenseitig unterstützt. Die Dreiergruppe harmonierte bestens.

Mutti pflegte auch zu Hause verstärkten Kontakt zu diesen Verwandten und sie besuchten sich regelmäßig gegenseitig, mal in Krefeld mal in Duisburg.

Das behielt sie auch bei, als sie verstärkt Probleme mit dem Laufen bekam.

Es tat weh, zu sehen, wie sie schon seit einiger Zeit beim Gehen immer rechts mit der Hüfte einknickte. Ihr ganzer Körper bewegte sich in abgehacktem Rhythmus von einer Seite zur andern, wobei sie immer längere Zeit auf der rechten Seite verharrte, um dann unverdrossen das linke Bein wieder nach vorne zu bewegen. Das wurde auch nicht viel besser, als sie sich einen orthopädischen Gehstock zulegte, nur die Pausen zwischen den einzelnen Schritten wurden kürzer und ihr Gangbild etwas gleichmäßiger.

Sie litt schon seit langem an Osteoporose und hatte von ihrem Orthopäden die düstere Prognose erhalten, dass sie damit rechnen müsste, bald auf einen Rollstuhl angewiesen zu sein. Um das so weit wie möglich herauszuschieben, hatte sie sich in die Behandlung eines Neurochirurgen begeben, der ihr unter Röntgenkontrolle Spritzen in die Wirbelsäule injizierte.

Nun konnte sie keine eleganten Schuhe mehr tragen und all die schönen, neuen Kleider blieben im Schrank. Stattdessen trug sie nur noch lange Hosen und schicke Hosenanzüge.

Die Ferien in Italien brachten jedoch noch einmal die schon abgeschriebenen leichten Kleider zum Einsatz; es war ja Sommer und sie rechnete mit Hitze.

Diese gemeinsame Fahrt nach Italien sollte das letzte Unternehmen mit ihrem Bruder sein, auch wenn wir das damals noch nicht ahnten.

Mein Onkel hatte eine ausführliche Reisebeschreibung mit Urlaubstagebuch über die gemeinsam verbrachten Wochen geführt, woraus hervorging, wie sehr er sich als Reiseleiter auf diesen Urlaub vorbereitet hatte, aber auch wie gut die drei miteinander auskamen und welcher Segen es war, dass sie so guten Kontakt zueinander pflegten. Die beiden Frauen wetteiferten miteinander, um ihn zu bekochen und kulinarisch zu verwöhnen und er durfte dafür den Leitwolf abgeben, wenn es darum ging, das nächste Ausflugsziel zu bestimmen oder den passenden Wein auszusuchen.

Sonne und Regen

Ich wünschte mir wieder einmal sehnlichst, ein vergleichbares Verhältnis zu meinen Schwestern zu pflegen, zumal es zu der Zeit in meiner Ehe nicht zum Besten stand. So nahm ich eines Tages meinen ganzen Mut zusammen, machte mich auf die Reise, erst ins Allgäu zu meiner Pflegetochter, und von da aus weiter zum Haus meiner Schwester am Lago Maggiore. Mein Kommen war angekündigt - nein mehr - vereinbart, stand aber unter keinem guten Stern. Meine Mutter war von meinem Plan begeistert gewesen. Ich war die einzige aus der Familie, die das Urlaubsdomizil meiner Schwester noch nicht kannte.

Es war eine hübsche kleine Villa im italienischen Jugendstil mit großzügig angelegtem, von Palmen bestandenem Garten, voller blühender Sträucher, mit Freisitzen und nur wenige Meter vom See entfernt; kurz, ein Idyll, und ich hätte mich gerne dort einige Tage aufgehalten, zumal meine Mutter während der Zeit im Schwarzwald weilte und ich sie gut versorgt wusste.

Das Wetter war nicht gerade so, wie man es von Italien erwartete, die weitere Vorhersage auch nicht und mein Schwager beschloss, schon einen Tag nach meiner Ankunft, wieder zurück nach München zu fahren. Dafür hatte ich die lange Anreise, alleine, mit der mir ach so unbehaglichen Fahrt durch den San Bernardino- Tunnel auf mich genommen? Ich erinnerte mich an die Klagen meiner Schwester, als mein Schwager alleine an der Fahrt in die Türkei teilgenommen hatte, auf die sie sich so gefreut hatte.

Ich musste mir eingestehen, dass ich erneut enttäuscht von ihm war. Meine Schwester konnte ihn zwar noch dazu bewegen, mit dem Hinweis auf meine weite Anfahrt - einen Tag länger zu bleiben, weil sie mit mir den versprochenen Besuch auf dem Wochenmarkt in Luino machen wollte, aber natürlich konnte ich auch diesen zusätzlichen Tag nicht recht genießen, wusste ich doch, dass er meinem Schwager nur abgerungen war. Auch die Flip-Flops, die mein Schwager mir auf dem Markt kaufte, konnten meine Enttäuschung nicht wettmachen. Vor allem meinem Wunsch, mehr Zeit mit meiner älteren Schwester zu verbringen, stand meine frühe Abreise entgegen.

Als meine Schwester und mein Schwager schon wieder einige Wochen zu Hause waren, ging er zum Arzt. Er hatte seit Längerem diffuse Beschwerden gehabt und fühlte sich insgesamt nicht wohl. Vielleicht hatte er sich deshalb bei meinem Besuch in Italien sich so unerwartet wenig gastfreundlich gezeigt? Im Herbst kam die niederschmetternde Diagnose. Er hatte Darmkrebs.

Da er ausgesprochen gut situiert war, konnte er sich die beste medizinische Hilfe leisten und so hofften wir alle, dass er diese Krankheit überwinden würde. Er ließ sich in einem bekannten Krankenhaus in München operieren und hatte die erfahrensten Therapeuten. Allerdings stellte sich bald heraus, dass seine Genesung nicht so recht von statten ging.

Diesmal machte sich auch meine Mutter große Sorgen. Ob es an der bei ihr mit diffusen Vorstellungen verbundenen, verborgenen Körperregion lag, die außerdem noch schambesetzt war – sie zeichnete sich schon immer durch bemerkenswerte Unerfahrenheit und Nichtwissen in medizinischen Belangen aus - oder an dem Umgang meines Schwagers mit seiner Krankheit, weiß ich nicht. Sie wirkte aufrichtig beunruhigt. Es hatte allerdings auch noch nie jemand aus unserer Familie Darmkrebs gehabt, und sie hatte keinerlei Vorstellungen davon, wie sich die Krankheit auswirken oder verlaufen könnte. Nachdem seine Heilung sich nicht so schnell wie von uns allen gehofft und erwartet entwickelt hatte, veränderte sich sein Verhalten.

Hatten wir die erste Zeit noch persönlich telefonischen Kontakt mit ihm pflegen können, kapselte er sich nun total ab, wollte noch nicht einmal mehr mit seinen Verwandten telefonieren und vermittelte uns den Eindruck, dass allein schon das Überbringen von Grüßen an ihn, eine Belästigung bedeutete.

Mutti zeigte sich besonders betroffen, dass er später auch mit ihr nicht mehr sprechen wollte, schob das alles auf eine typisch männliche Verhaltensweise bei Krankheiten. Es dauerte lange, bis sie mit der Möglichkeit rechnete, dass er vielleicht nicht mehr gesund würde, geschweige denn, dass sie dieses Schicksal akzeptierte. Insgeheim erwartete sie immer Wunder von seinem Namen, seinem Ruf, Portemonnaie und seinen guten Beziehungen zu den hervorragendsten Ärzten. Er hatte doch alleine über seine Tätigkeit an einer Uni und seine Posten bei einigen Versicherungen die besten Kontakte.

Er musste doch die Krankheit überwinden, wenn nicht er, wer dann?

Die ganze Aufmerksamkeit aller Familienmitglieder war auf meinen Schwager gerichtet, seine Erkrankung war Gesprächsthema Nummer eins, wer immer sich traf.

Mein Patenonkel, Muttis Bruder, hatte auch schon seit langer Zeit gesundheitliche Probleme gehabt, nur sprach er verhältnismäßig selten darüber. Dann aber ereilte ihn ein Herzinfarkt, den er nur mit viel Glück überlebte. Es muss für ihn ein einschneidendes Erlebnis gewesen sein. Seitdem fuhr er regelmäßig zur Kur, liebte es, ausführlich über seine Krankenhauserfahrungen zu berichten und kümmerte sich betont um seine Gesundheit. Seit mein Schwager erkrankt war, gab es auch für ihn kaum ein anderes Thema. Das vereinte die Geschwister.

Sie trafen sich wie seit Jahren weiter regelmäßig in Duisburg, gingen gemeinsam in ein Restaurant zum Mittagessen und entwickelten feste Rituale. Die Harmonie war ungetrübt. Nur die Treppen zur Wohnung meiner Mutter in einem Altbau bis in die dritte Etage hatten der Schwägerin, die vor einiger Zeit ein neues Hüftgelenk bekommen hatte, zunehmend Probleme bereitet. Die hatte jetzt auch der Onkel nach seinem Hinterwandinfarkt. Meine Mutter bewältigte den Aufstieg, dank jahrelanger Übung, zum Glück noch mit Leichtigkeit.

In den Weihnachtsferien fuhr meine Mutter immer zu meiner jüngeren Schwester, viele Jahre mit dem Zug, half bei den Festvorbereitungen, machte sich im Haushalt nützlich und war nicht nur voll in die Familie sondern auch in deren Freundeskreis und Nachbarschaft, eingebunden. In dem Pastorenhaushalt waren solche Feiertage gleichermaßen von religiösen wie kulturellen Ritualen und Bräuchen geprägt und meine Mutter genoss es, Teil dieser großen Gemeinschaft zu sein, auch wenn sie hier eine gern gesehene Hilfe in der Küche abgab. Vor allem ihr leckerer Heringssalat, den sie zuzubereiten verstand, erfreute sich geradezu legendärer Berühmtheit und wurde regelmäßig angefordert.

Dieser eingespielte Jahresablauf erfuhr in dem Herbst, der auf das Jahr folgte, in dem mein Schwager erkrankte, eine jähe Änderung.

Der Sturz

Eines Sonntags klingelte bei mir ziemlich früh das Telefon. Es muss noch vor acht Uhr gewesen sein. Ich ahnte gleich, dass etwas Ungewöhnliches passiert war.

Meine Mutter meldete sich: „Margit, kannst du kommen? Ich bin gefallen. Ich habe solche Schmerzen und kann nicht alleine aufstehen."

Ihre Stimme klang jämmerlich.

Sofort machte ich mich auf den Weg zu ihr nach Duisburg; mein Mann hatte sich angeboten, mich mit seinem Wagen dahin zu bringen, weil er fürchtete, dass ich in meiner Besorgnis vielleicht mit dem Fahren überfordert wäre. Ich nahm seine Hilfe gerne an, weil ich damit rechnete, dass meine Mutter in der Notfallambulanz eines Krankenhauses vorgestellt werden müsste und ich für diesen Fall Unterstützung gebrauchen konnte. So könnte ich mit Mutti direkt vor dem Krankenhauseingang aussteigen, während M. erst einmal weiter fuhr, um einen Parkplatz zu suchen.

Auch wenn M. und ich schon einige Zeit getrennt lebten, bestand doch noch eine starke, innere Bindung zwischen uns; schließlich waren wir viele, viele Jahre miteinander verheiratet gewesen und hatten nicht nur gute sondern auch schwere Zeiten miteinander erlebt. In der Not konnte einer sich immer auf den anderen verlassen. In solchen Situationen zahlte es sich aus, dass wir bei unserer Trennung keinen Rosenkrieg geführt hatten.

Wir fanden Mutti in ihrer Wohnung, in Vatis altem Ruhesessel, in halb liegender Stellung an.

So hatte sie die ganze Nacht verbracht. Es war ihr deutlich anzusehen, dass sie Schmerzen litt. Wir brachten sie sofort ins Krankenhaus.

Es bedeutete eine ordentliche Anstrengung, sie das Treppenhaus hinunter, von der dritten Etage des Altbaus, auf einem Stuhl sitzend, bis zu unserem Auto zu transportieren. Es erwies sich als Glück, dass die Treppen in dem Altbau zwischen den einzelnen Etagen jeweils einen Absatz aufwiesen, wo wir den Stuhl kurz absetzen konnten. Dennoch waren mein Mann und ich beide in Schweiß gebadet, nicht nur wegen unseres körperlichen Einsatzes, sondern viel mehr durch unsere Bemühungen, ihr keine zusätzlichen Schmerzen zuzufügen.

An der Krankenhauspforte konnten wir dann einen Rollstuhl zur Hilfe nehmen, mussten allerdings in der Notaufnahme eine ziemlich lange Zeit warten.

Mutti hing mehr in dem Rollstuhl als dass sie saß. Ihre Gesichtshaut war ganz blass als Folge der mit Schmerzen durchwachten Nacht. Während wir auf den diensthabenden Arzt warteten, erzählte sie uns, was geschehen war.

Am Tag zuvor hatte sie ihre Schwägerin in Krefeld besucht, ihr Bruder war während der Zeit zur Kur in Bad Bertrich. Auf dem Rückweg zum Bahnhof war sie kurz vor dem Erreichen ihres Ziels plötzlich am Bürgersteigrand zusammengesackt und hingefallen.

Das war ihr in der Vergangenheit schon öfter passiert und von ihr auf gelegentliches plötzliches Absinken ihres Blutdrucks geschoben worden. Bisher hatte sie es immer geschafft, fast ohne Hilfe alleine aufzustehen und ihren Weg fortzusetzen. Diesmal aber schaffte sie es nicht mehr. Fremde Leute hatten ihr helfen müssen.

Sie hatte sich dann von einem Taxi das letzte Stück zum Zug fahren und - wieder zurück in Duisburg - auch von einem Taxifahrer nach Hause und sogar die Treppen hinauf bis in die dritte Etage zu ihrer Wohnung bringen lassen. Dort angekommen wurden ihre Schmerzen nach einiger Zeit so stark, dass sie den Neurochirurgen, bei dem sie seit etlichen Wochen in Behandlung war, angerufen und zu einem Hausbesuch überredet hatte. Ihr Hausarzt war nicht erreichbar; es war Wochenende und dazu wohnte der Arzt auch nicht in Duisburg.

Der Facharzt hatte sie untersucht, ihr ein Schmerzmittel verabreicht, aber sie beruhigt, es wäre alles in Ordnung, nur schmerzhafte Prellungen, nichts gebrochen.

Bei der Untersuchung im Krankenhaus stellte sich dann allerdings heraus, dass sie sich bei dem Sturz eine komplette Beckenringfraktur zugezogen hatte und – noch schlimmer - dass etliche Wirbelkörper völlig zusammengebrochen waren und sie außerdem dringend eine neue Hüfte brauchte. Der Kugelkopf des Oberschenkels saß gar nicht mehr in der verschlissenen Hüftpfanne. Eine Operation schien unumgänglich. Erst einmal aber müsste das Becken wieder zusammenheilen.

Das bedeutete für sie, einige Wochen im Bett auf dem Rücken zu liegen und für mich wieder tägliche Fahrten nach Duisburg nach meiner Arbeit. Es herrschten nahezu unerträgliche Temperaturen in diesem Sommer und in meinem Arbeitszimmer stiegen sie im Laufe des Tages immer auf weit über dreißig Grad. Alleine das war schon sehr belastend. Dann kamen noch dazu die täglichen Fahrten zum Krankenhaus zu Hauptverkehrszeiten und die schwierige Parkplatzsuche und Muttis zunehmende Ungeduld und Unzufriedenheit mit ihrer Situation: Das Personal kümmerte sich nicht genügend um sie, das Essen war schon einmal besser und alles dauerte viel zu lange. Außerdem beteuerte sie immer wieder, dass sie mich über Gebühr in Anspruch nehmen und belasten würden. Natürlich versuchte ich abzuwiegeln, beruhigte ich sie; aber in gleichem Maße, wie es bei ihr gesundheitlich bergauf ging, ging es bei mir bergab.

Der behandelnde Arzt hatte meinem Mann und mir versichert, dass sie nach ihrer Genesung dringend operiert werden müsste, aber sie wollte davon gar nichts hören.

Eine ihrer Urlaubsbekannten aus dem Schwarzwald hatte sich einer Knieoperation unterzogen, sich ein künstliches Gelenk einsetzen lassen, litt noch nach über einem Jahr unter großen Schmerzen und konnte schlechter laufen als zuvor. Mein Mutter dachte gar nicht daran, sich einem solchen Risiko auszusetzen, aus begreiflicher Angst, versteifte sich aber später sogar zu der Behauptung, von einer Operation wäre nie die Rede gewesen und sie dächte gar nicht daran, sich für die letzten paar Jahre noch einem solchen Eingriff zu unterziehen. Sie war immerhin schon dreiundachtzig Jahre alt.

Ich schob diese Äußerungen auf eine Mischung von Mangel an medizinischem Grundwissen und Sturheit. Mein Vater hatte schon immer ihre Haltung als „westpreußischen Dickkopf" bezeichnet. Diese Eigenschaft trat im fortgeschrittenen Alter in solchen Situationen verstärkt zutage.

Sie begann, zunehmend die Fähigkeit zu entwickeln, Dinge, die nicht in ihr Weltbild passten, gar nicht wahrzunehmen oder zu vergessen. Das hatte sie zwar vorher auch schon praktiziert, aber nicht mit solcher Hartnäckigkeit.

Sie bestritt dann später auch die von den Ärzten erhaltenen Informationen mit Vehemenz. Zum Glück war mein Mann Zeuge bei dem Gespräch mit dem Arzt gewesen und wiederholte dessen Beurteilung ihrer gesundheitlichen Situation. Aber auch seine Aussagen brachten sie nicht von ihrer Ansicht ab.

Ihre Neigung, unangenehme Wahrheiten zu verdrängen, führte sogar Jahre später dazu, dass sie behauptete, nie Brustkrebs gehabt zu haben, die Operation wäre völlig überflüssig gewesen; der Arzt hätte sie falsch behandelt. Dabei hatte ich selber den Tumor auf den Röntgenaufnahmen gezeigt bekommen und erkennen können und auch die Berichte von der Gewebeuntersuchung gelesen.

Ihr Verhalten während dieses Krankenhausaufenthaltes erinnerte sehr an die Zeit des letzten. Sie fand wieder viel zu kritisieren. Freilich bringt eine so lange Zeit des Stillliegens auch viel Gelegenheit zur Beobachtung von Personal und anderen Mitmenschen und somit zur Kritik. Ich versuchte wieder abzuwiegeln. Aber auch ich fand schmutzige, klebrige Telefonhörer und nur flüchtig abgewischte Tische nicht hinnehmbar, hatte sie jedoch bei eigenen stationären Aufenthalten lieber selber demonstrativ gereinigt. Das konnte sie natürlich – im Bett liegend - nun nicht selber tun, wollte aber auch nicht, dass ich diese Tätigkeit für sie übernahm. Dafür gäbe es das Personal.

Weil ich sie nicht überfordern wollte, vielleicht auch, weil ich mich vor Auseinandersetzungen in Anwesenheit ihrer Mitbewohnerin des Zimmers scheute, insistierte ich nicht länger in die Durchführung der Hüftoperation sondern ließ Mutti erst einmal Zeit, sich nach ihrer Genesung wieder zu Hause in ihrer gewohnten Umgebung zurechtzufinden - an eine Operation konnte man später noch denken. Das ging allerdings wieder nur mit verstärktem Einsatz meiner Hilfe, auch wenn sie in den ersten Wochen nach ihrer Entlassung einen Pflegedienst in Anspruch nehmen durfte. Den hatte ich noch im Krankenhaus für sie im Rahmen der Pflegeüberleitung beantragt.

Die Schwestern konnten ihr nichts recht machen; mal war es das Frühstück, das sie nicht, wie sie es gewohnt war, herrichteten, dann machten sie die Badewanne nach dem Baden nicht sauber, obwohl es doch „selbstverständlich" war, dass das dazugehörte, mal waren die Mädchen zu jung oder zu schnippisch. Und immer nahmen sie sich nicht genug Zeit.

Die musste ich dann mitbringen, wenn ich sie besuchte, und das alle zwei Tage. Sie hatte jede Menge davon, weil sie kaum laufen konnte, und nutzte sie, lange Listen vorzubereiten, was ich alles für sie erledigen sollte. Ihre Freundin aus der Nachbarschaft, stand ja nicht mehr zur Verfügung wie früher, auch wenn sie später Hilfsbereitschaft signalisiert hatte. Aber Mutti hatte ihr noch nicht vergeben. Ihre Wohnung in der dritten Etage eines Altbaus hielt manche alte Bekannte davon ab, sie dort zu besuchen, weil sie die Treppen nicht bewältigen konnten. Ihrem Bruder und ihrer Schwägerin war es ja schon einige Zeit so gegangen.

Eine jüngere Frau aus ihrem alten Bekanntenkreis, sprang zeitweilig ein, aber im Wesentlichen hielt sie nur noch telefonisch Kontakt zu Freunden und Bekannten. Als die Krankengymnastin, die regelmäßig mit ihr übte, sie soweit gebracht hatte, dass sie ihre Treppen wieder bewältigen konnte, wagte ich es dann, mit ihr und einem Rollator auch gelegentlich das Haus zu verlassen und mit ihr zum Friseur zu fahren oder zum Einkaufen. Es war meist nach zwanzig Uhr, wenn ich wieder zu Hause war, immer noch voller Angst, dass sie wieder fallen könnte, auch wenn sie die Gehhilfe in ihrer Wohnung benutzte.

Als die unmittelbar an ihren Krankenhausaufenthalt gewährte häusliche Pflege nach Auffassung der Krankenkasse nicht länger nötig war, bat Mutti mich, für sie einen Antrag auf Pflegebedürftigkeit zu stellen. In gewisser Hinsicht hatte sie Recht: Sie war nicht nur außer Stande, ihre Wohnung alleine zu verlassen oder ihren Haushalt zu führen, sondern hatte sogar große Probleme, sich alleine zu kämmen, ihre Zähne zu putzen und sich zu waschen, weil sie ja dabei freihändig vor dem Waschbecken stehen musste. Die Furcht, noch einmal zu fallen, lähmte und verunsicherte sie zusätzlich. Das Badezimmer ihrer Mietwohnung war zu schmal und eng, um dort einen Stuhl als Sicherheit aufstellen zu können, ein großer Heizkörper beengte den Raum zusätzlich und erschwerte sogar die Benutzung eines Rollators. Das Bad war in keiner Weise behindertengerecht. Immerhin stammte das Haus aus der Vorkriegszeit.

Aber auch für eine Schwester des Pflegedienstes bedeutete es eine Herausforderung, in diesem Raum Mutti Hilfe bei der Körperpflege zu leisten.

In diese Zeit der Suche nach einer Problemlösung fiel der Tod ihres Münchener Schwiegersohnes.

Abschied

Und wenn sie es noch so bedauerte, sie war in ihrer gesundheitlichen Verfassung nicht in der Lage, mit mir nach München zu fahren und an seiner Beerdigung teilzunehmen. Sie litt darunter, nicht nur weil sie meiner Schwester in diesen schweren Tagen beistehen wollte, sondern auch weil sie ihren Schwiegersohn besonders geschätzt hatte. Aber es wäre für sie schon alleine nicht möglich gewesen, die lange Fahrt zu überstehen. Sie konnte nach ihrem schlimmen Beckenbruch schon gar nicht so lange im Auto sitzen. Meine ältere Schwester war es dann, die später meine Mutter besuchte.

Aber vorher trafen sie sich bei meiner jüngsten Schwester, um dort gemeinsam Weihnachten zu verbringen. A. hatte Mutti in Duisburg abgeholt. Der Tod meines Schwagers lag erst wenige Wochen zurück. Wir alle hofften, dass jetzt endlich eine glücklichere Zeit vor uns liegen würde und das drohende Damoklesschwert des Krebses nicht länger über uns hing.

Anfang Januar kam meine Mutter dann wieder zurück nach Duisburg, allerdings war sie von A.s Schwiegereltern im Auto mitgenommen worden.

Die Hoffnung auf ein Ende der Todesfälle erwies sich als verfehlt. Dem Bruder, meiner Mutter ging es schlechter. Es war nicht das Herz, es war der alte Todfeind Krebs. Er kämpfte tapfer dagegen an. Er sah in seiner Erkrankung einen Gegner, mit dem er sich messen und den er besiegen wollte. Er rang ihm Monat für Monat, Woche für Woche, Tag für Tag ab. Er stellte sich klare Ziele, Ereignisse, die er noch erreichen wollte. Er war beherrscht und lebte wie immer, pflegte sich und seine freundschaftlichen Kontakte und ließ sich nicht hängen. So fiel selbst mir seine sich verschlechternde gesundheitliche Situation lange Zeit nicht auf. Er zeigte sich beherrscht und an allem interessiert wie früher, kleidete sich geschmackvoll, dezent und qualitätsbewusst, und da er seine Figur in den letzten fünfzig Jahren so gut wie nicht geändert hatte, waren alle seine früheren finanziellen Investitionen in hochwertige Kleidung lohnend. Zudem verstand er es, auch ältere Sachen mit einem Selbstbewusstsein zu tragen, dass nie jemand auf den Gedanken gekommen wäre, ihn auch nur im Stillen zu bezichtigen, dass er nicht passend angezogen wäre. Er war von seiner ganzen Erscheinung das Idealbild eines Grandseigneurs. Sein Urteil in Kleidungsfragen und Lebensstil war für meine Mutter maßgebend.

Er hatte sich vorgenommen, seine Goldhochzeit noch in großem Rahmen zu feiern. Kurz vorher verlor er in der Nacht zwei Schneidezähne. Er ging sofort zu seinem Zahnarzt, mit dem er befreundet war, und beauftragte ihn, die Lücke zu überbrücken. Der versuchte ihn davon abzuhalten; er kannte sowohl seine gesundheitliche wie auch seine finanzielle Lage.

„Dann bin ich eben eine schöne Leiche!", hatte mein Onkel ihm entgegen gehalten und auf seinem Wunsch bestanden.

Er war zu eitel, um sich als Goldbräutigam mit Zahnlücken zu präsentieren. Zufälligerweise hatte meine Mutter in der gleichen Woche auch einen vorderen Schneidezahn verloren und genau so reagiert.

Nach der Goldhochzeit hatte mein Onkel schon neue Ziele ins Auge gefasst, auch die erreichte er. Er wollte die Volljährigkeit eines Enkels noch erleben und so reihte er Ziel an Ziel.

Er schaffte es sogar, mit Unterstützung durch seine Tochter, alleine zu Hause zu bleiben, als seine Frau durch einen Unfall einige Zeit ins Krankenhaus musste und betrieb die rechtliche Aufarbeitung dieses Ereignisses. Er kniete sich mit voller Konzentration in die Vertretung der Interessen seiner Ehefrau und hatte Erfolg.

Doch langsam verließen ihn seine Kräfte. Er gab sein Auto ab und blieb nur noch im Haus. Im Oktober wurde auch seine Stimme zunehmend schwächer. Mutti und ich konnten es bei unseren Telefongesprächen hören, die wir fast täglich mit ihm führten. Im Gegensatz zu meinem Schwager freute er sich über jeden Anruf.

Die Vorstellung, ihn auch noch zu verlieren, zerriss mir das Herz. Ich fühlte mich von Kindheit an eng mit ihm verbunden. Er war mein Taufpate und in erster Linie immer m e i n Onkel gewesen.

An einem Sonntag war ich so von innerer Unruhe getrieben, dass ich meiner Mutter vorschlug, ihn zu besuchen. Sie war sofort damit einverstanden, trotz der damit für sie verbundenen Anstrengungen.

Ich holte sie in Duisburg mit dem Wagen ab, ließ sie vor der Haustüre ihres Bruders aussteigen und machte mich auf die Parkplatzsuche.

Als wir bei ihm ankamen, lag er im Wohnzimmer auf der Couch, ganz unauffällig angezogen, aber mit dem gleichen Schick, mit dem er sich immer gekleidet hatte.

Er freute sich sichtlich über unseren Besuch, setzte sich sogar auf, um mit uns an dem Couchtisch Kaffee zu trinken, die Füße ganz normal auf den Teppich gesetzt, und entschuldigte sich noch dafür, dass er seine Pantoffeln anbehielt.

Er nahm an diesem Zusammentreffen teil, fast wie früher, aß sogar ein Stück Kuchen zur Verwunderung seiner Frau, wenn auch sehr langsam und mit vielen Pausen.

Er beteiligte sich an unserer Unterhaltung über alltägliche Themen und ich sah ihn die ganze Zeit voll Liebe und Bewunderung an, wie er sich zusammennahm. Er wollte keine Schwäche zeigen. Ich sog seinen Anblick in mich ein wie eine Kostbarkeit.

Sein Gesicht war immer noch attraktiv, wenn auch sehr blass, nur die sonst so lebhaften, dunkelbraunen Augen wirkten etwas verschwommen, dominierten aber immer noch seine Züge. Ich wollte es nicht wahr haben, dass er bald für immer aus meinem Leben gegangen sein sollte. Ich liebte ihn.

Am Tag nach unserem Besuch starb er, in seinem Wohnzimmer, wo wir gestern noch zusammengesessen hatten, in Anwesenheit seiner Frau und seiner jüngsten Tochter.

Er starb ganz friedlich, wie mir meine Cousine, die Krankenschwester war, später erzählte. Er hatte die ganze Zeit schon still gelegen und geschlafen. Plötzlich habe er die Augen aufgemacht und nur ein Wort gesagt: „Mutter!" Und dann hörte er auf zu atmen.

Wieder war ein mir lieber Mensch für immer gegangen.

Seine Witwe und meine Mutter schlossen sich noch enger aneinander als zuvor. Sie telefonierten fast täglich miteinander. Gegenseitige Besuche waren nicht mehr möglich, es sei denn, dass ich meine Mutter in meinem Wagen nach Krefeld mitnahm. Unser gemeinsames Auftreten war für die Verwandtschaft inzwischen zu einer Selbstverständlichkeit geworden.

Wir wurden wohl als Einheit gesehen. Ich versuchte, mich so gut es ging dagegen zu wehren. Aber wie?

Wurde sie von Freunden eingeladen, brachte ich sie mit meinem Wagen dahin und holte sie später wieder ab, auch wenn ich bei diesen Gelegenheiten oft aufgefordert wurde, die Stunden mit in ihrem Kreise zu verbringen. Ich nutzte die Zeit lieber für Verabredungen mit alten Schulfreundinnen, Stadtbummel oder Ähnliches. Ich hatte doch noch ein Eigenleben!

Aber ich war schließlich die einzige, die in Muttis Nähe wohnte, und jeder sah nur seine eigene Einladung und meinte, ihr eine Freude zu machen und mir diese Begleitung zumuten zu können. Dass Muttis Bekanntenkreis verhältnismäßig groß war und sich die Termine im Laufe eines Jahres mehrten, wurde von den einzelnen nicht wahrgenommen.

Dachte denn keiner daran, dass ich neben meiner Arbeit und meiner ehrenamtlichen Tätigkeit auch noch andere Interessen und Verpflichtungen hatte? Sah denn niemand, dass die Belastung langsam über meine Kraft ging?

„Du musst mehr essen, damit du nicht noch mehr abnimmst!", lauteten die gut gemeinten Ratschläge.

Aber damit war mir nicht geholfen. Die Probleme lagen woanders.

Ich entfaltete beträchtliche Energie, mich dieser Symbiose entgegen zu stemmen, ohne dass meine Mutter es merkte, und hatte sogar zeitweilig ein schlechtes Gewissen deswegen.

Unruhige Zeiten

Dann geschah es immer öfter, dass mich abends zuhause, oft nach neun Uhr, Verwandte und Bekannte meiner Mutter besorgt anriefen, und wissen wollten, ob bei ihr alles in Ordnung wäre. Sie ginge nicht ans Telefon.

Selbst wenn ich am gleichen Tag noch bei ihr gewesen war und sie gesund und munter vorgefunden hatte, beunruhigten mich diese Telefonate. Auch die Bekannte, mit der meine Mutter regelmäßig in den Schwarzwald fuhr, gehörte öfter zu den besorgten Anrufern und ich lernte dabei ihre Eigenarten kennen.

Sollte Mutti wieder gestürzt sein? Ich war zwar müde, aber was blieb mir übrig? Ich setzte mich wieder ins Auto und fuhr die fünfunddreißig Kilometer nach Duisburg, hastete die Treppen zu Muttis Wohnung rauf und fand sie ruhig in ihrem Sessel sitzend, verwundert, dass ich schon wieder da war. Sie hatte den Hörer des Telefons nicht richtig aufgelegt und war deshalb nicht zu erreichen gewesen.

Ein anderes Mal hörte ich schon im Treppenhaus, was der Grund für den besorgten Anruf einer Tante gewesen war. Der Fernseher brüllte mir mit voller Lautstärke entgegen. Ich schoss erst einmal zu dem Gerät hin, um es leiser zu stellen, dann ließ ich mich in einen Sessel fallen. Von meiner Mutter erntete ich nur einen erstaunten Blick. Dann musste ich die besorgte Tante telefonisch informieren, was der Grund dafür gewesen war, dass Mutti sich nicht am Telefon gemeldet hatte.

Mit mancher der Anruferinnen telefonierte ich so oft, dass sie mich später sogar als Ansprechpartner für ihre persönlichen Probleme auswählten.

Ich wusste nicht, ob ich das als Kompliment oder als zusätzliche Belastung ansehen sollte. Ich wurde unversehens zum Ratgeber für etliche ältere Damen, die alle ihre Sorgen oder Kümmernisse bei mir abluden und von mir Hilfestellung erwarteten.

Es war meist nach elf Uhr, bis ich wieder zu Hause war, und auch dann konnte ich nicht gleich ins Bett gehen und musste mich erst einmal von der Aufregung und dem Stress erholen.

Ich pries in Gedanken meinen Mann, dass er früher, als wir erst kurze Zeit verheiratet waren und sich bei mir ein beruflicher Wechsel abzeichnete, darauf bestanden hatte, dass unser neuer Wohnort nicht zu weit von unserer Heimatstadt und unseren Eltern entfernt liegen dürfte.

Freilich hatte er dabei in erster Linie an sich gedacht, denn seine Mutter war damals erst seit kurzem verwitwet und fand sich in ihrer neuen Lebenssituation noch gar nicht zurecht. Er war Einzelkind und musste ihr in weiten Bereichen den männlichen Partner und Helfer ersetzen.

Wenn wir damals, wie es eigentlich meinen Vorstellungen entsprach, in einen weiter entfernten Teil des Landes gezogen wären, hätte ich die vielen und auch manchmal unerwartet notwendig werdenden Fahrten zu meiner Mutter nicht leisten können. Ich hatte mich damals innerlich murrend den Bedingungen meines Mannes gebeugt. Ich hätte mir auch eine landschaftlich reizvollere

Gegend gewünscht, aber ich fühlte mich zu dem Zugeständnis verpflichtet.

Heute kam mir das zugute, aber als junge Frau, damals noch kinderlos, hatte ich in jugendlichem Egoismus keine Gedanken daran verschwendet, dass auch meine Eltern einmal Fürsorge von uns brauchen würden. Aber da lebte ja auch mein Vater noch und außerdem hatte ich noch zwei Schwestern, die beide in der gleichen Stadt wie meine Eltern wohnten. Sie hätten sich ja auch um sie kümmern können; allein sie verlegten später ihren Wohnort und zogen in weit entfernte Teile Deutschlands.

Später, als ich nach dem Tode meines Vaters meine Berufstätigkeit nach langer Familienpause wieder aufnahm, war es mein eigener Antrieb, mich nach einer Teilzeitstelle umzusehen, damit mir genügend Zeit für die Erfüllung meiner familiären Aufgaben blieb. Freilich hatte ich mich damals noch nicht von meinem Mann getrennt, so dass die damit verbundene finanzielle Einbuße weniger Bedeutung hatte. Die war erst später, nach Eintritt ins Rentenalter für mich spürbar geworden. Erst einmal aber hatte meine Teilzeitstelle für uns alle nur Vorteile, auch wenn die Belastung durch Beruf und Familie für mich bei dreißig Stunden Arbeitszeit im Krankenhaus schon zeitweilig recht anstrengend war.

Nun stellten sich die beiden, damals getroffenen Entscheidungen als die unbedingt notwendigen Voraussetzungen heraus, um mir die Zeit und Kraft zu lassen, mich um meine Mutter zu kümmern.

Meine Schwestern und ihre Familien hatten diese Rücksicht nicht nehmen müssen. Ich wohnte ja in der Nähe, meine Familie war jedes Wochenende das Besuchsziel meiner Eltern - später meiner Mutter - leicht zu erreichen und besaß für dringend nötige Gegenbesuche ein eigenes Auto.

Die spätabendlichen Fahrten nach Duisburg waren keine einmaligen Ereignisse. Da Mutti einen großen Bekanntenkreis hatte, zu dem sie ja, wegen der vielen Treppen, nur noch überwiegend telefonisch Kontakt hielt, wiederholten sie sich mit schöner Regelmäßigkeit.

Allen war ich als Ansprechpartner bekannt, alle hatten meine Telefonnummer. So konnte es nicht weitergehen.

Veränderungen

Meine Mutter hatte sich schon vor einiger Zeit als Interessentin für ein Projekt eingetragen, dass in ihrer Nachbarschaft gestartet werden sollte und das betreutes Wohnen versprach. Ich ließ damals meine Beziehungen spielen und schaffte es, dass man ihr einen Platz reservierte..

Dann stellte sich heraus, dass dieses Projekt auf Hilfe setzte, welche die Bewohner sich gegenseitig leisten sollten. Das entsprach nicht den Vorstellungen meiner Mutter. S i e für andere kochen? Das ginge ja zur Not noch. Aber bei der Betreuung von Kranken oder Dementen helfen? Das empfand sie als Zumutung. Sie meldete sich aus dem Kreis der Interessenten ab.

Seit einiger Zeit kam der Pflegedienst nicht mehr zu meiner Mutter, die Krankengymnastin hatte mit ihr Treppensteigen geübt und glaubte, damit die Voraussetzungen für die Selbständigkeit der Patientin erbracht zu haben.

Ob es noch andere Gründe gab, die Physiotherapie zu beenden, weiß ich nicht, will es aber nicht ausschließen. Dabei hätte Mutti durchaus noch Unterstützung gebrauchen können. Sie war doch außerstande, ihren Haushalt alleine zu führen, einzukaufen, zu kochen. Selbst Haare kämmen und Zähne putzen waren ein Problem, weil sie sich doch immer mit einer Hand irgendwo festhalten musste. Von gründlicherer Körperpflege ganz zu schweigen!

Es dauerte eine Weile, bis die Nachricht von der Pflegekasse kam: Muttis Antrag auf Anerkennung einer Pflegestufe wurde abgelehnt. Sie wäre noch zu selbständig.

Ich legte für sie Widerspruch ein. Am Ergebnis änderte sich nichts, an ihrer Lebenssituation auch nicht: Ihre gesundheitliche Situation war weiterhin labil, die Wirbel nach wie vor zusammengebrochen, die Hüftpfanne verschlissen, sie lebte mit ständigen Schmerzen, starken Medikamenten dagegen, welche die Sturzgefahr sogar erhöhten und - ich in ständiger Unruhe.

Mein Schwager, der Pastor, der beruflich viel Kontakt zu alten Menschen hatte, äußerte sich zu unseren abgelehnten Anträgen nur, sie solle doch die positive Seite dieses Bescheides sehen, offenbar wäre sie doch gesundheitlich noch nicht so beeinträchtigt.

Er hatte ja auch nicht täglich mit der Kompensierung ihrer Behinderungen zu tun! Die Rolle der Betreuungsperson hatte ich ja übernommen.

Dennoch hütete ich mich, ihm zu widersprechen. Ich hatte schon genügend Zeit in die Antragstellung und den anschließenden Papierkrieg investiert und war froh, als meine Mutter mich nicht mehr zu weiteren Versuchen drängte. Einen Rechtsstreit wollte sie zu Glück auch nicht.

Die Bescheinigungen der behandelnden Ärzte ermöglichten es mir jedoch, eine Verschlimmerung im Grad ihrer Schwerbehinderung und den Zusatz „G" zu erreichen. Nun konnte sie wenigstens den öffentlichen Nahverkehr kostenlos in Anspruch nehmen.

Aber wie sollte es nun weitergehen? Sie brauchte Hilfe.

In die Badewanne kam sie noch nicht einmal mehr mit einer Einstieghilfe und meiner Unterstützung. Sie brauchte dafür mindestens zwei Personen, aber dafür bot das Bad nicht genügend Platz. Ich hatte es einmal alleine versucht, diese Hilfestellung zu erbringen. Aber sie hatte sich voll panischer Angst so an mich geklammert, dass ich fast mit in die volle Wanne gefallen wäre. Mir war am Ende nichts anderes übrig geblieben, als das Wasser ablaufen zu lassen und hatte es nur unter größten Mühen geschafft, sie wieder da heraus zu befördern. Am Ende war auch ich ganz nass, aber nicht nur vom Badewasser sondern auch vor körperlicher Anstrengung und Schwitzen. Ich konnte bei dieser Gelegenheit das erste Mal die hässliche Narbe sehen, die sich schräg von ihrer Achselhöhle über ihren linken Oberkörper zog und war voller Mitleid mit ihr.

Sich strecken, und etwas aus einem oberen Schrankfach herausholen, gelang ihr auch nicht; sie musste sich ja an ihrem Rollator festhalten. Es gab so viele kleine Verrichtungen im Haushalt und in ihrem Alltag, mit denen sie sich auf Grund ihrer Behinderung überfordert fühlte. Selbst ihre Haare ordentlich zu kämmen, wofür sie ja zwei Hände brauchte und deshalb den Rollator los lassen musste, führte zu Problemen. Im Badezimmer konnte sie sich dabei noch gegen das Waschbecken lehnen, aber an anderen Stellen?

Manche Beeinträchtigung existierte nur in ihrer Fantasie, sie fühlte sich verunsichert und hatte Angst zu stürzen.

Zu ihr, in ihre Wohnung ziehen, konnte ich auch nicht. Ich musste ja jeden Morgen nach W. zur Arbeit. Zu m i r ziehen wollte und konnte s i e nicht. Ich war nach der Trennung von meinem Mann erst einmal in ein Einraumapartment und später in eine kleine Zweizimmerwohnung gezogen, und sie hatte diese neue Wohnsituation immer noch nicht akzeptiert.

Sie bestand bei ihren Besuchen in W. noch jahrelang darauf, mit mir in unser Einfamilienhaus zu fahren und im Sommer auf der Terrasse zu sitzen. Deshalb pflegte und putzte ich auch noch lange Zeit unser Haus, obwohl ich ja selber nicht mehr dort wohnte.

In Duisburg beschäftigte sie eine Putzhilfe, die früher einmal in der Woche kam aber auch sonst sehr hilfsbereit und zuverlässig war und für sie einkaufte oder andere Gänge erledigte. Aber die war vor kurzem selbst krank geworden, Brustkrebs, und deren Ehemann, schon Rentner, half meiner Mutter bei vielen Handreichungen. Doch er konnte nicht alles übernehmen, was sonst seine Frau getan hatte. Und dann waren da noch die Wochenenden, an denen seine eigene Familie ihn in Anspruch nahm. Wer war dann für Mutti da?

An sonntägliche Radtouren, die ich sonst gerne mit meinem Mann unternommen hatte, auch wenn wir getrennt lebten, war schon lange nicht mehr zu denken. Nur einmal im Jahr fuhr ich mit ein paar Freundinnen für eine Woche weg. Jedes Mal musste ich vorher für die Betreuung meiner Mutter in meiner Abwesenheit sorgen.

Ich unterhielt mich mit beiden Schwestern über die sich abzeichnende Entwicklung. Beide betonten, dass Mutti in ihrer Familie keine Unterkunft auf Dauer finden könnte. Die ältere begründete ihre Auffassung damit, dass meine Mutter nie nach München ziehen würde, weil sie dort ja niemanden außer ihr kennen würde, die jüngere mit Platzmangel in ihrem Haus. Wohl wäre sie bereit, meiner Mutter eine eigene Wohnung im Dorf zu besorgen und sich um sie zu kümmern, aber das lehne meine Mutter ab, weil es ihr dort zu einsam wäre und es in dem kleinen Ort für sie zu wenig Abwechslung gäbe, noch nicht einmal ein eigenes Lebensmittelgeschäft für den täglichen Bedarf.

Ich versuchte, die Stellungnahme meiner Mutter zu dieser Frage zu erfahren. Sie bestätigte die Einschätzung meiner Schwestern. Doch sie sah weder ein Problem noch Änderungsbedarf. Alles könne doch so bleiben, wie es wäre.

Ich sah durchaus Probleme, nicht nur für sie sondern auch für mich und sann auf Abhilfe. Ich lebte schließlich wie auf einem Schleudersitz, traute mich abends nicht mal, ein Bier zu trinken, immer in Erwartung, dass ich noch einmal mit dem Wagen nach Duisburg fahren musste. Erst abends nach elf Uhr fühlte ich mich ruhig, weil sie um diese Zeit normalerweise ins Bett ging.

Eines Tages sprach ich sie auf die Möglichkeit an, für uns beide eine Wohnung zu kaufen, die uns beiden genügend Platz bieten würde. Die musste wegen meiner Arbeitsstelle natürlich in W. liegen; andererseits hätte sie die Möglichkeit, da sie noch nie Wohneigentum besessen hatte, für den Erwerb einen staatlichen Zuschuss zu bekommen. Sie schien dem Gedanken näher zu treten, zumal sie schon früher mit meinem Vater gemeinsam überlegt hatte, in unsere Stadt zu ziehen, in der sie außer uns noch gute Bekannte hatte und in der es ihr gut gefiel.

Ich hatte ein geeignetes Objekt gefunden, das sich im frühen Planungsstadium und in guter Lage, nahe bei unserem Einfamilienhaus befand, und zeigte ihr die Pläne. Bei einem späteren Besuch führte ich sie zu dem Grundstück. Sie war sehr angetan und so ließ ich eine Wohnung reservieren. Kurz, bevor es zum Vertragsabschluss kommen sollte, machte sie einen Rückzieher. Ihr Bruder hätte ihr früher abgeraten, zu mit nach W. zu ziehen. Sehr viel später stellte sich heraus, dass ein Missverständnis vorlag. Mein Onkel hatte geglaubt, meine Mutter habe in mein winziges Apartment einziehen sollen, das ich in der ersten Zeit nach der Trennung von meinem Mann noch bewohnte. Wie er zu dieser Annahme kam, weiß ich nicht.

Daraufhin änderte ich meine Pläne und kaufte eine kleinere Wohnung, die ich alleine finanzierte, auch wenn ich dafür eine hohe Hypothek aufnehmen musste. Die Zinsen könnten über die Miete erwirtschaftet werden.

So hatte Mutti genügend Zeit, ihre Einstellung zu überprüfen und ich könnte notfalls die Wohnung ja jederzeit an dritte vermieten.

Inzwischen hatten der Hauseigentümer von Muttis Wohnung in Duisburg und auch alle anderen Mitbewohner gewechselt, sie sah sich ständig steigenden Miet-und Mietnebenkosten ausgesetzt und fühlte sich in ihrer Umgebung nicht mehr so wohl. Alle Mitbewohner waren viel jünger und berufstätig und sie war die meiste Zeit allein in dem großen Haus.

Das Entscheidende aber war, dass ihre Wohnung nach vielen Jahren einer dringenden Renovierung bedurfte. Auch meine ältere Schwester hatte sie schon darauf angesprochen. Da mein Vater ein starker Raucher gewesen war, wiesen alle Wände und Decken Spuren dieses Lasters auf. Die Wohnung war schon Jahre vor seiner Erkrankung und seinem Tod nicht mehr angestrichen oder gar tapeziert worden, weil meine Eltern die damit verbundene Belästigung und Arbeit vermeiden wollten. Nun scheute Mutti sich vor den damit verbundenen Umständen und Kosten. Zehntausend DM müsste sie schon investieren, meinte meine älteste Schwester. Auch ich hätte mit der Renovierung erneut eine Fülle von zeitlicher Beanspruchung auf mich zukommen gesehen. Denn wer sollte beim Um- und Ausräumen der Möbel und bei der sich daran anschließenden Arbeit helfen, wenn nicht ich? Mutti alleine konnte es nicht, erst recht nicht nach ihrem Sturz. Meinen Schwestern fehlten die räumliche Nähe und die Zeit. Drei Töchter sind nicht drei mal eine.

Mir würden so oder so anstrengende Tage und Wochen bevorstehen.

Umzug

Einige Zeit nach dem Tod ihres Bruders, entschloss Mutti sich doch, von meinem Angebot Gebrauch zu machen und in die neue Wohnung in W. einzuziehen. Ich hatte sie mit allem möglichen Komfort ausstatten lassen, mit Sicherheitsglas, elektrischen Rollläden, einer ganz modernen Einbauküche usw. damit sie es ja bequem und sicher hätte, wenn sie sich doch zum Bezug entschließen sollte. Nur vor der Anstrengung des Umzugs schreckte sie zurück.

Ich bot ihr an, diese Arbeit alleine mit Unterstützung meines Sohnes zu übernehmen, und während sie die Weihnachtsferien bei meiner jüngsten Schwester verbrachte, bereitete ich den Umzug vor, an den Tagen des Wochenendes von morgens bis abends und an den Werktagen täglich nach dem Dienst, oft bis spät abends. Beim eigentlichen Möbeltransport half dann mein Sohn.

Meine jüngste Schwester hatte schon Tage zuvor einen schönen, alten Bücherschrank meiner Eltern zu sich ins Saarland gebracht. Ich war ganz überrascht gewesen, als ich bei meinem ersten Besuch danach die Veränderung bemerkte. An der Stelle, wo er gestanden hatte, war die Tapete nicht vom jahrelangen Tabakkonsum meines Vaters nachgedunkelt und wirkte wie eine helle Narbe. Ich empfand das Fehlen dieses Möbelstücks wie eine Verletzung, als ich am Tag ihrer Abreise in Muttis Wohnung kam und war einen Moment unsicher, ob ich meiner Mutter zu der richtigen Entscheidung geraten hatte. Aber ich ahnte, dass der nun schon über zwei Jahre dauernde Zustand mit dem ständigen Pendeln zwischen Duisburg und W. neben meiner Berufstätigkeit für mich nicht viel länger durchzuhalten war.

Es ging mir gesundheitlich immer schlechter und ich hatte überhaupt kein Eigenleben mehr. Ich sah nur noch die Wahl zwischen einem Altersheimplatz für meine Mutter und dieser Lösung. An einem Leben im Altersheim störte meine Mutter neben der räumlichen Beschränkung vor allem der Mangel an Selbstbestimmung.

Sie wollte entscheiden, wann sie aufstand und zu Bett ging, was und wann sie aß und mit wem sie zusammensitzen würde und wann sie nach Hause kam. Sie wollte sich trotz ihrer Fähigkeit zur Anpassung nicht in ein zeitliches Korsett zwingen lassen. Zumindest empfand sie das Leben dort so.

Eine Schulfreundin war aus diesem Grunde aus einem solchen Heim, in dem Mutti sie recht oft besucht hatte, nach anfänglicher Begeisterung wieder ausgezogen und wurde nun von ihrem Sohn betreut, der aber im gleichen Ort in der Nachbarschaft wohnte.

Vielleicht waren es aber auch ihre letzten beiden Krankenhausaufenthalte, die sie von ihrem ursprünglichen Plan, in ein Altersheim zu ziehen, abhielten. Sie wollte wohl nicht eine von vielen sein.

Als ich dann an dem Wochenende im Dezember meine Mutter mit meiner Schwester, die sie zu dem alljährlichen Weihnachtsbesuch abholte, das letzte Mal die vielen Stufen von ihrer

Wohnung zur Haustüre heruntergehen hörte und ihr nachsah, fühlte ich, dass dieser Weg nicht nur für sie ein schmerzhafter Abschied von einem großen Teil ihres Lebens war, sondern dass auch ich ein Stück Elternhaus verlieren würde. Immerhin hatte ich selbst viele Jahre in dieser Wohnung gelebt und Jahrzehnte lang meine Eltern, später meine Mutter alleine, dort besucht. Ich empfand Respekt vor dem Mut meiner Mutter, in ihrem Alter eine solche räumliche Veränderung zu wagen und schwor mir, ihr die Eingewöhnung in ihr neues Leben so leicht wie möglich zu machen. Dass damit auch von mir eine Menge Kraft und Rücksichtnahme abverlangt würde, war mir klar, aber ich war willens, alles zu tun. Ich spürte in fast messbarem Druck das Gewicht der Verantwortung, das ich mir aufgeladen hatte, aber ich hatte meine Mutter ja nicht leichtsinnig zu diesem Schritt überredet. Wer sonst war denn aus meiner Familie in der Lage oder willens, die immer öfter anfallenden Betreuungsaufgaben zu übernehmen?

Meine Schwester A. hatte mir den Vorschlag gemacht, uns die Aufgabe zu teilen. Die eine sollte Mutti betreuen, die andere den Umzug mit den dafür nötigen Vorbereitungen übernehmen, weil man der fast Fünfundachtzigjährigen die damit verbundene Arbeit und Aufregungen nicht mehr zumuten könnte. Meine Schwester hatte in diesem Punkte Recht, aber dennoch wurde mir sehr bald klar, dass ich den schwierigeren und anstrengenderen Teil übernehmen sollte. Es half nichts, ich hatte zugesagt und musste jetzt damit fertig werden. Zumindest fielen in Zukunft die zeit- und kraftraubenden Autofahrten nach Duisburg weg, die in Zukunft wahrscheinlich noch häufiger notwendig geworden wären.

Erst aber einmal war ich mit Packen beschäftigt. Mir fielen so viele Dinge in die Hand, die mit persönlichen, teils schmerzhaften Erinnerungen behaftet waren, dass es sehr viel Selbstdisziplin erforderte, kontinuierlich weiter zu arbeiten. Immer wieder hielt ich inne, fasziniert von manchen Fundstücken und sah die Vergangenheit vorbeiziehen. Wie sehr sehnte ich mich in diesen Stunden nach Unterstützung von einer meiner Schwestern, aber die eine hatte ja meine Mutter zu Gast und die andere lebte zu weit weg und hatte im Moment genügend eigene Probleme. Ich biss die Zähne zusammen und machte weiter. Ich hatte ja Verantwortung übernommen.

Nur auf der Heimfahrt kam ein Gefühl der Verlassenheit und Trauer in mir auf. Ich fühlte mich nicht nur von meiner Mutter sondern auch von der jüngeren Schwester überrumpelt. Sie hatte entschieden den weniger anstrengenden Teil für sich übernommen.

Auch hatten sie mir vorher nicht gesagt, was sie mit dem alten Bücherschrank beschlossen hatten, genau so wenig, wie sie mich über die Mitnahme des alten Kaffeeservice informiert hatten.

Damit hatte es eine besondere Bewandtnis. Schon seit einiger Zeit hatte meine Mutter damit begonnen, Teile aus ihrer Wohnung abzugeben, damit sie die „Schränke nicht so voll hätte." Auch mich hatte sie zur Mitnahme von Gegenständen überreden wollen. Ich hatte das immer abgelehnt, einerseits, weil mir eine Annahme ihres Angebots so aussah, als ob ich mit ihrem nahen Ende rechnen würde, andererseits brauchte ich die Sachen nicht und hatte auch keinen Platz dafür in meiner kleinen Wohnung. Bei einer Gelegenheit hatte ich ihr aber geantwortet, dass ich später einmal ihr altes Kaffeeservice mit dem schwarzgoldenen Rand haben wollte, weil ich das aus allerfrühesten Kindertagen, noch aus dem Allgäu, in Erinnerung hatte und sie hatte sich damit einverstanden erklärt, mehr noch, sie schien sogar erfreut, dass ich etwas gefunden hatte, das mir etwas bedeutete. Wie oft hatte ich sie und ihren Besuch aus diesen Tassen Kaffee trinken sehen, meist mit Sahne, die erst als kleines Häubchen später als eine milchig weiße Spiralspur auf dem schwarzen Getränk schwamm. Dieses Service war ihr zur Verlobung geschenkt worden, hatte die ganzen Kriegsjahre und die Nachkriegszeit mit den vielen Umzügen überstanden und war lange Zeit ihr ganzer Stolz. Auch mir schien es deshalb kostbar, nicht wegen des materiellen Wertes sondern weil es mir so vertraut war.

Wie war ich schmerzhaft überrascht, als ich an ihrem letzten Tag in Duisburg das Service nicht mehr in ihrem Wohnzimmerschrank fand und auf Nachfragen von Mutti erfuhr, dass sie es meiner Schwester überlassen hatte. Es war nicht der entgangene materielle Wert, dem ich nachtrauerte, sondern dass sie vergessen hatte, dass sie es mir versprochen hatte. Als ich sie darauf aufmerksam machte, zuckte sie nur die Achseln und meinte, nun hätte sie es aber A. geschenkt, die würde ja so gerne Tee trinken und dafür wäre es ja mit seinem dünnen Porzellan bestens geeignet. Ich könnte mir ja etwas anderes von ihr aussuchen.

Ich war es ja gewohnt, dass das Nesthäkchen unter uns Schwestern im Vergleich zu uns älteren immer verwöhnt wurde, ja, ich hatte mich in der Vergangenheit selbst daran beteiligt, doch dieses Mal fiel es mir besonders schwer, die Bevorzugung zu verarbeiten. Meine beiden anderen Schwestern hatten sich in den letzten Jahren besonders eng an einander geschlossen, die ältere bemutterte die jüngste und erntete zum Dank dafür deren absolute Bewunderung. Abgesehen davon wohnten sie auch räumlich gesehen näher zusammen und besuchten sich häufig gegenseitig. Ich stand allein schon wegen der etwas größeren räumlichen Entfernung in nicht so engem Kontakt zu ihnen.

Es brachte mir also auch nichts, mich bei meiner älteren Schwester zu beklagen, ich würde damit die beiden nur noch näher zusammenschweißen.

Ich führte also meine Arbeit alleine zu Ende. Ich hatte niemanden, den ich fragen konnte, welcher Gegenstand auszusortieren wäre, deshalb musste ich alles alleine entscheiden. Es fiel mir sehr schwer und die Anzahl der Umzugskartons wuchs und wuchs.

Was hatte sich da in einem weit über achtzigjährigen Leben alles angesammelt! Die reinste Kulturgeschichte des Haushalts, angefangen in den ersten Jahren des vergangenen Jahrhunderts bis in die späten neunziger war in den

Schränken verborgen. Manche Gegenstände hatten früher zum Haushalt meiner Großmutter gehört und lösten schmerzliche Erinnerungen bei mir aus. Die meisten Probleme bereiteten mir das Verpacken von Muttis Garderobe.

Sie war auf eine ungeheure Menge angewachsen und füllte mittlerweile einen viertürigen und einen sechstürigen Kleiderschrank. Viele der meist hochwertigen Sachen hatte ich noch nie gesehen. Ich staunte nur und musste an Muttis Berichte von den gemeinsamen Shoppingtouren mit der ehemaligen Freundin denken. Meine Mutter hatte sie oft als „kaufsüchtig" bezeichnet. Wahrscheinlich hatte sie damit noch nicht einmal ganz Unrecht. So hatte die Freundin einmal, als ihre Enkelin erst drei Jahre alt war, für sie ein Kommunionkleid gekauft, weil es ihr so gut gefiel und sie es preiswert erstehen konnte. Freilich, solchen Unsinn hätte ich meiner Mutter nicht zugetraut. Der Preis spielte für sie nicht so eine entscheidende Rolle, aber die Qualität.

Am ersten Weihnachtstag hatte ich endlich alle Sachen eingepackt. Mein Sohn half mir noch Vatis alten Ruhesessel nach W. in meine Wohnung zu transportieren und einen Tag später rief meine Mutter an, dass sie am nächsten Tag kommen würde. Die Schwiegereltern meiner jüngsten Schwester würden sie in ihrem Wagen mit bis nach Duisburg nehmen und dort sollte ich sie abholen.

Am Tag nach Weihnachten erhielt ich dann einen Anruf von meiner jüngsten Schwester, Mutti wäre jetzt abgefahren. Und dann wurde ich mit einer Fülle von Vorwürfen überschüttet, die ich nie erwartet hätte: Meine Mutter habe nie zu mir nach W. ziehen wollen, sie habe nur zugestimmt, weil sie Angst vor mir habe und sie nicht den Mut gefunden hätte, sich mir zu widersetzen. Mutti würde den Umzug nicht lange überleben und ich wäre schuld, wenn sie jetzt sicher bald sterben würde.

Ich versuchte zu widersprechen, aber meine Schwester ließ mich gar nicht zu Wort kommen und beendete das Telefongespräch. Sie legte einfach den Hörer auf.

Mir klopfte das Herz bis zum Hals. Wie konnte A. so etwas sagen? Hatte ich wirklich auf Mutti Druck ausgeübt? Ich konnte mich nicht erinnern, aber hatte ich mich vielleicht in meiner gestressten, gesundheitlichen Situation irgendwann missverständlich ausgedrückt? Ich fühlte mich total verunsichert jedoch in keiner Weise schuldbewusst. Nur mir wurde noch einmal besonders deutlich, welch einschneidende Veränderung meiner Mutter bevorstand. Aber – wäre ein Einzug in ein Altersheim weniger gravierend gewesen?

Nachdem ich mich ein wenig beruhigt hatte, setzte ich mich in mein Auto und fuhr nach Duisburg. Ich kam ungefähr gleichzeitig mit Mutti an der Wohnung der Schwiegereltern meiner Schwester an und sie konnte gleich in meinen Wagen umsteigen und brauchte nicht mehr die steilen Treppen zur Wohnung der alten Leute in der zweiten Etage hinaufzusteigen.

Ich sah meine Mutter aufmerksam an, um festzustellen, ob irgendetwas in ihren Zügen darauf hinwies, dass sie sich nicht wohl fühlte, aber weder ihr Gesichtsausdruck noch ihre Stimme ließen ahnen, dass sie sich von mir eingeschüchtert fühlte; sie wirkte nicht anders als sonst, sondern schien erfreut, mich zu sehen. Sie war besonders froh, den Fahrer zu wechseln, denn den Schwiegervater meiner Schwester, der sehr schlecht sehen konnte und eine starke Brille trug, empfand sie als unsicheren Autofahrer und hatte jedes Mal Angst, wenn sie zu ihm in den Wagen steigen sollte.

Ich berichtete ihr also auch nicht von dem Anruf ihrer jüngsten Tochter.

Jahre später habe ich sie einmal vorsichtig auf die Vorwürfe meiner Schwester angesprochen, doch meine Mutter bestritt, so etwas jemals gesagt zu haben. So ganz beruhigte mich damals ihre Aussage aber nicht, vielleicht wollte sie mich nicht verletzen oder sie hatte es inzwischen vergessen.

Ein neues Zuhause

In meiner Wohnung, in der ich bereits den Kaffeetisch gedeckt hatte, setzten wir uns erst einmal gemütlich hin und besprachen, wie wir die nächsten Wochen gestalten wollten. Ihre neue Wohnung war noch nicht völlig fertiggestellt, die Küche musste noch eingebaut werden, und so beschlossen wir, dass sie vorläufig mein Schlafzimmer beziehen sollte und ich spät abends zum Übernachten in unser circa zweihundert Meter entferntes Einfamilienhaus zum Schlafen gehen sollte. Frühstücken könnten wir gemeinsam in meiner Wohnung und ich würde ihr immer einen Tag vorher aus unserer Krankenhauscafeteria Mittagessen mitbringen, das sie sich dann selbst in der Mikrowelle aufwärmen konnte.

Jeden Nachmittag machten wir dann gemeinsame Spaziergänge mit ihrem Rollator, einmal, um das Laufen zu trainieren, andererseits, damit sie die nähere Umgebung kennen lernte. Nach ein paar Tagen war sie dann soweit, dass sie zu Fuß die Stecke bis zu ihrer neuen Wohnung zurücklegen konnte.

Das Zusammenleben mit ihr erwies sich als ziemlich unproblematisch; wir nahmen auf einander Rücksicht und hatten alleine durch meine berufsbedingte Abwesenheit jeder seinen persönlichen Freiraum.

Als wir dann festgelegt hatten, wo die einzelnen Möbelstücke in ihrer neuen Wohnung stehen sollten und mein Sohn I. unsere Planung mit Freunden umgesetzt hatte, begannen wir gemeinsam mit dem Einräumen ihrer Sachen in die

Schränke. Auf diese Weise wusste sie nicht nur, wo die einzelnen Gegenstände hinterher zu finden waren, sondern gewöhnte sich auch langsam an ihr neues Heim, in dem sie sich zunächst nur stundenweise in meiner Begleitung aufhielt.

Zum Glück passten nicht nur die meisten Möbel in die Räume sondern sogar die mitgebrachten Gardinen vor die Fenster, so dass es ihr leichter fiel, sich dort schnell heimisch zu fühlen. Wenn auch nicht alles den Vorstellungen eines Innenarchitekten entsprochen hätte, war sie ganz zufrieden. Ihre alten Lampen hingen an den Decken, die vertrauten Bilder an den Wänden; Vatis alter Sessel stand an der gewohnten Stelle. Lediglich die Einbauküche war absolut neu, konnte dafür jedoch etliche Gegenstände aus ihrer alten Wohnung auch sichtbar aufnehmen und sie so schnell vertraut wirken lassen. Sie zeigte sich denn auch sehr zufrieden mit dem Ergebnis unserer Bemühungen und bewertete es mit dem für sie typischen Ausdruck: „Tadellos!" Das war das höchste Lob, das sie zu vergeben hatte.

Anfang April zog sie dann endgültig ein.

Schon während sie noch bei mir wohnte, hatte sie durch Vermittlung einer Freundin zu einem Seniorenkreis der evangelischen Kirche in unserer Nachbarschaft Kontakt aufgenommen, der sich alle zwei Wochen traf, und in dem sie sich bald sehr wohl fühlte und sogar regelrechte Freundschaften schloss. Daraus resultierten dann auch wieder private Einladungen. Sie wurde zu den Treffen von ehrenamtlichen Helfern der Kirchengemeinde mit deren privaten Autos abgeholt und wieder zurück gebracht und hatte in regelmäßigen Abständen einen Nachmittag im Kreise Gleichaltriger bei Kaffee und Kuchen, auf den sie sich immer freute.

Jeden Sonntag fuhren wir mit meinem Wagen zu einem anderen hübsch gelegenen Café auf dem Land und zelebrierten dort unser nachmittägliches Kaffeetrinken. Sie genoss diese Abwechslung und freute sich darüber, dass sie nach vielen Jahren Großstadtlebens wieder das Erwachen der Natur in ländlicher Umgebung erleben konnte. Sie registrierte voller Bewunderung, die allmähliche Einfärbung der Äcker und Wiesen, das zunehmende vielfältige Grün der Bäume, die jungen Lämmer auf den Weiden, die Blumen und alles was mir schon lange selbstverständlich geworden war. Sie wurde nie müde zu betonen, dass auch mein Vater schon immer gesagt hätte, wie schön doch der Niederrhein sei. Auch ich sah die Landschaft meiner schon gewohnten Umgebung neu mit ihren Augen, und erfreute mich an der Schönheit des Anblicks. Es ging mir fast wie den Eltern, die lernen die Welt aus dem Blickwinkel ihrer kleinen Kinder zu sehen.

Ihren fünfundachtzigsten Geburtstag feierte sie im engsten Verwandtenkreis mit einem exquisiten Mittagessen in einem Hotel und anschließendem Geburtstagskaffe in meiner Wohnung. Ich hielt eine kleine Ansprache, in der ich ihren Mut lobte, in ihrem Alter noch eine solche Veränderung in ihrem Leben anzugehen, während andere ins Altersheim zögen. (Als ob das keine Veränderung bedeuten würde!) Meine beiden Schwestern waren auch zu der Feier gekommen, und besonders meine ältere Schwester beteuerte, wie froh sie über unsere Lösung wäre.

Auch nach dem Umzug erwies sich die neue Wohnung als Glücksgriff.

Es passten nicht nur ihre wichtigsten Möbel gut in die Räume, obschon sie natürlich einige Teile nicht unterbringen konnte, schließlich hatte sich ihre Wohnfläche von einhundertzwölf auf fünfzig Quadratmeter verringert, sondern vor allem die Mitbewohner bildeten bald mit ihr eine echte Hausgemeinschaft, wie sie es der besten Zeit in Duisburg erlebt hatte.

Sie besuchten sich gegenseitig und luden zu gemeinsamen Geburtstagsfeiern ein, und sie wurde als Älteste von allen mit besonderer Achtung und Anteilnahme bedacht. Da überwiegend ältere Menschen in dem Haus lebten, davon fünf verwitwete Damen, bildete sich unter den weiblichen Bewohnern bald eine engere Gemeinschaft heraus, die sich mehr oder weniger regelmäßig trafen und sich bald auch mit Vornamen anredeten. Es war ein Geburtstagskaffeetrinken, als diese Verabredung getroffen wurde, und Mutti zögerte nicht, sich in diese Runde einzubringen.

Mit „Ich bin die Grete", bot sie ihr „Du" an, wohl wissend, dass dieses Angebot ihr als der Ältesten zustand. Es war sehr klug von ihr, diesen Schritt zu gehen, nicht nur weil die anderen mindestens zehn Jahre jünger waren als sie und sie sich so unauffällig in die Gemeinschaft der Jüngeren einbrachte, sondern weil sie so ein Problem des Alterns milderte.

„Ich wusste, dass man im Alter einsamer wird," hatte mir einmal eine greise Frau bei einem meiner vielen Besuche in Altersheimen, die ich in ehrenamtlicher Funktion als Überbringerin der Glückwünsche unserer Stadt zum neunzigsten Geburtstag abstatten musste, gesagt, „aber am deutlichsten wird es mir immer an solchen Tagen wie heute, wenn mir viele Menschen gratulieren, aber keiner mehr mich mit meinem Vornamen anredet. Dann merke ich wirklich, dass ich übrig geblieben bin. Dann fühle ich mich wirklich alt und einsam."

Es war ein sehr gepflegtes Heim, in dem die Dame lebte, hell und modern, der große Raum überwiegend mit ihren eigenen Möbeln ausgestattet, mehr ein Stift als ein Pflegeheim, aber eben doch ein Heim, das Geburtstagskind in noch recht guter geistiger Verfassung und humorvoll, wenn auch schon körperlich eingeschränkt und auf Hilfe angewiesen. Die Heimleitung hatte eine Kaffeetafel für die Jubilarin gedeckt, sie hatte Besuch bekommen, weniger von Angehörigen als von ihren Mitbewohnern, nur - die waren teilweise schon kaum noch in der Lage, ein wirkliches Gespräch mit ihr zu führen. Die Jubilarin verströmte den Eindruck von Intelligenz und Autorität, war recht belesen und vielseitig interessiert.

„Wenn man sich eine solche Verfassung bewahren kann, ist es wohl nicht so schlimm, alt zu werden!", hatte ich damals gedacht, aber da war ich ja selber noch viel jünger, dachte auch nicht an die mir später bevorstehenden Aufgaben, denn damals lebte auch mein Vater noch. Die

Dame tat mir zwar leid, aber ich bewunderte ihren Optimismus und die Selbständigkeit, die sich noch bewahrt hatte. Dennoch konnte ich ihre Worte nicht vergessen.

Viel schlimmer jedoch war ein anderer Geburtstagsbesuch. Die Neunzigjährige lag allein in einem etwa acht Quadratmeter großen Raum, im Dämmerlicht eines Mansardenzimmers, spärlich möbliert, nur mit Bett, schlichtem Kleiderschrank, kleinem Tisch und zwei Stühlen. Einen davon hatte mir die Altenpflegerin an ihr Bett geschoben, nachdem sie meinen großen Blumenstrauß auf den Tisch gestellt hatte. Danach waren wir zwei alleine in dem Raum.

Ich versuchte nach Überbringen meiner Glückwünsche ein Gespräch mit der alten Frau zu führen, die sah mich jedoch immer nur an und griff schließlich nach meiner Hand. Eine ganze Weile saßen wir so da und ich hatte den Eindruck, sie wäre eingeschlafen. Als ich mich schließlich von ihr verabschieden wollte, machte sie ihre Augen auf und bat mich: „Können sie mich einmal in den Arm nehmen?" Ich war gleichermaßen überrascht wie schmerzlich berührt, aber natürlich reagierte ich und erfüllte ihre Bitte. Da klammerte sie sich an mich, mit erstaunlichen Kräften, und hielt mich fest. Ich stand eine ganze Zeit, in vorgebeugter Haltung über ihren Oberkörper gebeugt, und spürte ihr Gewicht in meinen Armen. Sie begann zu weinen und trotz aller körperlichen Anstrengung, die mir meine Körperstellung verursachte, trotz meiner Rückenschmerzen, wagte ich es lange nicht, sie loszulassen. Schließlich wiegte ich sie wie ein

Kind und küsste sie zum Abschied. Ich musste versprechen, wieder zu kommen.

Sie starb nicht lange nach ihrem Geburtstag, aber noch heute muss ich an sie denken, wenn ich an dem Haus vorbeikomme. Auch ihren Namen habe ich nicht vergessen. So wollte ich nicht im Alter leben und es auch nicht meiner Mutter zumuten.

„Ihre Mutter ist eine echte Dame!", bekam ich öfter von ihren Nachbarn zuhören, und ich konnte nur zustimmen; aber das wollte sie wohl auch sein.

Der entstandene Eindruck hatte etwas mit ihrer Stimme zu tun, die immer leise und gepflegt war, mit ihrer eher zurückhaltenden Art, ihrer Vorliebe für qualitativ hochwertige Kleidungsstücke und ihren guten Umgangsformen.

Sie brillierte nicht durch geistreiche Gespräche, aber gab jedem Besuch immer das Gefühl, herzlich willkommen zu sein und ertrug auch die Schwächen ihrer Mitmenschen mit Geduld. Sie war einfach beliebt.

Vor allem ihre direkte Nachbarin war fast täglich bei ihr zu Besuch, hielt ein Schwätzchen mit ihr und erwies ihr manche Gefälligkeit.

Auch das Verhältnis zu den anderen Nachbarn entwickelte sich weiter gut; aber sie trug auch nach ihren Möglichkeiten dazu bei. Mutti nahm bereitwillig Päckchen für die Mitbewohner des Hauses an, wenn die vom Postboten nicht angetroffen wurden, oder revanchierte sich mit kleinen Aufmerksamkeiten, die ich natürlich für sie besorgen musste. Doch sie entschied darüber, was ich kaufen sollte oder begleitete mich, solange es ihr noch möglich war, bei den Einkäufen.

Die eine Nachbarin lud sie zum Spargelessen ein, die andere brachte ihr Obst und Gemüse aus ihrem Schrebergarten mit, eine andere holte ihr später, als ihr das Treppensteigen und Laufen noch schwerer fiel, täglich die Zeitung aus dem Briefkasten und brachte sie ihr an die Tür. Ihr Geburtstag wurde nie vergessen und mit kleinen Blumengrüßen bedacht, und später, als meine Mutter selbst größere Geburtstagsfeiern ausrichtete, war es ihr eine Selbstverständlichkeit, die Hausgemeinschaft mit einzuladen. Kurz, die neue Adresse erwies sich als Glücksgriff.

Da es mir zusätzlich gelungen war, eine ehrliche und vertrauenswürdige Putzhilfe, eine alte Bekannte von mir, für sie zu finden, wusste ich sie gut aufgehoben, auch wenn ich einmal nicht da sein sollte. Es war eine ausländische Dame, deren Kinder ich früher täglich unentgeltlich bei mir zu Hause bei der Erledigung ihrer Hausaufgaben betreut hatte, um ihre schulischen Chancen zu verbessern und die sich von daher mir verpflichtet fühlte. Sie sprach zwar ein gewöhnungsbedürftiges Deutsch mit der typisch harten Aussprache der Portugiesen, war aber absolut ehrlich und wohnte nur ein paar Minuten von ihr entfernt.

Nach einiger Zeit hörte Mutti auch auf, alle Geschäfte und Dienstleister in Duisburg besser zu finden als die an ihrem neuen Wohnort und schließlich sprach sie von ihrer neuen Wohnung als „zu Hause". Zwar beauftragte sie mich immer noch, wenn ich für sie einkaufte, bloß qualitativ hochwertige Lebensmittel mitzubringen und ich wusste, dass sie die hiesigen Geschäfte immer noch mit denen aus ihrem alten Wohnort verglich, aber erst ab und zu - später immer öfter - attestierte sie auch den Wurstwaren meines bevorzugten Metzgers einen guten Geschmack. Nur ihr Jammern, dass sie nicht so wie gewünscht laufen könnte, wurde nicht weniger. Sie vermisste wohl ihre früheren Einkaufsbummel, übersah aber dabei, dass die auch in ihrer Duisburger Zeit schon lange der Vergangenheit angehörten. Ob sie immer noch Hoffnung hegte, dass sich das bessern könnte? Wenn ich sie dann darauf ansprach, sich doch vielleicht zu einer Operation zu entschließen, wollte sie nichts davon hören. Es lohne sich für sie nicht mehr – in ihrem Alter. Dieses Argument musste ich über zehn Jahre hören. Die letzten zwei Jahre erwähnte ich die Möglichkeit nicht mehr. Ich fürchtete, dass ihr Allgemeinzustand nicht mehr dafür ausreichte.

Natürlich besuchte ich sie mehrmals am Tag, die ersten Jahre mindestens nach Dienstende am Nachmittag, wo wir dann gemeinsam Kaffee tranken oder einen Spaziergang machten, und abends noch einmal. Ich fand einen neuen Hausarzt für sie, gleich um die Ecke, der auch zu Hausbesuchen kam, wenn es nötig wurde, und alle Hilfen, die sie brauchte. Das Wichtigste für sie aber war, dass sie völlig unabhängig ihren Tagesablauf gestalten konnte. Sie stand morgens in der Frühe auf, wenn sie wollte, frühstückte, wenn sie wollte und aß, wenn sie hungrig war, sie begann auch sich selbst wieder kleine Mahlzeiten zuzubereiten und kleine Wäscheteile zu waschen.

Sie entwickelte allerdings auch Appetit auf die ausgefallensten Speisen, und ich zog sie damit auf, dass sie Gelüste wie eine Schwangere entwickelte, aber selbstverständlich besorgte ich ihr das Gewünschte. Wenn es auch nicht gerade Erdbeeren im Winter waren, obwohl das heute ja auch kein Problem mehr bedeutet, passierte es zunehmend, dass sie vergaß, dass bestimmte Leckereien – wie frischer Matjes – im März noch nicht zu beschaffen waren.

Eigentlich hätte mich das schon stutzig machen sollen, aber da ich solche Vorlieben nicht kannte, fiel es mir zunächst nicht weiter auf.

Ihr Selbständigkeitsstreben ging so weit, dass sie beschloss, sich ein batteriebetriebenes Elektromobil zuzulegen, mit dem sie alleine in der Stadt spazieren fahren wollte. Mutti hatte die Werbung für so ein Fahrzeug in der Zeitung gefunden und später unter den Kleinanzeigen ein günstiges Gebrauchtangebot. Ich hegte zwar gewisse Vorbehalte gegen dieses Vorhaben, schließlich hatte sie nie einen Führerschein besessen und noch nicht einmal gelernt, eine elektrische Nähmaschine zu bedienen, wagte es jedoch nicht, ihr diesen Wunsch auszureden, weil ich sie nicht entmutigen wollte. Wer weiß, vielleicht war sie ja geschickter und lernfähiger als ich ahnte!

Stattdessen bestand ich darauf, dass sie so lange nur in meiner Begleitung mit diesem Elektroroller sich bewegen dürfte, bis sie es sicher beherrschte. Ich lief immer zu Fuß neben ihr her,

mal in normaler Geschwindigkeit eines Spazier-
gängers, mal im Laufschritt, immer in der Hoffnung, dass sie sich sicher im Straßenverkehr
oder in der Fußgängerzone damit zu bewegen
lernte, und griff immer rechtzeitig ein, wenn sie
an gefährliche oder schwer zu meisternde Stellen
kam, wie abschüssige oder mit Mülltonnen voll-
gestellte Bürgersteige, Straßenkreuzungen oder
dicht begangene Stellen in der Fußgängerzone.
Wie viele Hauseigentümer alleine ihre Hecken
weit in den Raum über den Bürgersteigen hin-
einwachsen ließen und damit zusätzliche Probleme für Rollstuhlfahrer und andere behinderte
Personengruppen verursachten! Das war mir
vorher nie so aufgefallen.

Diese Fähigkeit, das Mobil sicher zu beherrschen, sollte jedoch von Mutti nie erreicht werden. Sie lernte es nicht, dass sie, wenn sie die
Geschwindigkeit reduzieren oder zum Stehen
kommen wollte, einfach das „Gas" wegnehmen
musste, sondern versuchte stattdessen, mit den
Füßen auf dem Boden zu bremsen, während sie
weiter Gas gab. Nach zwei Jahren war sie immer
noch nicht geschickter als zum Zeitpunkt der
Anschaffung des Rollers und so benutzte sie ihn
immer seltener. Aber immerhin, der Kauf hatte ihr
schöne Träume ermöglicht und mir öfters den
Angstschweiß auf die Stirne getrieben.

Für Muttis Urenkel war das Elektromobil allerdings in späteren Jahren ein begehrtes Objekt
zum darauf herum zu klettern und Autofahren zu
spielen und ein Anreiz, die Uroma öfter zu besuchen. Sie kletterten nicht nur darauf herum, sondern ließen es sich auch nicht nehmen, sich von

Mutti unter meiner Assistenz in dem großen Garten herumfahren zu lassen.

Ihre Freunde und Verwandte besuchten sie in ihrer neuen Wohnung, und sie nahm voller Stolz deren Bewunderung entgegen. Das Beste daran war aber zweifellos die Terrasse, die auf einen fast parkähnlich angelegten Garten herausging. Hier saß sie oft bei schönem Wetter und las oder beobachtete die Vögel oder Nachbars Katze. Davon wusste sie mir täglich zu berichten. Mit fast kindlicher Freude und Naivität entdeckte sie immer neue gefiederte Freunde und fragte mich nach deren Namen, und als dann noch später ein Eichhörnchen kam und über die Lehne ihres Liegestuhls lief, war sie völlig hingerissen.

Was war das doch für ein Unterschied zu dem Blick auf die sterile Umgebung, auf die sie in Duisburg aus den Fenstern ihrer Wohnung herabgesehen hatte, die nur aus Dächern, engen Höfen und asphaltierten Straßen bestand!

Jedes Auto, das dort fuhr, hatte für sie schon Abwechslung und Leben bedeutet und ihren Alltag bereichert. Hier waren es Lebewesen und Natur, die sie betrachten konnte. Auch die Arbeit des Gärtners war Unterhaltungsprogramm für sie. Ein Problem bedeutete nur das Öffnen und Schließen des Sonnenschirms. Es dauerte einige Zeit, bis ich ein Modell fand, dass sie alleine bedienen konnte. Die als absolut untauglich ausgemusterten Exemplare verbannte ich in den Keller.

Meine älteste Schwester, die sie hier in W. noch einige Male besuchte, hegte keine Zweifel, dass diese Umstellung für meine Mutter im Vergleich zu einem Einzug in ein Altersheim die bessere Lösung war. Auch die anderen Verwandten, selbst meine jüngste Schwester, schlossen sich dieser Auffassung an. Diese geänderte Betrachtungsweise gipfelte in dem Ausspruch: „Man soll doch manchmal auf seine ältere Schwester hören!" Ich war ja immerhin elf Jahre älter als sie.

Auch wenn ich mich über diese Bemerkung freute, konnte ich doch das Telefongespräch mit den Vorwürfen, die sie mir gemacht hatte, nicht vergessen.

Im Sommer fuhr Mutti immer noch in ihr Ferienhotel im Schwarzwald und über die Weihnachtstage oder auch mal zu Ostern ins Saarland. Ich brachte sie dann mit meinem Wagen nach Duisburg, wo sie dann am Bahnhof auf ihre Reisegefährtin traf und sich mit ihr gemeinsam auf die Reise machte, oder ich setzte sie dort in den Zug, von dem meine Schwester sie dann in Trier abholte. Während der Zeit ihrer Abwesenheit konnte ich mich wieder etwas entspannen und die Gelegenheit nutzen, selbst zu verreisen oder bei ihr Gardinen zu waschen oder andere, zeitaufwändige Arbeiten durchzuführen. Wenn ich solche Arbeiten in ihrem Beisein durchführen wollte, jammerte sie immer, ich würde mich überanstrengen und ich musste meine Handlung rechtfertigen. Ich wollte ihr doch beweisen, dass wir in W. auch ohne ihre vertrauten Hilfspersonen aus Duisburg auskamen.

Bei all den kleineren oder größeren Gefälligkeiten, die ich ihr erwies, vergaß sie es jedoch nie, sich bei mir zu bedanken, auch wenn ich das jedes Mal abwehrte.

Und wenn ich mit meinen Radelfreundinnen einmal im Jahr für eine Woche unterwegs war, drückte sie mir immer einen Schein in die Hand als zusätzliches Taschengeld.

Wenn ich mich auch bemühte, sie so viel Selbständigkeit wie möglich in ihrem Alltag erleben zu lassen, brauchte sie doch in vielen Dingen meine Hilfe.

Vor allem, wenn es um die Erledigung kleiner Näharbeiten ging, aber das hatte ich ja immer schon für sie übernommen. Außerdem war das für mich keine besondere Mühe, es machte mein Leben sinnvoll und half auch mir, mich mit meinen einsamen Abenden vor dem Fernseher zu arrangieren und mit meiner neuen Lebenssituation zurechtzukommen, nachdem ich mich von meinem Mann getrennt hatte. Es gab wieder jemanden, für den ich da sein musste, jemanden, der sich auf mein Kommen freute.

Beschwerden

Einige kleinere gesundheitliche Probleme kündigten sich an. Meine Mutter, die immer beneidenswert schlanke Beine mit sehr schmalen Knöcheln besessen hatte, bekam in ihren Ferien Probleme mit Ödemen. Erst nahm sie das nicht besonders ernst, da sie beobachtet hatte, dass fast alle Damen, die ihr Urlaubshotel im Schwarzwald mit ihr teilten, bei den dortigen Aufenthalten geschwollene Beine aufgewiesen hatten, nur – jetzt zeigten sich dieses Symptome auch bei uns zuhause und ich hatte das bei ihr noch nie gesehen.

Sie negierte meine Beobachtungen, ich hätte mich vertan, und wenn, dann käme es von der langen Zugfahrt. Es ginge schon wieder weg.

Das blieb aber eine unerfüllte Hoffnung. Auch das Hochstellen des Fußendes ihres Seniorenbettes brachte keine Besserung. Schließlich sprach ich meine Beobachtung ihrem neuen Hausarzt gegenüber an, als ich sie, wie alljährlich, zur Grippeschutzimpfung begleitete. Eine eingehende Untersuchung ergab, dass nicht die Nieren, sondern eine Herzschwäche dafür ursächlich war.

Nun musste sie zwei zusätzliche Sorten Medikamente nehmen, morgens früh zur Entwässerung und dann mehrmals am Tag eine Tablette zur Stärkung des Herzens.

Da sie schon immer Probleme mit dem Behalten von Arzneimittelnamen gehabt hatte und auch die Dosierung ständig verwechselte, blieb mir nichts anderes übrig, als die Zuteilung selbst zu übernehmen und zu überwachen.

Sie war in dieser Beziehung aus Unkenntnis zu leichtsinnig, hätte sie ganz weggelassen oder falsch dosiert. Im Übrigen hörte sie am liebsten auf eine ehemalige Kegelschwester, deren Tochter Arzthelferin war, und die ihr allerlei nicht verschreibungspflichtige Arzneimittel empfahl. Die nutzten zwar nach Aussagen ihres neuen Hausarztes nicht meiner Mutter, dafür aber dem Apotheker. Später hätte sie am liebsten jedes im Fernsehen angepriesene Mittel eingenommen.

Die vom Arzt verschriebenen Medikamente betrachtete sie dagegen lange Zeit mit Misstrauen. Was da alles auf dem Beipackzettel stand! Das war doch Gift! Und das sollte sie nehmen? Sie zweifelte an der Zweckmäßigkeit.

Die Beipackzettel waren allerdings schon für einen jüngeren Menschen ein Problem. Sie waren in so kleiner Schrift abgefasst, dass sie schon von einem Menschen mit gesundem Sehvermögen kaum zu entziffern waren, aber schlimmer waren die sprachlichen Formulierungen. Man konnte sie nur verstehen, wenn man schon über erhebliches medizinisches Grundwissen verfügte und schwankte lange hin und her, ob man ein größeres Risiko einging, wenn man die Medikamente nahm oder wenn man sie wegließ. Und wer konnte schon seine eigene augenblickliche Gesundheit richtig beurteilen?

Diese Zettel dienten nur der rechtlichen Absicherung der Pharmaindustrie und nicht der Information der Patienten.

Nun kontrollierte ich täglich Muttis Beine, fühlte, ob sie Ödeme hatte, und kontaktierte bei stärkeren Veränderungen den Arzt. Sie hielt das alles für überflüssig aber ich fühlte mich in der Verantwortung für ihre Gesundheit.

Ich brauchte oft gar nicht zu fühlen, ein einfacher Blick auf den Abschluss ihrer Söckchen zeigte, ob ihre Beine geschwollen waren oder nicht. Es bereitet mir Unbehagen, die tiefen Einkerbungen zu sehen, die von den Bündchen auch der angeblich weichen Strümpfe an ihren Fesseln verursacht wurden. Es erwies sich als äußerst schwierig, passende Socken oder Kniestrümpfe für sie zu kaufen. Auch die beste Beratung von erfahrenen und kompetenten Verkäuferinnen konnte meine eigene Beurteilung und ein Probetragen nicht ersetzen. Vor allem Nylonstrümpfe in geschlossenen Packungen zu kaufen erwies sich als Lotteriespiel. Ich konnte doch nicht beliebig viele Packungen im Geschäft öffnen!

Meine Mutter gewöhnte sich an, von morgens bis abends in ihrem Fernsehsessel zu sitzen und die Beine hochzulegen. Das entlastete zwar die Beine, brachte aber neue unangenehme Auswirkungen mit sich.

Sie pflegte, alle Dinge, die sie im Laufe des Tages brauchte, auf einem zweistöckigen Servierwagen und kleinen Tischen in Reichweite zu deponieren, was letztlich dazu führte, dass sie immer seltener aufstand. Freundliche, aber auch eindringliche Aufforderungen, sich mehr zu bewegen, wurden von ihr als unnötig abgewehrt. Ich hätte ja keine Ahnung, wie viel sie sich bewegen würde. Und dann erzählte sie von ihren gymnastischen Übungen, die aus gelegentlichem Fußkreisen und Arme an den Körper ziehen bestanden.

Es wirkte zunehmend komisch, wenn sie mit ernstem Gesicht mir ihre „sportlichen" Übungen vorführte. Meine vorsichtige Kritik wurde von ihr als ungerecht bezeichnet. Ich musste an ihren Hüftschaden denken und daran, dass sie vermutlich Schmerzen hatte und verstummte wieder.

Als Folge mangelnder Bewegung wurde ihr Darm träge, wogegen sie dann mit Abführmitteln ankämpfte. Da ihr das Thema unangenehm war, vermied sie es, mich auf das neue Problem anzusprechen und beauftragte ohne mein Wissen eine Nachbarin, ihr Tees und Tropfen zu besorgen, die Abhilfe schaffen sollten. Wenn ich die Packungen entdeckte, erklärte sie mir, dass sie diese Mittel so gut wie nie einsetzen würde und die schon ganz alt wären. Auch wenn ich ihr nicht glaubte, konnte ich ihr doch nicht das Gegenteil beweisen oder sie der Lüge bezichtigen. Sie war durchaus noch in der Lage, die Folgen der Gewöhnung an Abführmittel selbst zu erkennen, zumal sie wusste, dass eine langjährige Freundin in diesen Teufelskreis geraten war und ganz erhebliche Probleme davon bekommen hatte.

Mir blieb nur, sie so oft wie möglich, zu Spaziergängen aufzufordern und ihr gesunde Nahrungsmittel und viel Trinken zu empfehlen. Aber was sollte da sonst noch helfen? Angeblich machte sie jeden Morgen im Bett Gymnastik, Radfahren mit den Beinen und andere Übungen,nur gesehen habe ich das nie. Wenn ich sie darauf ansprach, vollführte sie ein paar Mal ein müdes Wippen mit den Füßen und sachte Bewegungen, mal nach rechts mal nach links. Und das war es.

Sie meinte, ich hätte ja keine Ahnung davon, was sie brauchte und was ihr gut tun würde. Ähnlich hatte sie sich wohl auch einmal ihrem neuen Hausarzt gegenüber geäußert, denn der sprach sie einmal an, als ich ihn zu einem Hausbesuch gebeten hatte: „Da ist ja die böse Frau!"

Sie war ganz empört über diese Äußerung und konnte sich angeblich nicht erklären, was ihn dazu veranlasst hatte, sie so zu titulieren. Ich wusste es auch nicht machte mir aber lange Gedanken über seinen Ausspruch.

Was gab es, von dem ich nichts wusste?

Befürchtungen

Bei meiner älteren Schwester meldete sich wieder der Brustkrebs zurück.

Sie kämpfte mit allen Mitteln, mit Chemotherapie und Bestrahlung, tapfer gegen diese Bedrohung, schließlich war sie gerade erst sechzig Jahre alt, seit kurzer Zeit Großmutter und genoss diesen Zustand aus vollem Herzen.

Selbst der Tod ihres Mannes verlor im Vergleich zu dieser für sie so beglückenden Erfahrung, einen Enkel heranwachsen zu sehen, an Bedeutung. Ihre Schwiegertochter unterstützte die Beziehung zwischen Großmutter und Enkel durch häufige Besuche bei ihr und scheute sich nicht, sie trotz ihrer Erkrankung als Babysitterin in Anspruch zu nehmen. Auch meine Mutter war ganz glücklich über diese Entwicklung, wenngleich sie immer wieder betonte: „Was für ein Glück die S. doch hat, dass die Ch. so nah wohnt und ihr so oft den Kleinen abnehmen kann!"

Dabei war es gar nicht so nah! Immerhin musste meine Schwester mit dem Auto bis in den Nachbarort fahren, um ihn zu besuchen. Aber das tat sie gerne, und es förderte ihre Routine beim Autofahren. Sie erzählte bei jedem Telefongespräch zwischen uns beiden fast nur von ihrem Enkel mit so viel Wärme und Bewunderung, als ob sie noch nie ein Kind hätte heranwachsen sehen. Für den Kleinen tat sie alles, erlaubte ihm alles und lachte über Schandtaten, die sie bei anderen aufgeregt hätten. Die Schwangerschaft ihrer Schwiegertochter und die Liebe zu dem kleinen Jungen, die Ch. wieder eine eigene Familie erleben ließen, führten die beiden Frauen eng zusammen. Meine Schwester war glücklich, wie schon lange nicht mehr.

Sie führte den Kampf gegen ihre Erkrankung mit großer Entschlossenheit, ohne jedes Klagen, und lebte ihr Leben so weiter, als ob sie in keiner Weise beeinträchtigt wär. Ihre Tapferkeit war bewundernswert. Allein der Kampf gegen die Krankheit schien zunehmend aussichtslos. Sie klagte nur darüber, dass sie wegen ihrer Chemotherapie die Sonne meiden musste, die sie so sehr liebte. Ich vertröstete sie auf das nächste Jahr, wohl wissend, dass ich mich unaufrichtig verhielt.

Es war das Jahr vor Muttis Umzug nach W. und ich pflegte sie zu dieser Zeit in meinem Wagen mit zu Firmen zu nehmen, bei denen sie sich an der Auswahl von Fliesen und Türen für ihre neue Wohnung beteiligen sollte. Bei einem dieser Unternehmen sahen wir im Eingangsbereich ein wunderhübsches Schaukelpferd aus Buchenholz, zwar stilisiert aber mit einer aus Kordel gefertigten Mähne. Mutti blieb bewundernd davor stehen und äußerte kurz danach schon ihren Gedanken, dass dieses Pferdchen doch ein wunderschönes Weihnachtsgeschenk für ihren ersten Urenkel sein könnte. Auf Nachfragen erfuhren wir nicht nur den stolzen Preis sondern auch, dass der Händler bereit war, es nach München zu liefern.

„Was meinst Du", sprach sie mich an, „soll ich das Pferdchen für den Kleinen kaufen? Wer weiß, wie oft ich dem Jungen noch etwas schenken kann!"

Mir war schon einige Zeit vor der Entdeckung des Rezidivs aufgefallen, dass die Stimme meiner Schwester manchmal wieder so heiser klang und ich hatte sie gefragt, ob sie erkältet wäre. Aber sie verneinte jedes Mal. Dann traten zusätzlich Metastasen in der Leber auf und ich überredete, böse Entwicklungen ahnend, meine Mutter, mit mir gemeinsam zum zweiundsechzigsten Geburtstag ihrer ältesten Tochter zu fahren, da die ja ihren runden wegen des gerade vorausgegangenen Todes ihres Mannes nicht hatte feiern wollen. Auch wäre meine Mutter zu dieser Zeit nicht in der Lage gewesen, mich auf der weiten Fahrt bis nach München zu begleiten und alleine lassen konnte und wollte ich Mutti nicht. Sie war noch auf nicht in der Lage, eine Woche ohne Unterstützung zu überstehen. Im Jahr darauf war etwas anderes dazwischen gekommen.

Wir machten uns gemeinsam mit meinem Wagen auf die lange Fahrt nach München und so konnte meine Mutter auch ihren ersten Urenkel erleben, den sie bis dahin nur von Bildern kannte. Sie war so begeistert von dem Kleinen, dass sie den Zustand ihrer Tochter gar nicht richtig wahrnahm.

Ich aber ahnte gleich, dass dieser Besuch von uns wohl der letzte bei ihr gewesen sein würde. Meiner Schwester waren von der Chemotherapie die Haare ausgefallen, sie war blass, aber mit einem krankhaft gelblichen Grundton, den sie auch durch Make-up und Schminke nicht ganz verdecken konnte, ließ sich aber nicht hängen. Sie kleidete sich nach wie vor sorgfältig und mit Eleganz, trug mal Perücke, mal ein schick geschlungenes Kopftuch und zeigte sich lebhaft und unternehmungslustig. Sie fuhr mit uns zur Wohnung ihres Sohnes, die sie uns voller Stolz vorführte, vor allem die Küche, die ihr Sohn selber eingebaut hatte. Sie bewunderte die Fähigkeiten von Vater, Mutter und Kind und war nur stolze Mutter und Großmutter, lud uns an ihrem Geburtstag alle zum Essen ein, äußerte Hoffnung auf den Erfolg einer neuen Behandlung, die anstand, und war von ungeheurem Mut erfüllt. Ich aber nahm in Gedanken Abschied von ihr. Ich hatte den Tod an ihr gerochen und konnte vor Entsetzen und Trauer kaum sprechen.

Meine Mutter sprach auf der Rückfahrt immer nur davon, wie gut meine Schwester ausgesehen habe, wie toll ihr die Perücke stehen würde und wie schön doch der Besuch bei ihr gewesen wäre.

Sie hatte die Gabe, sich die Dinge vermutlich nicht nur in der Erinnerung sondern schon beim Erleben so zurechtzubiegen, dass sie alles nur so wahrnahm, wie es in ihr Weltbild oder zu ihren Wünschen passte.

Ich konnte und wollte ihr auf der Rückfahrt nicht wiedersprechen; ich hatte genug damit zu tun, meine eigenen Eindrücke und schmerzhaften Gefühle zu verarbeiten und musste mich darüber hinaus auf den Verkehr konzentrieren.

Auch später, als wir wieder in W. waren, machte ich keine Versuche, die Eindrücke meiner Mutter zurechtzurücken.

Einen guten Monat später fuhr meine Mutter, wie jedes Jahr, in den Schwarzwald. Ich hatte sie - wie immer – zum Duisburger Bahnhof gebracht und gemeinsam mit ihrer Freundin in den Zug gesetzt. Am Urlaubsort wurde sie von der Hotelbesitzerin abgeholt.

Ich hatte noch keinen Urlaub genommen, obschon auch bei uns in Nordrhein-Westfalen die Sommerferien angefangen hatten.

Ich saß an einem Vormittag an meinem Schreibtisch in der Kinderklinik und schrieb Berichte, da klingelte das Telefon. Meine angeheiratete Nichte S. aus München rief mich an. Als sie sich mit ihrem Namen meldete, ahnte ich gleich Böses. Sie hatte mich noch nie angerufen, und jetzt während meiner Arbeit! Dienst. Es musste wichtig sein! Doch was ich jetzt hörte, hatte ich doch nicht erwartet. Meine Schwester war gestorben.

Auch, wenn ich mit ihrem baldigen Tod gerechnet hatte, zog mir diese Nachricht im ersten Moment den Boden unter den Füßen weg. Ich hatte am Tag zuvor am späten Nachmittag noch mit ihr telefoniert. Sie hatte sich einer Operation unterzogen, einem kleineren Eingriff, wie ihr der Arzt versprochen hatte, um das weitere Vordringen des Krebses aufzuhalten. Sie hatte Mühe beim Sprechen gehabt, berichtete mir aber, dass der Chirurg, nicht wie vorgesehen, den kompletten Eingriff durchgeführt hätte. Der Rest sollte in einer weiteren Operation folgen.

Ihrer Stimme konnte ich die Anstrengung anmerken, die ihr das Sprechen bereitete. Nach jedem Wort folgte eine lange, quälende Pause. Ich schob das auf die Nachwirkung der Narkose und machte mir selber Vorwürfe, zu früh angerufen zu haben.

So zeigte ich ihr gegenüber Verständnis für dieses Vorgehen des Arztes, bezeichnete es als vernünftig, um ihren Optimismus zu stärken, der Arzt wüsste schon was richtig für sie wäre, und verabschiedete mich mit gutem Zureden, sie solle sich jetzt erst einmal von der Operation und Narkose ausruhen. Ich wollte sie später erneut anrufen.

Das versuchte ich auch. Es dauerte sehr lange, bis sie diesmal den Hörer abnahm.

Ich fürchtete, dass ich sie erneut aus dem Nachschlaf der Narkose geweckt hätte.

Sie meldete sich mit vollem Namen, aber sprach sehr langsam, sprach mich auch noch mit meinem Namen an, danach stöhnte sie nur noch. Ich glaubte, dass die Operationsschmerzen dafür ursächlich waren und versprach, mich erneut zu melden, wenn es ihr besser ginge. Es erfolgte keine Antwort mehr, nur Stöhnen. Das war das Letzte, was ich von ihr hörte. Ich nahm mir vor, später noch einmal anzurufen, wenn sie weniger müde wäre und die Narkosewirkung etwas nachgelassen hätte, zögerte jedoch diesen Vorsatz umzusetzen. Ich wollte sie nicht wieder aus ihrem Schlaf wecken, weil ich aus eigener Erfahrung wusste, dass man die ersten Stunden nach einer Operation am besten mit viel Schlaf übersteht.

Ich wähnte sie in guter Betreuung, weil sie ja als Privatpatientin ein Zweibettzimmer belegt hatte und ich davon ausgehen durfte, dass auch die Schwestern sich um eine Frischoperierte intensiv kümmern würden. Dennoch war ich innerlich von großer Unruhe erfüllt. Ich schwankte zwischen meinem Drang, mich telefonisch mit der Station verbinden zu lassen und dem Vorhaben, sie erst einmal schlafen zu lassen; auch fehlte mir die Rufnummern der Krankenhauszentrale und des Stationszimmers und ich scheute mich, auf Geradewohl durch Weglassen einiger Endziffern, den Versuch zu unternehmen, eine zuständige Pflegekraft zu erreichen. Nach einigem Hin-und Herüberlegen unterließ ich letztlich diesen Versuch. Ich wusste ja auch ihren Sohn, Schwiegertochter und andere Verwandte am Ort.

Sie starb jedoch einsam und allein in der Nacht ohne medizinischen oder sonstigen menschlichen Beistand. Nur erfuhr ich das erst viel später.

Ich machte mir lange Zeit Vorwürfe, ob ich das hätte verhindern können, wenn ich den Versuch unternommen hätte, die Stationsleitung zu erreichen. Später erfuhr ich, dass es für sie keine Hilfe mehr hatte geben können. Sie war an multiplem Organversagen gestorben. Doch das ahnte ich damals noch nicht. Nachdem ich meine Fassung wiedergewonnen hatte, fragte ich meine Nichte, ob sie meine Schwester A. und meine Mutter schon informiert hätte.

Es war beides noch nicht erfolgt; ihr fehlte auch die Ferienadresse meiner Mutter. Ich versprach, mich darum zu kümmern, informierte meinen Arbeitgeber und meinen Mann über den Todesfall und fuhr mit dem Rad nach Hause.

Kaum hatte ich meine Wohnungstür aufgeschlossen, mein Mann hatte schon vor der Haustür auf mich gewartet, hörte ich schon schon mein Telefon läuten. Diesmal war es meine jüngste Schwester, die inzwischen die Todes-nachricht erhalten hatte.

Sie war einen Tag zuvor aus dem Urlaub zu-rückgekommen und befand sich bei Freunden in Duisburg. Sie war genauso betroffen wie ich.

Wir waren uns sofort einig, dass meine Mut-ter auf keinen Fall telefonisch über den Tod ihrer ältesten Tochter informiert werden durfte. Diese schlimme Nachricht musste ihr einer von uns möglichst schonend persönlich überbringen. Aber wer?

Wie bereits erwähnt, mir ging es gesundheit-lich nicht gut, es bestand der Verdacht auf Leu-kämie; ich hatte schon einige Knochenmarkpunk-tionen über mich ergehen lassen müssen, ohne konkrete Diagnose, außer zunehmender Schwä-che und Müdigkeit und sich laufend verschlech-ternden Blutwerten und hatte schon einige Zeit Probleme, nicht nur meinen Dienst durchzu-stehen, sondern auch den anschließenden Heimweg noch zu schaffen.

Durch die Nachricht über den Tod meiner Schwester kamen alle Erinnerungen an den Un-falltod meines ältesten Sohnes in mir hoch. Da-nach hatte ich auch eine so schlimme Zeit erlebt, die schließlich zu meinem Ausscheiden aus dem Schuldienst geführt hatte. Ich hatte furchtbare Angst, dass Mutti dieses Ereignis nicht verkraften könnte und es auch ihren Tod bedeuten würde.

Meine Schwester dachte in erster Linie an unseren Neffen, den Sohn meiner Schwester, der doch erst vor zwei Jahren seinen Vater verlo-ren hatte. Nun war er Vollwaise. Wie könnte er mit diesem erneuten Todesfall umgehen?

Mein Schwager, der Pastor, meinte aus seiner Erfahrung annehmen zu können, dass meine Mutter wegen ihres hohen Alters diese traurige Nachricht besser, als ich erwartete, verarbeiten würde. Jetzt bedürfte vor allem ihr Sohn Beistand. Wann die Beerdigung war, wusste er auch noch nicht.

Ich fragte ihn, ob er nicht Mutti benachrichtigen könnte, oder ob A. diese Aufgabe übernehmen könnte. Immerhin war die Entfernung vom Saarland zum Nordschwarzwald nicht so weit wie für mich vom Niederrhein. Er lehnte diese Anfrage als unzumutbar ab; schließlich würde seine Frau furchtbar unter dem Tod der Schwester leiden. Er könnte ihr die Fahrt nicht zumuten und es wäre auch nicht seine Aufgabe.

„Das musst du machen", sagte er, „schließlich bist du jetzt die Älteste!"

Ich war gleichermaßen überrascht wie enttäuscht über seine Äußerung. Wieso nicht seine Aufgabe? Er war doch Pastor und hatte auch nach den Aussagen seiner Frau so viel Erfahrungen im Umgang mit alten Menschen und Hinterbliebenen. Wer sollte Mutti eine solche schlimme Nachricht nicht besser überbringen können als ein Pastor und erst recht, wenn er der eigene Schwiegersohn war! Und meiner Schwester, die gerade gut erholt aus dem Urlaub und noch dazu elf Jahre jünger war als ich, konnte er die Fahrt nicht zumuten! Wohl aber mir?

Ich sah mich dazu außer Stande. Ich zitterte jetzt schon am ganzen Leibe.

Er übergab das Telefon an meine Schwester. Das nun folgende Gespräch war äußerst unerfreulich, ja verletzend. Ich hatte nun nicht nur den Tod meiner älteren Schwester zu verarbeiten, sondern sah mich nachträglich erneut ausgenutzt.. Außerdem wusste ich beim besten Willen nicht, wie ich die Strecke vom Niederrhein bis zum Schwarzwald rein körperlich schaffen sollte. Ich war verzweifelt. Ich wusste nur eines genau: Mutti konnte nicht telefonisch über den Tod ihrer ältesten Tochter informiert werden. Es ging jetzt nicht um mich sondern nur um meine Mutter!

Das Gespräch mit A. begann ich mit äußerster Selbstbeherrschung. Ich versuchte, die kürzere Entfernung von ihr bis zum Urlaubsort meiner Mutter als einleuchtende Erklärung für meine Erwartung anzuführen. Meine Schwester argumentierte, sie müssten ja erst nach Hause fahren, Anziehsachen für die Beerdigung zusammen suchen, auf ihre Töchter warten, die auch erst heimfahren müssten, um sich passende Kleidung für die Beerdigung zu holen.

Ich hielt dem entgegen, dass ich ja mir ebenfalls noch Trauerkleidung kaufen müsse und ich kaum die Fahrt vom Niederrhein bis zu Mutti noch am gleichen Tag schaffen könnte. Ich wäre jetzt auch nicht in der Lage, Auto zu fahren.

Sie ließ meine Einlassungen nicht gelten und schrie mich nur an: „Da musst du durch!"

„Ich kann nicht", sagte ich. „Ich habe ja kaum die Fahrt vom Krankenhaus nach Hause mit dem Rad geschafft!" Meine Stimme schwankte zwischen „Sich – Überschlagen" und Ersticken.

„Dann muss der M. dich eben fahren!", forderte meine Schwester ganz kühl – wie selbstverständlich.

Da flippte ich aus. „Sonst ist der M. für euch der letzte Arsch", schrie ich, „und jetzt soll er mich fahren, nur weil ihr nicht wollt."

Meine Bemerkung war berechtigt, denn die Jüngere hatte schon seit Jahren kein gutes Haar an meinem Mann gelassen, auch nicht in der Zeit, als wir noch zusammen lebten und auch keinerlei Verständnis dafür gezeigt, dass ich keinen endgültigen Bruch mit ihm vollzogen und mich nicht hatte scheiden lassen.

Nun sah sie es als selbstverständlich an, dass er sich als Chauffeur zur Verfügung stellte, was ja auch in ihrem Interesse war.

Eine solche unverblümte, ja vulgäre Äußerung hatte sie wohl von mir nicht erwartet. Meine Schwester knallte den Telefonhörer auf die Gabel.

Mein Mann, der das ganze Gespräch mitgehört hatte, zeigte sich genauso betroffen wie ich. Er wusste, wie meine Schwester über ihn dachte und redete.

Was tun? Ich konnte wirklich nicht fahren. Es wäre unverantwortlich gewesen, ja lebensgefährlich, nicht nur für mich, sondern auch für die anderen Verkehrsteilnehmer."

M. entschied sich schnell. „Ich fahre dich!", sagte er. „Auch deiner Mutter zuliebe. Sie kann wirklich nicht telefonisch informiert werden."

In diesem Fall erschien mir sein Entschluss trotz seiner in der Vergangenheit nicht immer gerade vorbildlichen Haltung so viel moralischer, christlicher und liebevoller als die meiner Schwester und ihres Mannes. Ich nahm sein Angebot dankbar an.

Plötzlich funktionierte mein Verstand wieder, genau so nüchtern, wie schon früher in schlimmen Situationen. Es gelang mir, meine Gefühle auszublenden und nur noch mit Vernunft die jetzt möglichen Varianten des weiteren Ablaufs zu analysieren und vorzubereiten.

Ich wusste nicht, wie Mutti die Nachricht verkraften würde, auch nicht, wann die Beerdigung stattfinden sollte. Konnte Mutti die Fahrt vom Schwarzwald nach W. und eventuell am nächsten Tag vom Niederrhein nach München und vielleicht wiederum kurz danach zurück gesundheitlich zugemutet werden? Sie war immerhin weit über achtzig Jahre alt, körperlich stark beeinträchtigt. Ich dachte an ihre geschwollenen Beine und Herzschwäche. Selbst wenn mein Mann mich jetzt hinbringen würde und wir mit meiner Mutter zusammen zurückfahren sollten, müsste ich vielleicht am nächsten Tag selbst mit ihr die Strecke bis München fahren und später wieder zurück. Würde ich das schaffen?

Und wenn Mutti mit uns nach jetzt nach W. fahren würde, wo sollte sie dann in der Nacht schlafen? Ich konnte sie nach dem Überbringen einer solchen Nachricht nicht abends in ihrer Wohnung allein lassen. Es war sicher sinnvoll, für sie schwarze Kleidung einzupacken, die sie bei der Beerdigung tragen könnte, falls sie gleich vom Schwarzwald aus weiter nach München fahren wollte. Ich würde schon etwas in ihrem Kleiderschrank finden.

Für mich musste ich entsprechende Garderobe erst noch kaufen; meine schwarzen Sachen von den letzten Beerdigungen waren nur für den

Winter geeignet. Aber die Entscheidung darüber, ob meine Mutter erst mit nach W. zurück wollte, musste sie selbst treffen. Dazu war auf jeden Fall die Fahrt zum Schwarzwald nötig.

Ich nahm mich zusammen, rief noch einmal meine Schwester an, teilte ihr das Resultat meiner Überlegungen mit und einigte mich schließlich mit ihr darauf, dass ich mich bei ihr melden würde, wenn meine Mutter sich zu einem Entschluss durchgerungen hätte, und dass sie und ihr Mann, falls meine Mutter nicht mit mir zurückfahren wolle, mich und meine Mutter gemeinsam in ihrem VW- Bus mit nach München nehmen müssten. Nach langem Zögern ging sie darauf ein. Sie glaubte aber nicht, dass Mutti sich so entscheiden würde.

M. war mit diesem Vorgehen auch einverstanden, allerdings nur unter der Bedingung, dass er meiner Schwester nicht begegnen müsste.

Nach all den hässlichen Dingen, die sie über ihn in den letzten Jahren verbreitet hatte, war ihm das weiß Gott nicht übel zu nehmen. Im Gegenteil, ich war ihm für sein Angebot ausgesprochen dankbar. Auch wenn er nicht gerade ein vorbildlicher Ehemann gewesen war, konnte ich mich doch auf seine Hilfsbereitschaft jederzeit verlassen.

Es war schon Nachmittag, als wir endlich losfahren konnten. Obwohl ich nicht selbst hinter dem Lenkrad sitzen musste, erwies sich die Fahrt auch für mich als anstrengend. Ich schaffte es selbst in der Rolle der Beifahrerin kaum, nicht körperlich zusammen zu brechen. Wie Wellen stiegen Erschöpfung und Luftnot in mir hoch und überschwemmten mich. Ich konnte kaum aufrecht sitzen. Mal war es die Fassungslosigkeit über den plötzlichen Tod meiner Schwester, die mich schmerzhaft überfiel, dann wieder gemeinsame Erinnerungen.

Fast zwanzig Jahre meiner Kindheit und Jugend hatte ich gemeinsam mit ihr verbracht und auch wenn wir nicht immer ein Herz und eine Seele gewesen waren, so gehörte sie doch einfach zu meinem Leben.

Hatte ich schon den Tod meines Schwagers als herben Verlust empfunden, so hatten doch die folgenden Monate, in denen sie offenbar auch Halt brauchte, wieder zu einer intensiveren Beziehung zwischen uns Schwestern geführt.

So hatte ich sie in dem Jahr danach zweimal in München besucht und wir hatten beim ersten Male gemeinsam viel unternommen. Auch wenn ich meinen Schwager in ihrem Haus vermisste, so war ich doch froh, dass sie wieder angefangen hatte, sich mir gegenüber zu öffnen, dass sie mir gegenüber manchen Kummer und Enttäuschung ausgesprochen hatte. Wir telefonierten wieder regelmäßig miteinander und ich war auch die erste, der sie von dem Wiederauftreten ihrer Erkrankung berichtet hatte.

Wegen dieser gewachsenen Nähe hatte mich ihr Rezidiv besonders hart getroffen. Natürlich hatte ich versucht, ihr Mut zu machen. Ich vermied jedoch jeden zu engen Kontakt, der als Aufdrängen hätte gewertet werden können.

Das hatte ich auch früher getan, allein schon aus Stolz. Ich wollte verhindern, dass mir jemand vorwerfen konnte, ich hätte versucht, aus ihren - im Vergleich zu mir glänzenden, wirtschaftlichen Verhältnissen – persönlichen materiellen Nutzen zu ziehen, zu nassauern.

Jetzt bedauerte ich meine frühere Haltung sogar. Vielleicht hätten wir schon lange eine innigere Beziehung haben können. Aber vor allem mein Mann hatte sich immer gegen zu engen Kontakt gesträubt, weil er die Großzügigkeit meines Schwagers kannte. Er wollte nicht, dass mein Schwager für ihn bezahlte, wenn wir ausgingen, wollte nicht als Schmarotzer dastehen. Andererseits konnten wir früher mit seinem Beamtengehalt als Alleinverdiener in unserer Familie wirtschaftlich wirklich nicht mithalten.

Je mehr wir uns dem Schwarzwald näherten, umso stärker wurde meine Angst vor dem anstehenden Gespräch mit meiner Mutter. Wie sollte ich das nur beginnen? Wie würde sie reagieren? Und dann noch: Wie sollte ich sie nach dem Überbringen einer so schlimmen Nachricht zu einer möglichst raschen Entscheidung über die Frage, im Hotel bleiben oder mit nach München fahren, bringen? Ich konnte sie doch in so einer Situation nicht drängen und wollte ihr auch nicht von dem Gespräch mit A. berichten.

Mein Mann plante schließlich, kurz nach der Ankunft wieder zurück zum Niederrhein zu fahren. Ich hatte also nicht allzu viel Zeit. Ich musste auch an ihn denken.

Auch nach dem Verlassen der Autobahn lag noch ein gutes Stück Weg vor uns. Der Schwarzwald zeigte sich nicht so schön, wie ich ihn in Erinnerung hatte. Ich war einmal mit meinem Sohn im Winter da gewesen, als er noch sehr klein war, und ich - angeregt durch einen selbst gedrehten Film meiner jetzt verstorbenen Schwester - für mich beschlossen hatte, dass auch er, genau wie sein Cousin, Ski laufen lernen sollte. Vielleicht konnten die beiden Jungen das später einmal zusammen tun.

Ich hatte mir meine Schwester, wie schon so oft in jüngeren Jahren, zum Vorbild genommen, wenn ich eine Chance hatte, ihr etwas nachzumachen, wusste aber immer, wo meine Grenzen lagen. Deshalb hatte ich wegen der leichteren Erreichbarkeit und der günstigeren Preise, den Schwarzwald als Winterurlaubsziel für meinen Sohn und mich ausgesucht. Der war zwar nicht so überwältigend wie die Alpenlandschaft aber doch auch von beeindruckender landschaftlicher Schönheit.

Jetzt wirkte die Waldlandschaft wenig einladend; ein Orkan war im Frühjahr über sie hinweggezogen und hatte zahlreiche Bäume entwurzelt. Überall waren die Schäden noch deutlich sichtbar, klafften Lücken wie Narben in den Waldstücken und lagen Berge von Baumstämmen und geschreddertem Holz am Straßenrand. Es waren jede Menge Trecker und Laster mit Baumstämmen auf den schmalen, kurvenreichen Straßen unterwegs, die uns am schnellen Weiterkommen behinderten. Auf der einen Seite ärgerte ich mich über die langsame Geschwindigkeit, auf der anderen Seite war ich dankbar für den dadurch verursachten zeitlichen Aufschub. Aber das schwierige Gespräch ließ sich nicht vermeiden.

Es war schon recht spät, als wir endlich das Hotel erreicht hatten.

Das Abendbrot war schon lange von den Gästen eingenommen worden und die Tische waren bereits wieder für das Frühstück eingedeckt. Wir gingen zur Rezeption und fragten nach meiner Mutter. Sie saß mit den anderen Gästen draußen im Garten, erfuhren wir. Wir informierten die Hotelbesitzerin über den Grund unseres Kommens und baten sie, meine Mutter zu holen. Sie zeigte sich ehrlich betroffen - eine solche Nachricht im Urlaub zu erfahren, musste furchtbar sein - aber sie versprach uns ihre Unterstützung. Aus ihrer körperlichen Reaktion und auch aus ihrer Stimme sprach die Wertschätzung, die sie meiner Mutter entgegenbrachte.

Auf Vorschlag der Eigentümerin warteten wir in Muttis Hotelzimmer; die Wirtin wollte sie dorthin schicken. Ich stand voller Angst mit klopfendem Herzen in dem Raum, wagte mich nicht zu setzen, und wartete auf Muttis Kommen. Meine eigene Trauer wurde im Moment von der Furcht, ja Panik, meiner Mutter bald alles erzählen zu müssen, überlagert. Wie sollte ich das nur schaffen!

Das Warten war quälend!

Endlich hörte ich das gleichmäßige, dumpfe Aufklopfen eines Gehstockes auf dem Flur. Meine Mutter kam.

Sie zog ein erwartungsvolles Gesicht, als sie die Zimmertür öffnete. Als sie uns beide erblickte wandelte sich ihre Anspannung in Besorgnis. Sie war wohl erstaunt, uns beide zusammen zu sehen.

„Ist etwas passiert?", fragte sie gleich und blickte wieder von einem zum anderen.

Ich nickte nur, nahm sie in den Arm und sagte: „Mutti, du musst jetzt ganz stark sein."

Ihr Blick wanderte erneut von meinem Mann zu mir, dann hakte sie nach: „Ist was mit Ch.?"

Die Tränen stiegen mir in die Augen, weil ich ihr den Schmerz nachfühlen konnte, den meine Worte ihr jetzt bereiten würden. Ich wollte es noch hinaus zögern und nickte nur. Dann musste es doch heraus. „Sie ist heute gestorben!"

Ob meine Mutter geschrien hat, weiß ich nicht mehr, aber wohl noch, dass sie sich an mich klammerte. Wer wen getröstet oder gestützt hat, ist mir auch nicht in Erinnerung. Wir brauchten uns gegenseitig.

Es dauerte einige Zeit, bis wir wieder sprechen konnten. Schließlich berichtete ich ihr, was ich wusste und dass ich ihr die Nachricht nicht telefonisch hätte übermitteln wollen und - dass M. mich gefahren hatte. Ich erzählte ihr, was ich wusste, aber nichts von der Auseinandersetzung mit A. Das konnte ich ihr jetzt nicht noch zusätzlich antun.

Irgendwann hatte meine Mutter sich wieder so in der Gewalt, dass sie fragte, ob wir denn schon etwas gegessen hätten. Auch sie verlor in Krisensituationen nie den Sinn für profane Dinge und konnte völlig rational reagieren.

Die nette Wirtin war bereit, uns noch eine Brotzeit fertig zu machen. Wir saßen mit meiner Mutter in einer etwas abgelegenen Ecke des Restaurants. Wenn nicht der Anlass so traurig gewesen wäre, der uns hierhin gebracht hatte, hätte man dieses Zusammensitzen fast als Ferien genießen können.

Die holzgetäfelten Decken, die geschnitzten massiven Möbel, die stilvollen Tischdecken und der Blumenschmuck atmeten den Luxus eines guten Urlaubhotels. Doch welch ein Gegensatz zu solch unbeschwertem Aufenthalt war der Grund unseres Kommens! Hier in dieser abgeschiedenen Nische besprachen wir auch die Frage, wie wir uns jetzt verhalten sollten: Wieder nach W. fahren oder hier auf meine Schwester warten?

In einem Telefongespräch, das ich von der Rezeption aus führte, informierte ich A. darüber, dass wir inzwischen bei meiner Mutter angekommen waren, sie Bescheid wüsste, und sie sich jetzt überlegte, was sie tun wolle. Aber ich hätte Mutti noch nicht zu einer Entscheidung gedrängt.

Meine Schwester erklärte sich schließlich bereit, Mutti und mich am nächsten Morgen im Hotel Sonne abzuholen, wenn Mutti das wünsche. In einer Stunde sollte ich ihr die Entscheidung mitteilen.

Mutti sprach dann später selbst mit A., erklärte, dass sie auf keinen Fall mit M. und mir nach W. fahren würde, und dass sie jetzt gerne alle ihre Kinder um sich sehen wolle. Dieses Argument wirkte. Meine jüngste Schwester kündigte an, unter diesen Umständen uns beide am nächsten Morgen nach dem Frühstück abzuholen.

Inzwischen war es nach zehn Uhr abends und für meinen Mann zu spät, die Rückfahrt anzutreten. Die freundliche Hotelbesitzerin stellte uns eine Schlafcouch in ihrem eigenen Wohnzimmer zur Verfügung, auf der M. und ich dann die Nacht verbrachten. Es war ein seltsames Gefühl, nach so langer Zeit mit M. wieder ein Bett zu teilen. Ich lag deshalb lange wach. Aber auch so hätte ich nicht einschlafen können. Mutti lag während im Zimmer nebenan – gemeinsam mit ihrer Bekannten. Nur – sie hatte Schlaftabletten.

M. und ich frühstückten früh und vor acht Uhr fuhr mein Mann wieder zurück zum Niederrhein. Er wollte auf keinen Fall mit meiner Schwester zusammentreffen. Mutti erschien etwas später bei mir, als er sich schon verabschiedet hatte, zeigte aber Verständnis dafür, dass er so früh gefahren war, um dem schlimmsten Verkehr zu entgehen. Ich hatte ihm versprochen, ihn über den Zeitpunkt der Beerdigung so bald wie möglich zu informieren, damit auch mein Sohn daran teilnehmen konnte. Der würde dann mit seinem eigenen Wagen kommen und könnte Mutti und mich mit zurück nach Hause nehmen.

Das gemeinsame Warten auf meine jüngere Schwester war schlimm, auch wenn Mutti sich sehr zusammennahm, um nicht zu weinen. Halb hoffte ich, halb bangte ich bei jedem sich nähernden Motorengeräusch, dass es A. sein könnte.

Inzwischen waren schon einige Hotelgäste zu ihr gekommen, um ihr zu kondolieren. Alle waren tief betroffen, kannten sie sich doch überwiegend seit vielen Jahren und ich konnte erleben, wie liebevoll die anderen Gäste mit ihr umgingen. Auch ihre Freundin, mit der sie das Zimmer teilte, kam zu uns, verhielt sich aber ungewöhnlich zurückhaltend. Sie konnte tatsächlich auch einmal schweigen.

Immer wieder legte ich den Weg zum Hoteleingang zurück, um zu sehen, ob nicht das Auto meines Schwagers endlich käme. Die Minuten vergingen quälend langsam, meine Mutter wurde langsam unruhig. Auch mir verlangte das bevorstehende Zusammentreffen mit meiner jüngsten Schwester Selbstbeherrschung ab. Zu sehr hatte ich das erste Telefongespräch noch gegenwärtig. Ich hatte ihr nicht verziehen und nur Mutti zuliebe eingelenkt. Sie hätte wohl jetzt einen erkennbaren Zwist zwischen ihren beiden Töchtern nicht noch zusätzlich verkraften können.

Ich war dann auch entsprechend zurückhaltend, als die Saarländer endlich kamen. Sie hatten zumindest nicht alle drei Kinder bei sich, so dass in ihrem VW-Bus für uns genügend Platz war. Entweder waren die Zwillinge schon allein nach München gefahren oder kamen nach, ich weiß es nicht mehr. Zu sehr war ich mit Mutti beschäftigt, und zu sehr stand ich selber noch unter dem Schock und Schmerz des unerwartet plötzlichen Todes meiner ältesten Schwester. Dazu kam noch das Entsetzen über das Verhalten meiner Schwester A. und ihres Mannes. Doch ihr halbwüchsiger Sohn saß auf jeden Fall schon im Auto, das weiß ich noch.

Die Fahrt durch den Schwarzwald dauerte länger, als wir alle erwartet hatten. Mutti und ich saßen hinten im Bus und mein Schwager stöhnte über die umständliche und zeitraubende Fahrerei quer durch das Gebirge. Ich war selber erstaunt darüber, wie weit sich die Strecke hinzog. Aber hätte es eine andere Lösung gegeben? Mutti schwieg die ganze Zeit. Ich hoffte, dass sie durch den sicher entstandenen Schlafmangel der letzten Nacht und die Aufregung über die schlimme Nachricht nicht alles verstand, was W. sagte.

Er konnte es sich nicht verkneifen, dauernd darauf hinzuweisen, dass es für ihn einen ungeheuren Umstand bedeutete, Mutti und mich in dem Hotel abgeholt zu haben. Aber diese Jammerei wurde von den taktlosen Bemerkungen meiner Schwester noch übertroffen, als sie kurz vor der Ankunft in München meinte darauf hinweisen zu müssen, dass wir jetzt nicht erwarten dürften, dass sie in den folgenden Tagen mit uns „zusammenkleben" würden.

Das war noch eine ihrer harmloseren Bemerkungen. Ich betete, dass meine Mutter diese Unfreundlichkeiten nicht mitbekommen hätte. Aber sie hörte ja schon sehr schlecht, zum Glück.

In München erfuhren wir dann von meinem Neffen, dass er die wichtigsten organisatorischen Fragen der Beerdigung schon alle geklärt hatte, und wir bis zur Beisetzung noch zwei Tage Zeit hätten.

Wir aßen alle gemeinsam bei ihm zu Abend und wurden dann auf die verschiedenen Quartiere aufgeteilt. Meine Schwester übernachtete mit ihrer Familie bei meinem Neffen und Mutti und ich wurden von seiner Frau, zum Haus meiner verstorbenen Schwester gebracht. Da sollten wir zwei Tage bleiben. Sie wollten uns jedoch einmal abholen, damit wir gemeinsam Kränze aussuchen könnten.

Es war ein sehr befremdendes Gefühl, in das verlassene Haus zu kommen.

Alles deutete darauf hin, dass meine Schwester damit gerechnet hatte, nur ein paar Tage weg zu sein. Ihre Anziehsachen und einige Teile Unterwäsche hingen in ihrem Schlafzimmer über einem Stuhl. Sogar gebrauchte Papiertaschentücher steckten noch in ihrer Pyjamahose.

Wenn sie mit einer längeren Abwesenheit oder gar mit ihrem endgültigem Wegbleiben gerechnet hätte, wäre der Raum - ordentlich wie sie war - sicher besser aufgeräumt gewesen. Andererseits brachten gerade diese kleinen Nachlässigkeiten mir meine große Schwester, die mir in Sachen Ordnung immer als Vorbild erschienen war, noch einmal etwas näher. Ich liebte sie auf einmal wegen dieser kleinen Schwächen, die ich entdeckt hatte, noch mehr und trauerte umso intensiver. Gleichzeitig tröstete mich dieses Unbekümmertheit meiner Schwester; sie hatte wohl wirklich nicht damit gerechnet, dass ihr der Tod schon so nahe gekommen war. In die Operation hatte sie vor allem eingewilligt, um weitere Zeit mit ihrer Familie geschenkt zu bekommen, vor allem für ihren Enkel. Aber was hieß in dem Fall schon „geschenkt"!

Ich hörte sie in meiner Erinnerung immer noch stöhnen, vermutlich vor Schmerzen. Sie war bereit gewesen, für jede Stunde Leben teuer zu bezahlen. Ich bewunderte ihren Mut und Lebenswillen. Sie war so tapfer gewesen!

Aber wenn s i e schon ihren Zustand so falsch eingeschätzt hatte, wie hätte ich ihn dann aus der Entfernung richtig beurteilen können? Eine Spur von Selbstentlastung huschte durch mein Bewusstsein, aber nur für kurze Zeit. Dann begannen meine Grübeleien und Selbstvorwürfe von neuem. Hätte ich sie mit einem rechtzeitigen Anruf noch retten können?

Sie fehlte mir so, auch wenn wir uns seit ihrem Wegzug nach München eigentlich recht selten gesehen hatten, meist bei Familienfeiern oder später anlässlich von Muttis Krankenhausaufenthalten. Dann konnte ich ihr meine Gastfreundschaft anbieten.

Nun sollte ich in ihrem Bett schlafen! Es roch noch nach ihr. An Einschlafen war kaum zu denken.

Ich stand auf und erbat mir von meiner Mutter, die im Gästezimmer schlafen sollte, eine Schlaftablette. Dennoch war mein Schlaf unruhig, von häufigem Aufwachen und schlimmen Grübeleien unterbrochen, und wenig erfrischend. Es lief nicht nur die Vergangenheit sondern auch die Zukunft im Zeitraffertempo vor mir ab.

Ich nahm von allem Abschied, von meiner Schwester, von ihrem Haus, von unserer Gemeinsamkeit, von allem, was uns einmal verbunden hatte.

Auch wenn ich nicht so oft wie meine jüngere Schwester bei ihr gewesen war, wusste ich doch immer, dass ich - notfalls auch ohne vorherige Anmeldung - jederzeit bei ihr hätte Aufnahme finden können. Ich wusste instinktiv, dass ich gleichzeitig mit dem Abschied von meiner

Schwester ich mich auch von manchen Hoffnungen und Träumen für eigenes Lebens trennen müsste. Vielleicht hatte ich insgeheim gehofft, dass wir, nachdem wir beide alleine lebten - die eine verwitwet, die andere von ihrem Ehemann getrennt - noch einmal zu dem Verhältnis zurückfinden könnten, das uns als kleine Kinder einmal miteinander verbunden hatte oder das auch bei ihren gelegentlichen Besuchen an meinen Studienorten oder später bei mir in W. von Zeit zu Zeit aufgeblitzt war.

Ich wusste nicht, was mit dem Haus passieren würde und hatte das Gefühl, dass ich das letzte Mal da zu Gast war. In gewisser Hinsicht sollte sich diese Ahnung später bestätigen.

Am Tag vor der Beerdigung kam Tante M., Muttis Schwägerin, als dritte Person in das Haus meiner Schwester dazu und später noch mein Sohn.

Die wenigen Kontakte zwischen A. und mir erfolgten in diesen Tagen fast nur telefonisch und Vereinbarungen wurden von ihr nicht eingehalten.

Wir hatten verabredet, dass wir alle gemeinsam, meine Mutter, sie und ich, zu einem Blumengeschäft gehen wollten, um Kränze auszusuchen, die dann wenigstens farblich zusammen harmonieren sollten. Meine Schwester A. fuhr jedoch mit ihrem Mann und S. alleine dahin, suchte für alle Kränze aus, informierte uns dann über ihre Entscheidung telefonisch, fragte dabei lediglich, welchen der Kränze ich bezahlen wollte und welchen Text ich für die Kranzschleife wünschte und kassierte später nur bei mir das Geld.

Dann bat sie mich im Auftrag des Geistlichen, der für seinen im Urlaub befindlichen Kollegen die Beerdigung vornehmen sollte, eine Trauerrede für meine Schwester zu verfassen, weil der vertretende Pastor sie ja gar nicht gekannt habe, bemängelte dann aber später, dass ich nicht erwähnt hatte, dass meine verstorbene Schwester uns beiden zuliebe auf Abitur und Studium verzichtet hätte.

Das entsprach aber nicht den Tatsachen. Meine älteste Schwester war fünfzehn, noch nicht einmal sechzehn Jahre alt, als sie das Gymnasium verließ, um auf die Höhere Handelsschule zu gehen, ich dreizehn, meine kleine Schwester zwei. Keiner konnte zu diesem Zeitpunkt ahnen, wie unsere Schullaufbahnen sich entwickeln würden.

Auch waren die Zeugnisse meiner älteren Schwester nicht überragend, so dass auch bei ihr nicht unbedingt von dem Ablegen des Abiturs auszugehen war. Wohl war sie später auf der Höheren Handelsschule eine ausgesprochen gute Schülerin.

Ich versuchte meiner Schwester das in Erinnerung zu rufen. Allein sie bezog sich auf die Aussagen meiner Schwester. Das konnte die allerdings nie gesagt haben. Sie neigte nicht zu solchen Schönfärbereien.

Meine Mutter bekam von unseren Gesprächen zum Glück nichts mit.

Ich arbeitete den von A. gewünschten Passus denn auch nicht in meine Rede ein.

Meine Schwester hat ihn dann doch später, ohne mich vorher darüber zu informieren, von dem Geistlichen in die Trauerrede einflechten lassen, die sonst fast wörtlich meiner Vorlage entsprach.

Mir gefiel diese Vorgehensweise überhaupt nicht; meine verstorbene Schwester hatte auch so genügend hervorragende Eigenschaften besessen, dass man auf Übertreibungen und Unwahrheiten verzichten konnte. Damit ehrte man ihr Andenken nicht.

Die Stunden in dem Haus dehnten sich endlos, ich wusste kaum, wie ich die Zeit überstehen sollte. Entweder erinnerte mich alles an meine verstorbene Schwester oder der Ärger über die jüngere kam wieder in mir hoch. Nur konnte ich mit Mutti nicht darüber sprechen. Es war so anstrengend, die ganze Zeit allen Kummer und Gram alleine mit mir auszumachen und so war ich froh, als endlich meine Tante kam, und ich meine Mutter eine Stunde in ihrer Gesellschaft zurück lassen konnte.

Ich ging in den nahen Pasinger Stadtpark und suchte innere Ruhe in der Natur. Ich lief alleine unter den herrlichen, großen Bäumen dahin und folgte dem kleinen Bach, der die Anlage durchfloss. Es war ein wunderschöner Sommertag, es duftete nach frischem Gras, nach Leben, viele Kinder spielten und tobten auf den Wiesen, Mütter schoben Kinderwagen alleine oder in Begleitung auf den breiten Wegen und ich stellte mir vor, wie meine Schwester ihren kleinen Enkel hier auch spazieren gefahren hatte. Die Unbekümmertheit der anderen Parkbesucher steigerte nur meine Trauer und das Gefühl des Verlustes. Der Schmerz wuchs und wuchs und das Gefühl meiner Einsamkeit auch.

Am anderen Ende des Parks traf ich meine jüngere Schwester mit meiner Nichte und meinem kleinen Großneffen vor einer Eisdiele. Sie waren zusammen in einem Geschäft gewesen, um Schuhe für den Kleinen zu kaufen.

Wir wechselten ein paar höfliche Worte. Sie berichtete, ihr Mann und ihr Sohn wären gerade zusammen im deutschen Museum und am Abend zuvor wären sie alle gemeinsam in einem Biergarten gewesen.

„Und Mutti und ich saßen während der Zeit alleine in dem großen Haus und wussten nicht, wie wir mit unserem Kummer umgehen und die Stunden überstehen sollten!", dachte ich nur. Die Bemerkungen meiner Schwester, die sie noch auf der Fahrt nach München im VW-Bus gemacht hatte, fielen mir wieder ein. Wahrscheinlich hatte sie ihr Verhalten da schon vorher vorbereiten wollen. Ich hatte zwar so etwas geahnt, dennoch traf es mich schmerzlich. Mutti hatte doch auch ausdrücklich A. gegenüber begründet, dass sie jetzt alle ihre Kinder um sich haben wollte. Wir waren stattdessen abgehängt worden wie überflüssige Eisenbahnwaggons.

Die eigentliche Beerdigung führte uns alle wieder zusammen. Es war unsagbar traurig, zu fühlen, dass die Familie nicht nur ein geliebtes Mitglied verloren hatten sondern auch zu ahnen, dass sie an diesem Tag völlig auseinanderfiel. Das war nicht nur das Bewusstsein, dass ich die

Verwandten meines verstorbenen Schwagers, mit denen ich zum Teil freundschaftlich verbunden war, wohl das letzte Mal sehen würde.

Wenn nicht mein Sohn dabei gewesen wäre und meine Mutter und meine Tante, die wir noch nach Krefeld bringen mussten, wäre ich am liebsten geflohen.

Ich fühlte mich ausgestoßen und abgestoßen gleichzeitig. Nur mein Neffe, der Sohn meiner verstorbenen Schwester, der mich zeitweilig weinend in die Arme nahm, ließ mich eine Verbundenheit mit den anderen Beerdigungsgästen spüren. Er gehörte unzweifelhaft auch zu mir, genau wie der Sohn meines Patenonkels, dem ich mich besonders nahe fühlte und der - für mich völlig überraschend - mit dem Flugzeug aus Düsseldorf zur Beerdigung gekommen war. Allerdings blieb er nur kurze Zeit, weil er gleich nach dem Kaffeetrinken wieder zurückflog.

Meine Mutter hielt sich tapfer. Die Anwesenheit all ihrer Enkelkinder und Kinder und nicht zuletzt die Verwandtschaft meines Schwagers nahm all ihre Aufmerksamkeit in Anspruch und verlieh ihr gleichzeitig das Gefühl, nicht alleine zu trauern. Alle kümmerten sich liebevoll um sie.

Diese Beerdigungsrituale mit dem Zusammentreffen aller Familienmitglieder und Freunde hatten doch einen guten Sinn: Aus ihnen sprach eine seit Generationen gewachsene Erfahrung um Trauerbegleitung.

Als wir am Tag der Beerdigung, nach endlos scheinender Rückfahrt, am Abend wieder in W. ankamen, konnte Mutti sich kaum noch auf den Beinen halten. Von ihren vorausgegangenen

Ferientagen war nicht eine Spur Erholung übrig
geblieben. Ich hatte noch gar keinen Urlaub gehabt und konnte auch in dieser Situation gar
nicht daran denken. Zudem lag in wenigen Monaten mein sechzigster Geburtstag vor mir.

Mir war alle Lust vergangen, ihn überhaupt
noch zu feiern. Da ich aber so oft bei Freunden
und Bekannten aus ähnlichen Anlässen zu Gast
gewesen war, kam ich nicht darum herum, diesen Tag etwas herausgehobener als vorausge-
gangene Geburtstage zu begehen, zumal ich seit
einiger Zeit wieder eine repräsentative Position in
der Kommunalpolitik bekleidete.

Ein neuer Lebensabschnitt

Ich plante die Feier so, dass meine Mutter die ganze Zeit daran teilnehmen konnte. Ich konnte diesen Tag doch nicht ohne sie begehen. Meinen Mann lud ich nicht zu diesem Anlass ein; dafür waren die Wunden, die zu meinem Auszug aus unserem gemeinschaftlichen Haus geführt hatten, noch zu frisch und schmerzten. Selbst die Einladung meiner jüngsten Schwester bedeutete für mich schon, über meinen eigenen Schatten zu springen, war aber schon alleine meiner Mutter zuliebe nicht zu umgehen. Sie erschien mit ihrem Mann - völlig unbefangen - an diesem Tag und ließ in keiner Weise erkennen, dass sie noch mit unguten Gefühlen an unser letztes Zusammentreffen dachte. Ob sie die Differenzen zwischen uns und ihr eigenes Verhalten vergessen hatte? Ich nicht! Aber den anderen gegenüber versuchte ich nichts davon spüren zu lassen. Ich schaffte es sogar, ihre Umarmung zu ertragen, ohne zu zucken.

Ich durfte viele Gäste begrüßen, nur meine verstorbene Schwester fehlte mir natürlich.

Die Geburtstagsfeier bot in mancherlei Hinsicht Überraschungen: Die Rheinbrücke war durch einen Unfall gesperrt, und die linksrheinischen Gäste, unter ihnen auch prominentere Politiker, mussten große, zeitraubende Umwege fahren, mein Sohn verspätete sich zu meiner großen Verlegenheit endlos, aber mein Neffe aus München, der mit Frau und kleinem Sohn angereist war, berichtete stolz, dass sie ihr zweites Kind erwarteten. Auch die erste Schwangerschaft war kurz nach dem Tod meines Schwagers eingetreten.

So war das: Von dem einen Familienmitglied mussten wir uns verabschieden, auf das nächste durften wir uns freuen.

Das half Mutti sicher etwas über die trübselige Stimmung hinweg. In den nächsten Wochen gehörte meine ganze Freizeit meiner Mutter. Ich ging mit ihr spazieren, fuhr mit ihr durch das Kreisgebiet, immer getrieben von der Suche nach Abwechslung, um sie von dem Verlust und Tod ihrer Tochter abzulenken.

Die ersten Wochen und Monate nach der Beerdigung schlichen nur so dahin. Ein Tag verging wie der andere. Tagsüber kümmerte ich mich um meine Mutter, und versuchte meinen eigenen Kummer zu verdrängen, nachts träumte ich von meiner Schwester, was ich zu ihren Lebzeiten selten getan hatte. Es waren meist schöne Träume und machten mir das Erwachen am folgenden Morgen und das Zurechtfinden in der neuen Realität besonders schwer.

Mir wurde deutlich vor Augen geführt, was ich verloren hatte; es war nicht nur meine ältere Schwester, es war auch das Vertrauen und die Hoffnung darauf, dass es jemanden gabr, der mich unterstützen würde, wenn es um das Teilen der Sorge und Fürsorge für meine Mutter ging. Meine Schwester hatte zwar meistens recht kühl und zurückhaltend gewirkt, aber sie war intelligent, hilfsbereit und auf sie war immer Verlass gewesen. Nun musste ich alle Entscheidungen alleine treffen und verantworten, für Mutti und mich. Mir blieb nur, diese Tatsache zu akzeptieren. Meine Mutter durfte nicht noch zusätzlich unter dieser Entwicklung leiden.

Auch wenn mein Leben nun völlig fremdbestimmt war und ich ahnte, dass ein Zurückschrauben des Betreuungsaufwandes für Mutti wohl kaum noch möglich war, konnte ich nicht anders handeln. Ich ging davon aus, dass für meine Mutter der Tod ihrer Tochter schlimmer war als für mich der Verlust der Schwester und schalt mich egoistisch, wenn ich über mein eigenes Schicksal trauerte.

Ich wusste, meine verstorbene Schwester hätte genauso gehandelt wie ich, vielleicht nicht aus Liebe aber zumindest aus Pflichtbewusstsein. Sie hatte früher bewusst die Rolle der Ältesten ausgefüllt, wenn auch mit Unterstützung ihres Mannes und aus einem gesicherten finanziellen Umfeld. Nun war es meine Aufgabe. In dieser Hinsicht hatte mein Saarländer Schwager sogar Recht gehabt. Bei dem beruflichen Hintergrund meiner Verwandten hätte ich jedoch mit mehr persönlichem Einsatz und Solidarität gerechnet.

In der Adventszeit fuhr meine Mutter wieder wie früher zu A. ins Saarland. Mal holte meine Schwester sie mit dem Auto ab, wenn sie in der letzten Adventswoche ohnehin mit einer Freundin in Düsseldorf oder Duisburg Weihnachtseinkäufe machte, ein anderes Mal fuhr sie mit dem Zug ins Saarland. Auch wenn ihre Saarländer Enkel inzwischen schon groß waren, genoss Mutti das Zusammensein mit ihnen. Am Tag nach Weihnachten nahm dann A.s Schwiegervater meine Mutter wieder mit nach Duisburg, wo ich sie dann in Empfang nahm. Diese Regelung sollte sich über viele Jahre wiederholen. Noch war Mutti bei allen Einschränkungen, die ihre Gehbehinderung bereiteten, einigermaßen selbständig und beweglich.

Lediglich das letzte Weihnachtsfest vor dem Tod der ältesten Tochter hatte in ihrem üblichen Jahresablauf eine Ausnahme gemacht, weil damals die ganze Familie im Saarland das Millenniumssylvester feierte. Meine Schwester Ch. war damals noch dabei, lediglich ich hatte alleine „gefeiert".

Ich hatte mit einer lieben Bekannten über den Jahreswechsel nach Lissabon reisen wollen. Allerdings wurde diese geplante Sylvesterreise in letzter Minute von dem Veranstalter abgesagt, weil sich nicht genügend Teilnehmer gefunden hatten.

Ich hatte dann allerdings niemanden über diese Planänderung informiert, weil die anderen ihre Sylvesterfeier ja auch schon disponiert hatten, und ich mich nicht aufdrängen wollte. Ich musste daran denken, dass im Sommer des letzten Jahres meine ältere Schwester - nach dem Tod meines Schwagers - gemeinsam mit der jüngeren, deren Familie und deren Freunden für vier Wochen gemeinsam in die USA geflogen waren, ohne mich vorher zu informieren, erst recht nicht zu fragen, ob ich mich ihnen anschließen wollte. Vor allem schmerzte mich dabei, dass sie wohl auch geplant hatten, eine gemeinsame Cousine von uns, die in meinem Alter war, und mit der ich guten Kontakt pflegte, und die schon seit Jahrzehnten in den U.S.A. lebte, bei dieser Gelegenheit zu besuchen.

Ich fühlte mich damals sehr übergangen und verletzt, als ich erst bei der Goldhochzeit meines Patenonkels von dieser stattgefundenen Reise erfuhr. Vielleicht hätte sich an Sylvester für mich auch noch Platz zum Übernachten im Wohnort meiner jüngeren Schwester gefunden, allein ich fürchtete, von den andern Familienmitgliedern wieder abgehängt und in eine Außenseiterrolle gedrängt zu werden. Hätte ich geahnt, dass es die letzten Feiern sein sollten, die wir zusammen verbringen konnten, hätte ich mich vielleicht anders entschieden.

So verbrachte ich in dem Jahr Weihnachten und Sylvester mutterseelenallein. Ich hatte in meiner Wohnung die Rollläden heruntergelassen und zog sie mehrere Tage nicht hoch. Niemand sollte wissen, dass ich alleine zu Hause war. Ich war zu dem Zeitpunkt körperlich schon so ausgelaugt, dass ich sogar die allein verbrachten Festtage genoss. Ich nutzte den letzten Tag, um Muttis Wohnung weihnachtlich zu schmücken und alles für einen freundlichen Empfang bei ihrer Rückkehr vorzubereiten. Niemand hatte damals etwas von meinem einsamen Jahreswechsel gemerkt.

Im Frühjahr nach dem Tod meiner Schwester versuchte ich, Mutti vorsichtig nahe zu legen, doch wieder ihre alten Gewohnheiten aufzunehmen und die nächsten Ferien im Schwarzwald zu verbringen. Es waren nicht nur altruistische Motive, die mich zu diesen Bemühungen veranlassten. Ich hoffte auf ein paar freie Wochen.

Meine Mutter zeigte sich unentschlossen und überlegte so lange, bis sie den Anmeldezeitpunkt verpasst hatte, der ihr ermöglicht hätte, wieder mit der ihr seit Jahren bekannten Urlaubergruppe zusammen zu treffen. Es fand sich kein freies Zimmer mehr für sie, erst später wieder, wenn die ihr gut bekannten Gäste schon wieder abgereist wären.

So regte Mutti an, dass ich ja sie und ihre langjährige Bekannte begleiten könnte. Das entsprach aber in keiner Weise meinen Vorstellungen von Urlaub und ich schützte dienstliche Verpflichtungen vor. Ich sah mich noch nicht als passende Reise – und Urlaubsgefährtin für fast neunzigjährige Damen. Ich fürchtete, auch an ihrem Urlaubsort nicht nur von ihr sondern auch von all den anderen, überwiegend älteren Gästen vereinnahmt zu werden. Es trennte mich doch eine ganze Generation von ihnen – oder sah man mir den Altersunterschied schon gar nicht mehr an? Ich wusste, dass mich die Belastungen der letzten Jahre auch äußerlich gezeichnet hatten. Ich hätte recht gut ein paar Tage Ferien gebrauchen können, bezweifelte aber, dass ein gemeinsamer Urlaub in Muttis altem Ferienhotel für mich Erholung bedeutet hätte. Außerdem hätte mich dort dann alles an meinen ersten und letzten Aufenthalt und die schlimmen Stunden dort erinnert. Dann lieber arbeiten.

Da ich sie nicht begleiten wollte, blieb Mutti zu Hause.

Es war das letzte Mal, dass Mutti den Versuch unternahm, einen Urlaub mit Freunden zu erleben. Ich sah wieder drei Wochen persönlichen Freiraum verschwinden.

Schneckenhaus

Das Erlebnis, ein Kind zu verlieren, hatte meine Mutter vielleicht doch auch rein physich mehr beeinträchtigt, als zunächst deutlich wurde. Sie wollte keine Ausflüge mehr mit ihrem E-Mobil unternehmen und auch bei der Aufforderung zum Spazierengehen mit dem Rollator reagierte sie immer öfter mit: „Lass mich doch!"

Aber ich ließ sie nicht. Sie war jetzt siebenundachtzig Jahre alt und trotz ihrer Einschränkungen noch recht selbständig. Ich versuchte sie aus ihrer Lethargie zu reißen. Aber das gelang mir immer nur mit sehr großem persönlichen und zeitlichen Einsatz. Ich nahm sie mit zu Ausstellungseröffnungen und anderen öffentlichen Terminen. Allein die Frage, was sie bei solchen Gelegenheiten anziehen sollte, war etwas, was sie beschäftigte und ihr Abwechslung bereitete.

Ich besuchte mit ihr schon seit Jahren die Weihnachtsfeiern eines Sozialverbandes, zu denen ich regelmäßig eingeladen wurde und überredete sie zur Mitgliedschaft mit der Begründung, dass auch mein Vater dort Mitglied gewesen wäre, meldete sie zu Fahrten mit dem Verband an, nahm sie mit zu allen Einladungen, die ich als Kommunalpolitikerin wahrnehmen musste, die aber auch ihre Begleitung möglich erscheinen ließen. Andere nahmen ihren Partner mit; warum sollte ich dort nicht in ihrer Begleitung erscheinen können?

Ich war mit meiner Mutter verheiratet.

Sie genoss solche Termine als willkommene Abwechslung in ihrem neuen Leben und knüpfte auch dort Bekanntschaften. Immer öfter passierte es, dass sie bei solchen Gelegenheiten auf ihr inzwischen bekannte Gesichter traf und sich auch ganz persönlich herzlich willkommen fühlte. Sie war immer noch neugierig auf andere Menschen und bereit, sich auf sie einzulassen.

Zusätzlich bekam sie immer noch Besuch von Verwandten und Bekannten aus ihrem alten Wohnort Duisburg. Vor allem meine Tante M. aus Krefeld kam regelmäßig. Ich musste sie bei schlechtem Wetter in W. am Bahnhof abholen, bei gutem kam sie zu Fuß. Es war selbstverständlich, dass ich für die Heimfahrt den Chauffeur spielte. Zu privaten Einladungen ging meine Mutter nach wie vor; vor allem regelmäßige Friseurbesuche und Konsultationen der Fußpflege gehörten deshalb zu ihrem Programm. Ich sah in all den Aktivitäten eine willkommene Unterbrechung meines Alltags . Nur ich musste sie überall hinbringen und auch wieder abholen.

Es trat nun jedoch öfter ein, was ich immer befürchtet hatte, dass meine Mutter wieder stürzte. Diesmal in der eigenen Wohnung. Zum Glück spielte ihr unmittelbarer Nachbar ein paar Mal den Retter in der Not und half ihr auf. Einmal aber fand ich sie und schaffte es nicht, sie hochzuheben.

Ich hatte versucht, sie in eine Position zu bringen, in der ich ihr ein Sitzkissen unter den Po schieben konnte. Ohne Erfolg. Sie ließ sich hängen und wurde immer schwerer in meinen Armen. Ich machte ihr vor, wie sie die Beine anziehen sollte, damit ich sie dann von hinten anheben könnte. Ich hatte mir diese Hilfestellungen im Krankenhaus von dem Pflegepersonal abgeguckt. Aber es ging nicht, der Platz auf dem Boden reichte nicht für uns beide aus.

Sie jammerte. Ob sie sich ernsthaft verletzt hatte? Aber sie hatte es geschafft, auf den Knien zum Telefon zu robben und mich anzurufen. Ich war ratlos. Schließlich musste ich ihren Hausarzt zur Hilfe holen. Der half ihr auf, war aber nicht gerade erfreut über diese Inanspruchnahme. Mutti hatte sich allerdings erhebliche Blutergüsse zugezogen, nicht nur durch den Sturz, sondern vor allem durch das Robben. Ihre Füße und ihre Knie sahen schlimm aus, sie waren bedeckt von dunkelroten und tief violetten Flecken. Es dauerte lange, bis sie wieder verblassten.

Ich lebte dauernd in der Angst, dass sich so ein Sturz noch einmal wiederholen könnte und legte ihr nahe, doch abends das Mobilteil des Telefons auf ihr Nachtschränkchen zu legen. Schließlich hatte ich genau aus solchen Gründen ein modernes Telefon für sie besorgt, als sie nach Wesel zog. Es gab keine Schnur mehr, an der sie hängen bleiben konnte. Aber aus verstandesmäßig nicht nachvollziehbaren Gründen hatte sie es bisher immer unterlassen. Ich bat sie noch einmal inständig, doch von dieser Möglichkeit Gebrauch zu machen. Sie unterließ es.

Dann stürzte sie noch einmal. Jetzt organisierte ich für sie einen Hausnotrufdienst, wozu auch der Hausarzt geraten hatte. Das bedeutete eine gewisse Sicherheit, konnte aber natürlich keinen Sturz verhindern.

Bisher hatte Muttis Nachbarin einen zusätzlichen Schlüssel für ihre Wohnung an ihrem Schlüsselbrett hängen gehabt, aber die Nachbarin war ja auch nicht immer zu Hause. Dennoch blieb der auch da, nachdem ich weitere Schlüssel für den Notrufdienst hatte anfertigen lassen. Die Deponierung der Schlüssel dort bedeutete zusätzliche monatliche Gebühren, war aber immer noch keine Ideallösung, weil die Geschäftsstelle dieses Wohlfahrtverbandes zwei Städte weiter entfernt lag und die Fahrt bis zu Muttis Wohnung eine gute halbe Stunde dauerte, nachdem der Notruf bei dem Anbieter eingegangen war. Dabei hatten wir noch Glück, dass die Wohnung verkehrsgünstig lag und ziemlich lag; bei einer anderen Adresse, etwa in einem der nördlicheren Teile unserer Stadt, hätte die Fahrt noch einmal eine halbe Stunde länger gedauert. In einer solchen Zeitspanne kann doch schon ein schlimmer, unwiderruflicher Schaden eingetreten sein! etwa bei einem Herzinfarkt oder Schlaganfall, aber auch bei starkem Blutverlust.

Ich startete einen Versuch, eine günstiger gelegene Anlaufstelle für einen solchen Notdienst örtlich zu installieren. Zwei Krankenhäuser in der Stadt, mehrere Pflegeheime, Berufsfeuerwehr und zahlreiche Wohlfahrtsverbände! Da müsste sich doch eine Lösung finden lassen! Ich sprach einzelne Träger an.

Niemand sah sich alleine dieser Aufgabe gewachsen, Zusammenarbeit war offenbar auch kein Denkmodell. Die jetzige Regelung würde völlig ausreichen. Meine Beruhigung war aber nur begrenzt.

Es passierte nun jedoch einige Male, dass Mutti den Notruf versehentlich auslöste.

Das geschah vor allem nachts, wenn sie im Schlaf unbemerkt den Knopf berührte, weil sie sich im Bett umgedreht hatte oder aus einem von ihr selbst nicht wahrgenommenen Grunde den roten Knopf berührte. Dann standen plötzlich, ohne dass sie einen Grund dafür kannte, zwei unbekannte Männer in ihrem Schlafzimmer, denn auf die Rückmeldung der Zentrale konnte Mutti wegen ihres zunehmend eingeschränkten Hörvermögens nicht reagieren. Der Schrecken aber, so unerwartet von fremden Personen aus dem Schlaf geholt und angesprochen zu werden, und das in ihrem eigenen Schlafzimmer, war stets riesengroß, zumal sie ja auch immer unter der Wirkung von Schlaftabletten stand.

Um Fehlalarme zu verhindern, waren wir zunächst auf die Idee gekommen, den Notrufknopf auf den Nachttisch zu legen, aber da standen schon der Wecker und eine Nachttischlampe. Im Ernstfall hätte sie den Notruf gar nicht so schnell gefunden, eher Wecker und Lampe umgeworfen.

Auch das Aufhängen des Notrufes in Griffweite brachte nichts, denn sie hätte ihn ja erst einmal im Dunkeln finden müssen. Ja, wenn der selbst geleuchtet hätte! Aber so war er nicht beschaffen. Und sprechen oder sich mit der Zentrale unterhalten oder Auskunft auf deren Fragen geben, hätte sie auch nicht gekonnt, denn dafür hätte sie ja erst einmal ihre Hörgeräte einsetzen müssen, und das hätte gedauert, wenn es ihr in der Aufregung überhaupt gelungen wäre.

Die Sicherheit war also nur eine scheinbare. Wenn Mutti Hilfe brauchte und sie noch in der Lage war zu telefonieren, rief sie deshalb mich an; ich schaffte es innerhalb von gut fünf Minuten bei ihr zu sein, mit dem Auto, das vor meiner Türe stand oder mit dem Fahrrad, notfalls im Schlafanzug, mit Jeans und einer Jacke darüber gezogen.

Ihre Hörgeräte, die sie nun schon seit einigen Jahren trug, halfen immer weniger – wenn sie sie überhaupt trug. Sie wollte wohl Batterien sparen.

Sie hatte sich erst recht spät, nämlich nachdem sie nach W. gezogen war, von mir zur Anschaffung dieser Hörhilfen überreden lassen. Als sie noch in Duisburg wohnte, stritt sie stets energisch ab, schwerhörig zu sein und schob Verständigungsprobleme immer auf die schlechten Telefonverbindungen. Auch die übergroße Lautstärke beim Fernsehempfang wollte sie nicht als Indiz für Schwerhörigkeit gewertet wissen und mir machte es kein Vergnügen, deswegen lange Auseinandersetzungen mit ihr zu führen. Ich wollte die Stunden unseres Zusammenseins nicht mit Streitereien belasten. Nur leider hatte sie sich wegen der sehr verspäteten Anschaffung dieser Hilfen der Chance beraubt, das restliche Hörvermögen bestmöglich zu aktivieren, und so kam ihre Einsicht eigentlich etwas spät. Deswegen war ihre Verständigungsmöglichkeit immer noch unbefriedigend.

In ihrer neuen Wohnung in W. stürzte Mutti dann zweimal so schwer, dass sie im Krankenhaus genäht werden musste. Es waren immer Kopfverletzungen. Nun entwickelte sie auch

Angst zu stürzen, wenn es ans Duschen ging. Sie traute mir nicht zu, sie im Notfall zu halten und wollte stattdessen lieber auf das Duschen ganz verzichten. Das empfand ich nicht als akzeptabel. Ich sann auf andere Lösungen. Ich wusste, dass ein großer Teil ihres Problems aus ihrer verkrampften Haltung bestand. Freilich sah ich mit meinen inzwischen nur noch fünfzig Kilo auch nicht gerade aus wie ein Muskelprotz. Auch die Anschaffung eines Duschhockers und anderer Hilfseinrichtungen verliehen ihr kein Sicherheitsgefühl. Die Griffe in der Duschkabine waren ihr zu weit vom Einstieg entfernt und sie traute sich einfach nicht, ein Bein so hoch anzuheben, um die Schwelle zur Duschtasse überwinden zu können, dabei hatte sie noch verhältnismäßig wenig Schwierigkeiten, Treppen zu überwinden, wenn sie sich an einem Geländer festhalten konnte. Sie stand vor der Duschtasse, gestützt auf ihren Rollator oder ihren Stock und auch auf meinen Arm, und probierte abwechselnd das rechte oder das linke Bein zu entlasten. Dabei verkrampfte sie zusehends. Ich hatte immer größere Probleme, sie zum Duschen zu überreden.

Erst kostete jede dieser Prozeduren Nerven, Überzeugungskraft, später, wenn sie endlich nachgab, körperliche Anstrengung. Das anschließende Reinigen des Badezimmers war noch die kleinste Mühe.

Wir diskutierten die Möglichkeit, die Dusche ebenerdig legen zu lassen, allein das war ihr wegen ihrer Erfahrungen mit einer solchen Anlagen auch nicht recht. Es ließ sich nicht verhindern, dass Spritzwasser auch in andere Teile des

Badezimmers floss, und bei ihrem kleinen Bad hätte sie dann zwangsläufig mit den Füßen auf nassen Fliesen gestanden, auch nicht ganz ungefährlich. Das wollte sie natürlich auch nicht; kurz - jedem Vorteil standen auch immer Nachteile entgegen.

Bei einem ihrer Krankenhausaufenthalte hatte man eine nicht unerhebliche Herzschwäche bestätigt. Ihre geschwollenen Beine waren also doch ernst zu nehmen. Sie hatte nun dreimal täglich eine ganze Batterie von Medikamenten zu nehmen, deren Einnahme ich streng überwachen musste. Eine falsche Dosierung konnte zusätzlichen Schaden anrichten. Ich lebte in der ständigen Angst, dass ich vielleicht selber etwas falsch machen und ihr deshalb etwas passieren könnte. Das bedeutete zusätzlichen Stress für mich und gleichzeitig auch eine Erhöhung der tatsächlichen Gefahr, einmal etwas zu verwechseln oder zu vergessen.

Ich traute mich kaum noch eine Einladung anzunehmen, bei der ich länger abwesend sein würde und nutzte bei auch bei solchen Terminen jeden freien Moment, um sie anzurufen und mich zu erkundigen, ob bei ihr alles in Ordnung wäre. Irgendwann ging ich dazu über nicht unbedingt wichtige private Einladungen unter irgendwelchen Vorwänden einfach abzulehnen. Ich war in Gefahr, mich weiter sozial zu isolieren. Nachmittägliche Kaffeeeinladungen von langjährigen Freundinnen, die ja auch nicht so lange dauerten, nahm ich noch an.

Ich hatte von meinem Sohn zu Weihnachten ein Handy geschenkt bekommen, ein recht großes, schweres Teil, das noch nicht einmal in jede Handtasche passte, das mir aber jederzeit erlaubte, sie anzurufen oder sonst jemanden, der ihr helfen konnte. Die Handynummer hatte ich in ihr Telefon eingegeben, hatte aber schon erlebt, dass sie bei Aufregung die Tastatur nicht richtig treffen konnte. Sie hätte auch meinen Mann anrufen können, der unsere alte Telefonnummer behalten hatte, die sie seit dreißig Jahren auswendig kannte. Er hatte ebenfalls einen Schlüssel zu ihrer Wohnung und hätte ihr notfalls geholfen. Wir waren inzwischen eine ganze Mannschaft, die bereit stand, Nachbarn, eine Freundin von mir und ich.

Wenn Mutti einen grippalen Infekt hatte oder wieder einmal gestürzt war, schlief ich in Muttis Wohnzimmer auf ihrer Couch. Das war zwar nicht besonders bequem, aber nachdem wir eine neue, geeignetere Couch gekauft hatten, besser, als mich zu Hause in Unsicherheit zu quälen.

Hilfe

Eines Tages musste Mutti mit dem Verdacht auf einen akuten Bauch ins Krankenhaus eingeliefert werden. Sie hatte sich von ihrer Nachbarin wieder Abführmittel besorgen lassen, die sie angeblich aber nicht nahm, und sich eine schlimme Verstopfung zugezogen. Bei der Behandlung dieses Problems fiel den Krankenhausärzten eine Phlegmone an ihrem   rechten Mitttelfinger auf, die schon recht ausgeprägt war. Sie weigerte sich, wegen einer solchen „Kleinigkeit" im Krankenhaus zu bleiben. Sie konnte die Gefahr nicht einsehen, die von diesem Entzündungsherd ausging und konnte auch nicht verstehen, dass sie zur Behandlung Infusionen bekommen sollte.

Als die Infektion endlich abgeklungen war, zeigte sich, dass der Finger steif geblieben war und trotz aller Physiotherapie nicht mehr beweglich wurde.

Wochenlang fuhr ich sie nun mehrmals wöchentlich zu einem Krankengymnasten, der mit ihr die Beweglichkeit des Fingers trainierte.

Sie knetete ihn auch zu Hause unermüdlich und glaubte, ihm so seine alte Funktion wieder zurückgeben zu können. Aber weder ihre Bemühungen noch die des Therapeuten wurden von Erfolg gekrönt. Der Finger stand von ihrer Hand ab und sie blieb dauernd mit ihm irgendwo hängen. Nun war sie noch unselbständiger als vorher. Sie konnte sich noch nicht einmal mehr ein Brot alleine streichen. Dazu kam das Problem der körperlichen Grundpflege. Ich war davon überzeugt, dass professionelle Kräfte diese Aufgabe besser leisten könnten als ich, nicht nur weil sie das gelernt hatten sondern auch, weil sie die nötige persönliche Distanz zu ihr hätten. Außerdem war da noch die zu überwindende Schamgrenze, zumindest für mich ein wichtiger Grund. Und gäbe es dabei Meinungsverschiedenheiten oder gar Auseinandersetzungen, würde sich die dadurch entstandene Stimmungseintrübung nicht auf alle unsere andere Situationen des Zusammenlebens übertragen. Zusätzlich musste ich bei jedem Versuch mit ihrem Sträuben gegen Duschen oder andere Maßnahmen rechnen.

Ich beantragte für sie die Anerkennung einer Pflegestufe. Der Antrag wurde abgelehnt. Diesmal konnte ich mich nicht mit den Aussprüchen meines Schwagers trösten. Sie brauchte professionelle Hilfe, und sie hatte nicht das Geld, um diese aus eigener Tasche zu bezahlen. Ich legte Widerspruch ein.

Ein langwieriger und Nerv tötender Papierkrieg folgte. Ich führte ihn für sie, da sie selber dazu gar nicht in der Lage war. Der Sozialverband, in dem sie schon vor Jahren Mitglied geworden war, sollte helfen. Diese Hoffnung war vergebens. Wir bekamen keine Unterstützung. Die Rechtslage würde das nicht hergeben.

Die Bestimmungen der Pflegekassen sahen vor, dass die benötigte Hilfe sich überwiegend auf rein somatischen und körperlichen Probleme und Pflege bezog, und das alles nur nach willkürlich von irgendwelchen Institutionen festgelegten, zeitlichen Vorgaben. Die waren berechnet nach dem Muster, wenn ich das eine Bein in kochendes Wasser und das andere in eiskaltes stelle, fühle ich eine angenehme Durchschnittstemperatur. So sollte ein Durchschnittswert entstehen.

Das schlechte Hörvermögen und damit auch die verlangsamte Verständnis- und Reaktionsweise spielten dabei keine Rolle, erst recht nicht Depressionen, entstanden durch den Tod der Tochter und die Erkenntnis der eigenen Hilflosigkeit. Alles was daraus resultierte war ausschließlich ihr, bzw. mein Problem, und spielte keine Rolle bei der Ermittlung des zeitlichen Pflegeaufwandes. Diese Beeinträchtigungen waren in der Auflistung für Hilfestellungen nicht vorgesehen. Es zählten nur die Aufwendungen für die Körperpflege und auch die nur nach den sehr sparsam bemessenen zeitlichen Vorgaben, die auf zusätzliche Beeinträchtigungen, wie Geh- oder Hörbehinderung, mentale Probleme in keiner Weise Rücksicht nahmen. Als ob der Mensch allein aus Körper bestände!

Mutti betrachtete den Besuch des medizinischen Dienstes als willkommene Unterbrechung ihres Alltags. Sie saß in ihrem Sessel voller Neugier und begutachtete ihrerseits die Gutachter. Nach Beendigung der Visitation hatte sie auch ihre eigene Benotung abzugeben, allerdings erst als wir wieder alleine waren. Sie äußerte sich wohlwollend über die Kleidung und Frisur der Dame, kritisierte allerdings, dass die Frau sich mehr mit ihrem Laptop als mit ihr beschäftigt hatte. Recht hatte sie.

Ein ungeplantes Ereignis gab Mutti vorübergehend neuen Auftrieb. Sie wurde erneut Urgroßmutter, diesmal von meinem Sohn. Das dritte Urenkelkind. Sie blühte wieder auf. Dieses Kind konnte sie fast heranwachsen sehen, denn mein Sohn war zwar inzwischen nach Essen gezogen, und diese verhältnismäßige Nähe ermöglichte es ihr, den Kleinen öfter zu sehen, sei es bei gelegentlichen Besuchen von ihm bei ihr oder ihren bei ihm.

Bei der Kindtaufe war sie eine von vier Großmüttern, die sich über den Kinderwagen beugten und darum wetteiferten, wer den Kleinen auf den Arm nehmen durfte. Sie gehörte plötzlich zu einer Großfamilie und meine „Fastschwiegertochter" wurde zu unserem neuen Familienmitglied. Ich nahm Mutti in meinem Wagen mit nach Essen, wenn dort Feiern anstanden, Geburtstage, Kindtaufe oder andere Ereignisse; die Lebensgefährtin meines Sohnes besuchte auch meine Mutter. Einmal im Jahr kam ihr Münchener Enkel mit seinen beiden Kindern zu ihr. Sie fühlte sich wieder als Familienmittelpunkt.

Ihr neunzigster Geburtstag näherte sich. Hatte sie früher es nicht für möglich gehalten, ein solches Alter zu erreichen, später wegen des Todes ihrer Tochter den Tag völlig übergehen wollen, war sie nun doch fest entschlossen, ihn „groß" zu feiern und wurde darin von meiner Schwester A. bestärkt.

Ich hatte nichts dagegen einzuwenden, sah sogar darin eine Chance, ihr wieder ein Ziel zu setzen, auf das sie sich freuen könnte. Viele Stunden saßen wir jetzt gemeinsam und planten, besuchten Restaurants und Hotels, besichtigten

Zimmer und Gesellschaftsräume, überlegten, wer eingeladen werden sollte, planten, planten um, führten Gespräche mit dem schließlich ausgesuchten Hotel über die Menuezusammensetzung und verschickten Einladungen. Wir buchten die benötigten Zimmer – Mutti spendierte großzügig die Übernachtungskosten - suchten Garderobe aus und nahmen Zusagen - nur eine Absage - an und warteten auf den Tag des großen Ereignisses.

Krebs

Zwei Wochen vor ihrem Geburtstag hatte ich an einem Freitag einen meiner regelmäßigen Vorsorgetermine beim Gynäkologen. Eine reine Routinesache, nur wegen der familiären Belastung nicht zu vernachlässigen.

Ich hatte mich schon wieder angezogen und wollte mich gerade von dem Arzt verabschieden, als der mich bat, ich solle mich noch einmal setzen. Das passte eigentlich gar nicht in meinen Zeitplan, denn unsere allwöchentliche große Dienstbesprechung sollte in einer guten halben Stunde stattfinden und ich hatte noch nicht zu Mittag gegessen. Er bestätigte noch einmal, was er während der Untersuchung bereits gesagt hatte, mit der Brust sei alles in Ordnung. Gott sei Dank! Ich musste an meine Schwester denken.

Ich wollte schon wieder aufstehen, da fuhr er fort, aber im Unterleib habe er etwas gefunden, eine Zyste.

„Das ist doch nicht so schlimm", meinte ich, „die kann man doch austrocknen."

„Die aber nicht!", hielt er mir entgegen.

Ich sah keinen Grund zur Beunruhigung, schließlich hatte meine Mutter vor einigen Jahren auch eine große Zyste gehabt und der Arzt hatte gemeint, dass auch eine andere Behandlungsweise als die durchgeführte Operation denkbar gewesen wäre. Warum sollte das bei mir nicht gehen?

„Nein", sagte er, „wir müssen operieren."

Das war auch noch zu verkraften, immerhin hatte ich schon einige Eingriffe hinter mir. Aber

Muttis Geburtstag stand vor der Tür, nur noch zwei Wochen.

Ich hatte zwar schon alles vorbereitet aber auch an den letzten Tagen gab es noch viel zu tun. Ob ich das frisch operiert leisten konnte, wusste ich nicht. Also durfte die Operation erst später stattfinden.

Ich sagte ihm also ganz klar, dass mir ein Krankenhausaufenthalt jetzt ganz ungelegen käme und begründete es.

Jetzt sah er sich wohl veranlasst, mir eine Information mehr zu geben, denn er meinte: „Das ist keine normale Zyste. Da ist noch etwas drin. Sie sollten nicht warten!"

Ich war noch nicht überzeugt. Da legte er die Karten auf den Tisch: „Wenn sie zu lange warten und die Zyste platzt, müssen sie mit dem Schlimmsten rechnen." Und er zeigte auf eine Stelle auf der Ultraschallaufnahme.

„Wir müssen davon ausgehen, dass das, was sie hier sehen, bösartige Zellen sind."

„Krebs?", fragte ich nur und er nickte.

Dann machte er mir eine Kopie von dem Ultraschallbild und riet mir, umgehend im Krankenhaus einen Termin zu machen.

Die Welt ging für mich nicht unter. Das war sie schon vor vielen Jahren, als mein ältester Sohn starb. Dennoch weiß ich nicht, wie ich den Weg zurück zu meiner Dienststelle gefunden habe. Ich erinnere mich aber, dass mir der Gedanken durch den Kopf schoss: „Jetzt hast du keine Zeit mehr zum Mittagessen."

Ich ging also mit meinem Foto in der Hand ins Sekretariat der gynäkologischen Ambulanz.

Dort wurde gerade umgebaut und es herrschte Durcheinander und ziemlicher Lärm. Von der Sekretärin erfuhr ich, dass im Moment kein Arzt da wäre, der Chef in Urlaub sei, und sie auch im Moment keine Sprechstundentermine vergeben könnte. Ich müsste zehn Tage warten.

Da verzichtete ich auf weitere Bemühungen der Sekretärin und ging in die Cafeteria, um noch etwas zu essen. Der Zufall schien mir eine Entscheidung abgenommen zu haben. Ich funktionierte wieder, ganz einfach.

Während meiner Dienstbesprechung schaffte ich es, mich auf die besprochen Fälle zu konzentrieren, nahm auch noch an Entlassungsgesprächen teil und blieb nach außen hin ganz ruhig. Außerdem hatte sich bei mir der Eindruck verfestigt, das alles nicht so schlimm sein könne, immerhin war die letzte Routineuntersuchung unauffällig gewesen, und ich ging jedes halbe Jahr dahin, allein schon wegen der familiären Vorbelastung.

Meiner Mutter und den anderen Verwandten gegenüber erwähnte ich kein Wort von dem Verdacht meines Gynäkologen. Ich beschloss, mir Anfang der nächsten Woche eine zweite Meinung einzuholen.

Auch in dem anderen Krankenhaus unserer Stadt befand sich der Chefarzt im Urlaub. Sein Vertreter bestätigte mir nach Untersuchung und Ultraschallaufnahmen den Verdacht des Kollegen und riet zur sofortigen Operation. Von den vierzehn Tagen, die mich von Muttis Geburtstagsfeier trennten, waren inzwischen drei weitere verstrichen.

Ich beschloss, den Rest der Zeit auch noch abzuwarten und informierte ihn, auch über die Gründe meines Entschlusses. Mutti wäre sicher enttäuscht, wenn ich nicht an ihrem Geburtstag dabei wäre. Seine Bedenken nahm ich zwar zur Kenntnis, ließ mich von ihnen aber nicht umstimmen. Ich versprach, mich vorsichtig zu bewegen, auf körperliche Anstrengungen zu verzichten und glaubte, dadurch keinen Reiz zum vorzeitigem Platzen der Zyste zu geben, vereinbarte den Tag nach Muttis Geburtstag als Tag der Krankenhausaufnahme und den darauf folgenden als OP-Termin und ging nach Hause. Vorsichtshalber verzichtete ich in den nächsten Tagen sogar aufs Fahrradfahren.

Vielleicht war ich naiv oder leichtsinnig, aber meine Strategie hatte Erfolg.

Der große Geburtstag wurde mit zwei Festveranstaltungen gefeiert, am Vorabend mit einem Abendessen im engsten Familienkreis, am Tag selbst mit einem ausgedehnten Brunch mit Familie, Freunden und Nachbarn. Meine Mutter genoss diese Tage. Sie war ganz große Dame, wanderte mit ihrem Stock von Tisch zu Tisch, sah viele alte Bekannte aus ihren Duisburger Jahren wieder, und war voller Dankbarkeit mir gegenüber wegen der Ausrichtung des Festes. Auch ich war zufrieden, dass meine Planungen aufgegangen waren.

Auch eine Freundin aus Muttis frühesten Kindertagen war mit ihrem Sohn zu der Feier erschienen. Das war der letzte Anlass, zu dem die zwei sich sahen. Ein paar Jahre vorher hatte ich sie noch zu deren Geburtstag nach Duisburg gefahren. Nun erkannte die Freundin sie zwar noch, war aber kaum noch in der Lage zu sprechen, obwohl sie äußerlich durchaus noch einen guten Eindruck machte.

Meine Mutter war ganz unglücklich über diese Entwicklung und konnte sie kaum verarbeiten. Aber sie selbst war ja auch die erste aus unserer engeren Familie, die ein solches Alter erreichte, und hatte es bis vor kurzem nicht geglaubt. Nur eine Schwester ihrer Mutter war sogar neunundneunzig geworden und schließlich an einer Lungenentzündung als Folge eines Oberschenkelhalsbruches gestorben.

Einen Tag nach dem Jubiläum informierte ich meine Mutter über meinen unumgänglichen Krankenhausaufenthalt - die Verdachtsdiagnose verheimlichte ich ihr - und begab mich brav zur Aufnahme. Die Operation bestätigte den Verdacht. Ich bekam noch am gleichen Tag das Untersuchungsergebnis mitgeteilt. Man hatte zum Glück keine Metasthasen gefunden.

Ich unterzog mich nur wenige Tage nach der Operation der ersten Behandlung mit Chemotherapie, die weiteren Termine würden nach meiner Entlassung erfolgen. Ich rief A. an und verabredete mit ihr, dass sie Mutti während meiner anschließenden Reha in ihren Haushalt aufnehmen sollte. Ich konnte sie nicht so lange alleine lassen. Nun musste meine Schwester die Rolle der Betreuerin übernehmen.

Während meines Krankenhausaufenthaltes kümmerte sich mein Mann um Mutti. Er besuchte sie regelmäßig, kaufte nicht nur für sie ein, sondern leistete ihr auch in ihrer Wohnung Gesellschaft, ja, er kam sogar einmal mit ihr zu mir ins Krankenhaus. Sie konnte sich mit ihren eigenen Augen davon überzeugen, dass ich lebte und sie bald wieder mit mir rechnen konnte.

Es zahlte sich mal wieder einmal aus, dass M. und ich wie zivilisierte Menschen miteinander umgingen.

Nach meiner Entlassung aus der Klinik nahm ich meine Besuche und Pflichten bei ihr wieder auf. Auch während der anschließenden Chemotherapie konnte ich alle meine Aufgaben, selbst die kommunalpolitischen- wenn auch mit Anstrengung - weiter wahrnehmen, zunächst sogar noch nach Essen zum Babysitten fahren.

Nur die letzten zwei Behandlungen warfen mich um. Ich schaffte es aber, mich auch während dieser Wochen, täglich um Mutti zu kümmern, mit Ausnahme einiger Tage nach dem sechsten Behandlungszyklus, als ich stationär aufgenommen werden musste, weil ich mich fast pausenlos übergab. Auch war ich nicht in der Lage, mit dem Zug zur Kur zu fahren und wurde deshalb von M. mit dem Wagen nach Bad Kreuznach gebracht.

Da die Rehaklinik nicht so weit vom Wohnort meiner Schwester entfernt lag, kam sie gemeinsam mit meiner Mutter mich dort besuchen. Meine Mutter war erleichtert zu sehen, dass es mir wieder besser ging. Wir Schwestern demonstrierten Normalität, auch wenn es mir noch recht schwer fiel.

A. stattete mir noch einen zweiten Besuch alleine ab und bekräftigte noch einmal nach ihren jüngsten Erfahrungen, dass sie meine Mutter auf keinen Fall auf Dauer bei sich aufnehmen würde, sie brauchte zu viel Hilfestellung, und dass man sich besser um einen Platz im Altersheim für sie bemühen sollte. Da wäre sie auch nicht alleine und hätte Gesellschaft.

Ich wusste, dass Mutti anders leben wollte und ließ meine Schwester reden. Außerdem wusste ich doch um das schwache Herz meiner Mutter und nicht, wie lange sie oder ich noch zu leben hatten. Sollte ich mich da in einen solchen Konflikt stürzen, bei dem es nur Verlierer geben würde?

Freilich, meine jüngere Schwester A. war ja noch berufstätig und viel außer Haus, aber auch sie war nur in Teilzeit beschäftigt, sogar noch mit weniger Stunden als ich. Jedoch hatte sie auch einen riesigen Bekannten- und Freundeskreis, sehr viel Besuch, oft über mehrere Tage, und verreiste viel, allein jedes Jahr vier Wochen mit ihrem Mann nach Übersee, mal Afrika, mal Amerika, und natürlich auch innerhalb Europas.

Sie hatte schon immer anders gelebt als ich, war häufig I auf Reisen, und hatte auch mit ihrem Mann damals freiwillig ihren Wohnort vom Ruhrgebiet ins Saarland verlegt. Meine ältere Schwester war aus vergleichbaren Gründen schon Jahre zuvor mit ihrem Mann nach Süddeutschland gezogen.

Immerhin wohnte ich ja noch in der Nähe meiner Eltern, gut dreißig Kilometer entfernt. Einem Umzug in weitere Entfernung hätte mein Mann nach unserer Heirat nie zugestimmt, da er sich in der Verpflichtung fühlte, sich um seine verwitwete Mutter zu kümmern.

Die Töchter meiner Schwester waren schon lange aus dem Haus und kamen nur gelegentlich nach Hause und seit auch der Sohn sein Abitur gemacht hatte, nutzte das Ehepaar seine neue Freiheit, um auch seinerseits alte Freunde und Verwandte aufzusuchen. Ich beneidete sie ein wenig um ihre Unabhängigkeit aber war auch gleichzeitig enttäuscht. Wer sollte sich um Mutti kümmern, wenn ich einmal längere Zeit oder für immer ausfiel?

Mein Sohn oder mein Mann kamen dafür auf Dauer kaum in Betracht. Und was war mit den Kindern meiner Schwester? Sie waren - bis auf den Sohn – inzwischen mit ihrer Berufsausbildung fertig und waren die ganzen Jahre von Mutti großzügig finanziell unterstützt worden. Allein, die eine Enkeltochter wohnte in Berlin, die andere in Hamburg. Der Münchener Enkel war schon verheiratet und Vater von zwei Kindern, er kam auch nicht infrage.

Eigentlich hätten meine Schwester und ich über diese Fragen einmal ein ruhiges Gespräch unter vier Augen führen müssen, aber das kam nie zustande, weil wir uns immer nur in Anwesenheit von Mutti oder anderen Familienmitgliedern kurz trafen. Und nach den nicht gerade ermutigenden Erlebnissen der letzten Jahre hatte ich auch wenig Neigung, weitere Differenzen heraufzubeschwören. Denn – ihre Einstellung kannte ich ja: Altersheim, was sonst!

Ich erinnerte mich an ein Sprichwort: Eine Mutter kann zwar ein Dutzend Kinder versorgen, aber zwölf Kinder keine Mutter.

Entschlüsse

Wie sollte es weiter gehen?

Das war eine Frage, die mich zunehmend beschäftigte. Ich hatte während der Reha genügend Zeit, mich solchen Überlegungen hinzugeben. Mir war klar, dass der gesundheitliche Zustand meiner Mutter sich nur noch verschlechtern konnte, und auch wie sich der meine entwickelte, stand in den Sternen.

Ich lernte in der Reha- Klinik Patienten kennen, bei denen nicht mehr die Frage lautete „o b" sie an ihrer Erkrankung sterben würden sondern nur noch „Wann"?

Im Vergleich zu denen ging es mir ja noch ausgesprochen gut. Auch wenn ich davon ausging, dass ich es schon schaffen würde – wer tut das nicht? - war auch meine gesundheitliche Situation sehr unsicher. Schließlich hatte ich außer meiner Krebserkrankung noch mit der Problematik eines systemischen Lupus fertig zu werden. Meine gesundheitliche Beeinträchtigung den Vorjahre hatte inzwischen einen Namen bekommen. Andererseits hatte ich mir durch den jahrelangen Kampf mit meinem Körper ein gewisses Durchhaltevermögen, körperlicher und psychischer Art erworben. Ich visualisierte meine Autoimmunerkrankung als einen Feind, der nun nicht nur meine normalen Körperzellen und Organe sondern vor allem auch die ungewollten und feindlichen Krebszellen angreifen sollte. Dafür musste ich meine Kräfte gezielt einsetzen.

Ich begann abzuwägen zwischen der Befriedigung, die mir die Ausübung meines kommunalpolitischen Ehrenamtes oder das gute Gefühl und die Gewissheit, meine Mutter gut versorgt zu sehen, bereiten würde, schwankte hin und her und entschied mich letztlich, nicht noch einmal für den Kreistag zu kandidieren. Es war mir in den letzten Wochen der Chemotherapie schon schwer gefallen, allen Anforderungen zu genügen und ich wollte niemandem schaden, weder dem Amt, noch meiner Fraktion noch meiner Mutter. Und ich war ja nie sicher vor einem Rückfall.

Nachdem ich die Entscheidung für mich getroffen hatte, fühlte ich mich erleichtert. Sicher würde auch der nun verminderte psychische Druck meiner endgültigen Heilung dienlich sein. Ich teilte meinen Entschluss allen, die es wissen mussten, rechtzeitig mit, damit sie sich darauf einstellen konnten.

Als meine Mutter wieder zu Hause in ihrer eigenen Wohnung war und ihr gewohntes Leben wieder aufnehmen konnte, zeigte sie sich so glücklich darüber, dass ich ihr diesen Lebensstil, auch wenn er mich einiges kostete, von Herzen gönnte.

Sie erwies sich als so dankbar für jede Zuwendung, jedes Gespräch, jede Handreichung, jedes gemeinsame Essen, dass ich sogar ein schlechtes Gewissen hatte, weil ich in der Vergangenheit öfters auf die Uhr geguckt hatte, wann ich sie wohl endlich abends allein lassen konnte, um meinen eigenen Interessen nachzugehen. Ich konnte manchmal die ewig gleichen Geschichten über ihre ehemaligen Kegelschwestern oder Nachbarn, Schilderungen, auch Nörgeleien über ihre Putzhilfe oder andere Menschen, nicht mehr hören.

Wenn ich dann aber erfuhr, wie anstrengend andere Menschen in diesem Alter sein konnten, dachte ich immer, dass ich doch noch Glück gehabt hätte mit Mutti und schämte mich sogar wegen meiner negativen Gedanken. Andere hochbetagte Menschen waren nicht so leicht zufrieden zu stellen und wurden schneller unfreundlich oder gar aggressiv.

Nur kurze Zeit nach dem Ende meiner Reha war ich in die Ruhephase meiner Altersteilzeit eingetreten. Die ersten Wochen verheimlichte ich ihr meine neue Alltagssituation, dann aber musste ich sie doch über die Veränderung informieren. Nun hatte ich noch mehr Zeit, mich um Mutti zu kümmern. Ich begann unsere gemeinsamen Stunden zu nutzen, um mehr über die Familie ihrer Mutter und ihre eigene Kindheit zu erfragen. Dabei fiel mir auf, dass sie manchmal Probleme hatte, bei diesen Schilderungen die Person ihres Vaters und meinen Vater auseinanderzuhalten. Auch meinte sie immer öfter, dass ich mich doch an Begebenheiten aus ihrer eigenen Kindheit erinnern müsste.

Wenn ich sie darauf aufmerksam machte, dass diese Ereignisse doch vor meiner Geburt stattgefunden hatten und gezielt nachfragte, sah sie ihr Versehen ein und lachte sogar manchmal über sich selbst. Dennoch passierten solche Verwechslungen regelmäßig.

Da ich mir schon lange vorgenommen hatte, sobald ich genügend Zeit und die nötige Unabhängigkeit hätte, Nachforschungen über meine Familie anzustellen, machte ich mir über manche Berichte kurze Notizen und forderte sie auf, das für sich auch zu tun. Alles, was ihr einfiele, wäre für mich von Interesse. Auch wenn sie immer jammerte, dass sie mit ihrer „ollen Hand", sie meinte den steifen, abstehenden Finger, doch nicht mehr schreiben könnte, versuchte sie es und schaffte es mit deutlich erkennbaren Mühen und krakeliger Schrift, einzelne Namen aufzuschreiben und Erläuterungen dahinter zu schreiben.

Nun hatten wir ein Gesprächsthema, das uns beide interessierte. Meistens erzählte sie mir nur Bekanntes, aber ab und zu tauchte bei ihren Berichten doch eine neue, mir unbekannte Information auf, deren Wahrheitsgehalt ich später überprüfen wollte. In ihren Erzählungen über ihre Kindheit und Jugend nahmen Berichte über ihren Vater und ihre Brüder deutlich mehr Raum ein als die über ihre Mutter. Sie war sichtlich stolz auf die Leistungen von Opa.

Es muss eine ausgesprochen enge Bindung zwischen den beiden bestanden haben, wie sie ja oft zwischen Vätern und Töchtern besteht. Sie berichtete, dass er weit in der Welt herumgekommen war, viel gesehen und ausgesprochen großzügig und tolerant war; über ihre Mutter konnte sie in erster Linie nur über deren hausfrauliche Qualitäten erzählen. Ansonsten schien meine Oma sich den anderen Familienmitgliedern eher untergeordnet oder sogar in deren Dienst gestellt zu haben. Nur einmal, betonte Mutti, habe Oma sich durchgesetzt, nämlich als sie darauf bestand, dass sie, meine Mutter, als Braut eine Haushaltsschule besuchen musste, um in Haushaltsführung, einschließlich Kochen, unterrichtet zu werden. Das war in Omas Augen eine wichtige Voraussetzung für das Gelingen einer Ehe. Später fragte ich mich, weshalb Oma ihr diese Fertigkeiten, die sie ja selber in hohem Maße beherrschte, nicht selber beigebracht hatte. Über die Gründe konnte ich nur spekulieren. Aber dieser Besuch scheint meiner Mutter nicht nur Spaß gemacht zu haben sondern begründete ihre Beurteilungskriterien, an denen sie später die Ehefrauen ihrer Enkel maß. Diesen Ansprüchen nicht zu genügen war ein Knockout, der durch keine anderen Fähigkeiten wieder ausgeglichen werden konnte. Unterhaltungen über dieses Thema gehörten zu ihren fast täglich praktizierten Ritualen.

Es kam ein neues Ereignis dazu, dass sie beschäftigte. Mein Sohn wurde das zweite Mal Vater. Auch dieses Baby bereicherte ihr Leben, erst recht, als es sich ergab, dass I. mit seiner Lebensgefährtin in unsere Stadt, nach W., zog und sie nun zwei Urenkel in ihrer unmittelbaren Nähe wohnen hatte. Sie liebte Kinder und ich besuchte sie, so oft es ging mit einem der beiden Kleinen oder auch mit beiden zugleich. Sie verwöhnte die Urenkel mit Süßigkeiten und es fiel mir nie schwer, die Kinder zu einem Besuch bei der Oma Grete zu überreden.

Sie hatte in der uralten Emailebrottrommel meiner Großmutter, die bei ihr gut sichtbar und auch für die beiden Kinder erreichbar in der kleinen Küche stand, immer Plätzchen und Schokolade gehortet, und die Kleinen warteten nur auf ein Zeichen der Uroma, um den Deckel öffnen zu dürfen und sich zu bedienen. Sie standen immer links von Muttis großem Liegesessel, schauten sie erwartungsvoll an, und strahlten, wenn die Aufforderung an sie erging. Dieser Ablauf war für beide Teile zu einem regelrechten Ritual geworden das sie genossen.

Dann stand eine lebensgefährliche Operation meines zweiten Enkelkindes an, die leider ohne Erfolg blieb und später noch einmal wiederholt werden musste. Sieben Stunden Operation, sieben Stunden Warten, Bangen, ängstliches Hoffen auf den erlösenden Anruf, Betreuen und Beschäftigen des dreijährigen Bruders, der irgendwie spürte, dass wir Erwachsenen alle beunruhigt waren, und dazu der Versuch, Mutti gleichzeitig über die Notwendigkeit aber auch die Chancen des Eingriffs zu informieren. Es waren schlimme Stunden, denen später noch schlimmere folgen sollten.

Das Zittern und Bangen um die Gesundheit und das Leben des Kleinen verbanden uns eng. Mutti konnte es nicht akzeptieren, dass sie ein so hohes Alter erreicht hatte und dass so ein kleines Kind, noch keine zwei Jahre alt, so schwer erkrankt war und sich solch einer schwierigen Operation unterziehen musste. Immer wieder betonte sie, dass es doch besser wäre, sie stürbe statt des Kindes. Sie war ganz die liebevolle Urgroßmutter.

Zum Glück hatte die zweite Operation Erfolg, aber es waren furchtbare Wochen und Monate zu überstehen, bis wir aufatmen konnten. Wir litten zusammen, auch wenn ich natürlich versuchte, sie immer zu beruhigen.

Während dieser Zeit zeigte sie auch Verständnis dafür, dass ich weniger Zeit für sie hatte, weil ich mich mehr um den ältesten Enkel, damals drei Jahre alt, kümmern musste, der, während Mutter und kleiner Bruder im Krankenhaus waren, bei mir wohnte.

Allerdings besuchte ich sie mit dem Kleinen jeden Tag, was ihr auch viel Freude bereitete. Sie sah durchaus welchen Arbeitsbelastungen ich ausgesetzt war und beteuerte, wie gerne sie mir helfen würde, wenn sie nur besser laufen könnte. Dabei brauchte sie schon mindestens den gleichen Betreuungsaufwand wie ein Kleinkind, nur – dass sie aus Hilflosigkeit meist brav in ihrem Sessel sitzen blieb und ich nicht dauernd hinter ihr herlaufen musste. Aber die Einsicht, dass dieser Zustand sich nicht noch einmal zum Besseren verändern könnte, fehlte ihr vollkommen.

Sie jammerte immer wieder: „Wenn ich nur besser laufen könnte, dann würde ich auf den Kleinen aufpassen!"

Ich musste mir oft ein Lachen verkneifen, so unrealistisch war ihre Selbsteinschätzung.

Ich rotierte also zwischen zwei Schützlingen und versuchte, jedem gerecht zu werden.

Veränderungen

Vor ersten großen Kopfoperation hatten die Eltern der Kinder geheiratet; es war zwei Tage vor Weihnachten und Mutti war schon bei meiner Schwester im Saarland, so dass sie bei der Hochzeit ihres Enkels nicht dabei sein konnte; meine Schwester A. auch nicht. Dafür kam eine ihrer Töchter.

Die Nähe der Familie meines Sohnes hatte nicht nur Vorteile gebracht.

So bekam Mutti nun hautnah mit, wie oft ich die Aufgaben der Babysitterin zu übernehmen hatte, Zeit, die mir für ihre Betreuung fehlte und sie begann die vorher so freudig begrüßte, angeheiratete Enkelin mit immer kritischeren Augen zu sehen. Die erzog ihre Kinder nicht so, wie sie es mit ihren gemacht hatte und zeigte auch weniger hausfrauliche Qualitäten.

Die hatte meine Mutter zwar in ihren jungen Jahren schon in hohem Maße gehabt, aber ihre Fähigkeit, Kinder zu erziehen, bezog sich nach den Aussagen meiner verstorbenen Schwester nur auf Kleinkinder bis zum Alter von drei Jahren.

Auch ich war nicht immer mit allem einverstanden, was meine Schwiegertochter machte, aber die Kritik meiner Mutter war oft überzogen und wuchs in ihrer Hemmungslosigkeit manchmal über das Ziel hinaus. Dann wurde auch ihre Ausdrucksweise sehr einfach, fast primitiv, zuletzt nur noch Laute, wie in einer Komiksprechblase. Sie sah wohl ihre Position gefährdet.

Die abfälligen Bemerkungen gingen manchmal so weit, dass ich meine Schwiegertochter vor ihr verteidigen musste, selbst wenn ich auch nicht alles gut hieß.

Auffallend war, dass Mutti keinerlei Sinn mehr für Komik hatte, immer seltener lachte, und wenn, nur noch fröhlich über ihre Urenkel. Die Zeit der durch die Operationen bedingten Krankenhausaufenthalte von Mutter und Kind bedeuteten eine Unterbrechung von Muttis kritischer Betrachtungsweise. Nun standen auch bei ihr andere Sorgen im Vordergrund. Es war ja nicht so, dass sie gar nicht mehr klar denken konnte, wenn sie sich nicht persönlich betroffen fühlte.

Auch über ihre neue Putzhilfe ließ sie sich zunehmend negativ aus, dabei war die freundlich, zuverlässig und von engelhafter Geduld. Die alte hatte aus gesundheitlichen Gründen ihre Arbeit aufgegeben und war zurück nach Portugal gegangen. Eine Freundin von ihr kam statt ihrer.

War Mutti ihre Vorgängerin zu laut gewesen, hatte den Besen nicht richtig gehandhabt, kam zu spät und ging zu früh, bemängelte sie bei der anderen, dass sie sich zu lange Zeit mit dem Putzen des Badezimmers aufhielt, wobei sie sich außerhalb Muttis Sichtweite aufhielt. Meine Mutter fand immer einen Grund zur Beanstandung. Ihre Kritik war mir bekannt wie das Rosenkranzgebet und lief fast genauso unverändert ab.

Dann vermisste sie Sachen, die sie selbst weggeschenkt oder, - als nicht benötigt - in den Keller verbannt hatte. Aber einmal mit mir in ihren Keller gehen und dort selbst nachsehen, wollte sie auch nicht. Sie schaffte es, dreizehn Jahre in ihrer neuen Wohnung zu leben, ohne einmal einen Fuß in den Keller gesetzt zu haben.

Für den Bereich waren andere zuständig! Sie doch nicht!

Das Gehör meiner Mutter wurde immer schlechter; auch neue Hörgeräte brachten kaum Abhilfe. Sie hatte aber Probleme, die Geräte mit ihren unbeholfenen Fingern selbst einzusetzen, und an den Vormittagen, an denen ihre Haushaltshilfe kam, ließ sie die beiden Teile demonstrativ vor sich auf dem Couchtisch liegen.

Wenn ich an diesen Vormittagen früh kam, behauptete sie, es wäre nur aus Versehen geschehen, aber da sich dieser Vorgang regelmäßig wiederholte, war die Absichtlichkeit dieser Unterlassung nicht zu übersehen.

Sie saß wie eine Königin auf ihrem Thron und dirigierte ihr „ Personal" mit ausgestrecktem Zeigefinger. Zu ihren „Bediensteten" gehörten auch ihre direkte Nachbarin und ich. Mutti saß hoheitsvoll in ihrem Sessel und überlegte, wem sie die Ehre zuteil werden ließ, für sie zur Apotheke oder in ein anderes Geschäft zu gehen.

Die vielen kleinen Dienste, die für sie notwendig wurden - zum Friseur fahren und abholen, zur Fußpflege bringen, zum Ohrenarzt, zum Hausarzt, zur Krankengymnastik und was sonst so an regelmäßigen Gängen zu erledigen war – brachten nicht nur Abwechslung in Muttis Alltag sondern waren auch mir manchmal lieber, als nur bei ihr zu sitzen und bekannte Unterhaltungsmuster abzuspulen. Es gab zwei Beschäftigungen, die dazu beitrugen, dass für mich die Stunden und Minuten nicht so quälend langsam vergingen - die eine war gemeinsames Fernsehen die andere Stricken.

Beim Fernsehen - sie liebte eine tägliche Seifenoper - fiel mir auf, dass sie manche Figuren nicht wiedererkannte oder dem Handlungsfaden nicht folgen konnte. Ich musste ihr dann die Zusammenhänge erklären.

Da die gezeigten Sequenzen oft sprunghaft wechselten, bedeutete diese Schwäche für mich lange Zeit keinen Grund zur Beunruhigung. Ich hatte auch immer schon ein schlechtes Gedächtnis für Gesichter von Schauspielern gehabt. Jedoch sie hatte früher keine Probleme in diesem Bereich gezeigt.

Aber auch die Tage, an denen sie Erinnerungen an ihren Vater und an meinen durcheinander warf, häuften sich und eines Tages hörte ich sie zu einem Gesprächspartner am Telefon sagen: „Meine Mutter macht das schon für mich...." Damit meinte sie mich!

Das war allerdings nicht mehr einfach zu übersehen oder als normal hinzunehmen, auch nicht als Versprecher. Und doch scheute ich mich noch immer, sie - auch wenn nur in Gedanken - als d e m e n t zu bezeichnen, zumal sie allen Besuchern gegenüber beteuerte, dass sie zwar ihre Probleme mit dem Laufen habe, aber – Gott sei Dank – im Kopf noch klar sei.

Sie hatte sich inzwischen eine ausgedehnte Zettelwirtschaft zugelegt, die ich noch nicht einmal mit den Händen berühren durfte. Die Zettel hatte sie auf drei Tischen neben ihrem Sessel um sich ausgebreitet, auf ihrem Dinette, auf dem Couchtisch zu ihren Füßen und auf dem Esstisch. Zu diesem System gehörten etliche Taschenkalender, in die sie zunächst noch systematisch - später völlig ohne Ordnung - wichtige Notizen eintrug, die sie dann aber nicht wiederfand. Meine Versuche, doch einmal wieder Ordnung in ihre Unterlagen hereinzubringen, wurden mit Vehemenz abgelehnt, nicht nur verbal, sondern sie versuchte sogar mit körperlichem Einsatz, mich daran zu hindern. Sie ergriff meine Handgelenke und schubste mich zur Seite, legte sich fast geradezu schützend über ihre Notizbücher. Als ob ich einen Angriff auf sie geplant hätte!

Es passierte nun jedoch von Zeit zu Zeit, dass sie mit ihrem steifen Finger an einem der Gegenstände, mit denen sie ihr Dinette vollgestellt hatte , hängenblieb und ein Glas mit Wasser oder - schlimmer – Apfelsaftschorle umwarf und ihre Kalender und Zettelwirtschaft in der Flüssigkeit schwammen.

Dann erlaubte sie mir großzügig, die einzelnen Dinge hochzunehmen, trocken zu wischen, und die Oberfläche des Servierwagens zu säubern. Aufgeregt verfolgte sie dabei jeden Handgriff und bestand darauf, dass ich alles wieder so hinlegte, wie es vorher angeordnet war. Wenn ich Glück hatte, erlaubte sie mir dann, das eine oder andere völlig durchweichte Stück Papier fortzuwerfen, aber nicht, ohne es vorher noch einmal auf Entbehrlichkeit überprüft zu haben. Das Wechseln der Decke auf ihrem Esstisch war ähnlichen Abläufen unterworfen. Sie wollte die Notwendigkeit des Wechselns nicht einsehen.

In anderen Bereichen zeigte sie dagegen erstaunliche Fähigkeiten. Sie konnte noch recht gut und sicher Kopfrechnen und behielt alle Daten,

die ihr wichtig waren, wie Geburts- und Todesta-
ge ihrer Familie aus Kinder- und frühen Erwach-
senenjahren, im Kopf, dazu gehörten die Geburtstage ihrer verstorbenen Eltern, ihres früh
gestorbenen Bruders und auch Kaisers Geburtstag, der mit dem eines Schwagers zusammen
fiel.

Sie war ja noch in der Kaiserzeit geboren!
Führers Geburtstag erwähnte sie interessanter-
weise nie.

Zur Sicherheit hatte sie allerdings auch alle
diese Daten mit den entsprechenden Erläuterungen in ihre Taschenkalender eingetragen, allerdings schon lange nicht mehr aktualisiert. Sie
suchte so lange in ihren Kalendern, bis sie die
Ausgabe mit den letzten Eintragungen fand und
rechnete dann hoch, wie lange etwas her war
und äußerte sich durchaus zutreffend darüber.
Mancher Gedenktag ließ bei ihr Erinnerungen
wach werden.

Diese familiären Gedenktage strukturierten
neben den Festen ihren Jahresablauf. Auf ihrem
Schreibsekretär stand ein uralter, mit der Hand
zu verstellender, ewiger Kalender, von Form und
Farbe auffallend hässlich. Er war knallrot und
stach gleich ins Auge. Mein Vater hatte ihn einmal von einem Kunden geschenkt bekommen,
und er stand schon, so lange ich mich erinnern
kann, auf seinem Schreibtisch. Den musste ich
jeden Abend, bevor ich nach Hause fuhr, auf das
Datum des nächsten Tages einstellen. Sie dulde-
te es nicht, dass ich bis zum nächsten Tag damit
wartete.

Außerdem las sie täglich die Zeitung, stundenlang, wie ein Ritual, aber ich war schon einige Zeit sicher, dass sie nicht mehr alles erfasste, was sie las. Das war noch ganz anders gewesen, als sie die kurze Zeit in meiner Wohnung lebte.

Da studierte sie regelrecht den Ortsteil unserer Zeitung, stellte mir tausend Fragen dazu und begründete es damit, dass sie sich doch möglichst bald in ihrer neuen Heimat auskennen wollte.

Auch das Buch auf ihrem Nachttisch, in dem sie nach ihren Angaben regelmäßig abends vor dem Einschlafen las, war schon seit einem halben Jahr dasselbe und ich konnte auch nicht feststellen, dass sich die Spuren, die das Lesen eines Buches oft hinterlässt, nämlich die Neigung, sich wie von selbst an einer bestimmten Stelle zu öffnen, im Laufe der letzten Zeit verschoben hätte.

Dennoch betonte sie bei jeder Gelegenheit, dass sie ja noch viel und gerne lesen würde. Dieses Bild versuchte sie mit Nachdruck zu verteidigen.

Ich hatte so meine Zweifel daran, die sich nach ihrem Tode auch als berechtigt herausstellten. Ein Teil der Bücher, die sie geschenkt bekommen hatte, war noch nicht berührt. Nur - das Lesen gehörte zu ihrem Selbstbild, das sie für sich und vor allem für andere aufrechterhielt und das Ergreifen und Aufschlagen eines Buches, nachdem sie sich zu Bett gelegt hatte, gehörte zu ihren Tages- oder besser Abendritualen wie das Vorlesen oder Vorsingen vor dem Einschlafen bei einem kleinen Kinde. Es musste bei ihr alles so bleiben, wie sie es gewohnt war. Jedoch hatte sie schon seit einiger Zeit darum gebeten, ihr nicht mehr so „schwere" Bücher zu schenken. Es wäre für sie zu anstrengend, diese Bücher - im Bett liegend – in der Hand zu halten.

Der Begriff „schwer", im Zusammenhang mit Büchern, hatte sich im Laufe der Jahre von dem übertragenen Sinn in eine konkrete Eigenschaft gewandelt. Hatte sie früher damit die mentale Verständnisfähigkeit oder die psychische Belastung gemeint, bezog sie das Wort wohl unbemerkt auch auf das rein physikalische Gewicht. Aber Hilfsmittel, wie ein schräg stellbares Lesepult, lehnte sie ab. Das habe sie nie gebraucht, auch jetzt nicht. Es war mir zu unwichtig, mich über solch nebensächliche Dinge mit ihr in lange Diskussionen oder gar Auseinandersetzungen zu begeben. Ich ließ ihr nicht nur ihre Meinung sondern erfüllte auch ihren Willen. Warum auch nicht, schließlich schadete es mir nicht und half ihr.

Viele Jahre später verstand ich, dass ihr das Einhalten alter Gewohnheiten vermutlich eine gewisse Sicherheit bei dem sich unverkennbar abzeichnenden Verlust ihrer Alltagskompetenzen bedeutete. Sie war noch wach genug, das Nachlassen mancher Kräfte selber zu bemerken, doch widersprach es ihrem Stolz, das andern gegenüber zuzugeben. Vielleicht wollte sie mich auch nicht beunruhigen.

Überhaupt war ihr ganzes Leben zunehmend von Ritualen und Stereotypen geprägt. Dazu gehörten neben der Anordnung der Gebrauchsgegenstände auf ihren Tischen, der Ausrichtung des Geschirrs und des Bestecks, der Zeitpunkt, wann täglich wiederkehrende Handlungen zu erfolgen hatten, und andere Dinge. Es versetzte sie in Unruhe, wenn ein Teil anders lag als gewohnt, ein Kissen auf der Couch einen falschen Knick aufwies. Sie fuhr dann mit ihren immer noch schönen, schlanken Händen eine Zeit lang fast wie ein Scheibenwischer auf den Oberflächen herum, veränderte die Positionen so lange, bis alles zu ihrer Zufriedenheit angeordnet lag. Zuerst hatte ich versucht, mir die von ihr bevorzugten Anordnungen zu merken, entdeckte dann aber, dass vor allem das eigenhändige Zurechtrücken des Geschirrs und des Besteckes für sie ein wichtiger Teil des Mittagessens oder anderer Mahlzeiten war. Vielleicht hatte sie dann das Gefühl, dass sie sich an der Zubereitung beteiligt hatte oder dass sie etwas besser wusste als ich. Dass ihre Stoffserviette inzwischen fleckig war und gegen eine saubere getauscht werden musste, entging ihr, und durfte von mir nur heimlich oder gegen Widerstand durchgeführt werden. Auch Flecken auf ihrem Pullover entdeckte sie nicht mehr, legte aber Wert auf eine bestimmte Zusammenstellung von Schmuck, Halsketten, Armreifen und Ringen. Auch betonte sie immer, wann und von wem sie die Dinge geschenkt bekommen hatte. Ich hatte sie das so oft berichten gehört, dass ich diese Bemerkungen selber hätte machen können, hütete mich aber, sie das merken zu lassen. Das gehörte einfach zu ihrem Anteil an unserer Unterhaltung.

Sie beobachtete ihre Umgebung und ihre Besucher stets ganz genau, kommentierte deren

Aussehen, Haltung oder Angewohnheiten, machte sich zum Teil sogar darüber lustig, aber nahm die kleinen Eigenheiten der Menschen dennoch hin, wenn auch nicht mehr schweigend. Sie war klug und beherrscht genug, ihre Beobachtungen erst nach Beendigung eines Besuches zu artikulieren. Konnte sich jemand, der an Demenz erkrankt war, so vernünftig verhalten? Ich zweifelte wieder an meinem Verdacht.

War sie aber wieder mit mir alleine, dann kannte sie keine Hemmungen, kritisierte nach Herzenslust und erwartete von mir sogar Bestätigung. Schweigen betrachtete sie als Zustimmung.

Auch die kritischen Bemerkungen, die sie über manche Mitmenschen machte, fielen unter diese stereotypen Muster. Ich hätte oft an ihrer Stelle die Sätze beenden können. Aber das kannte ich ja schon von meiner Schwiegermutter, nur bei der hatte dieser Prozess sehr viel früher eingesetzt. Sie war noch keine achtzig geworden.

Wenn Besuch kam, passierte es immer öfter, dass die Unterhaltung sich über ihren Kopf hinweg entwickelte, sobald mehr als zwei Personen im Raum waren. In der ersten Zeit fragte sie noch nach, später nahm sie es einfach so hin.

Wenn jemand das Wort an sie richtete, waren es ja auch in etwa immer die gleichen Fragen. Wenn sie dabei angeguckt wurde und sie sich auf das Gespräch konzentrierte, passten auch ihre Antworten auf die Fragen, wenn auch manchmal nur sehr oberflächlich. Nach kurzer Zeit unterhielten sich ihre Gäste – aber auch ich -

wieder weiter über ihren Kopf hinweg. Manchmal machte ich mir deswegen Vorwürfe, aber sie schien das nicht zu bemerken. Sie freute sich auch so über die Abwechslung. Ich hielt sie lange Zeit einfach nur für bescheiden.

Eines bereitete mir jedoch zunehmend Sorgen. Sie sträubte sich immer öfter, ihre Wohnung zu verlassen und musste auch zum Besuch des Altenkreises überredet werden. Hatte sie ihre regelmäßigen Friseurbesuche noch an diesen Terminen ausgerichtet und schon Tage vorher sich um ihre Fahrmöglichkeiten zu diesen Treffen gekümmert, fand sie nun immer öfter Gründe, weshalb sie nicht zu den Seniorennachmittagen gehen könnte. Auch die Mitglieder dieser Gruppe wurden von ihr immer mehr negativ erlebt und geschildert.

Von einzelnen Frauen berichtete sie, die würden immer dicker, worüber sie sich gar nicht genug empören konnte, bei anderen störte sie, dass sie immer versuchen würden, sich in den Vordergrund zu spielen.

Im Gegensatz dazu hob sie ihre Rolle als beste Beteiligte bei gemeinsamen Ratespielen jedes Mal hervor. Sie kannte die Antworten auf viele Fragen noch aus ihrer Jugend und hatte nichts vergessen, genau wie manche Gedichte, die sie als Kind noch in der Schule gelernt hatte.

Aus diesen Erlebnissen zog sie wieder eine Stärkung ihres Selbstwertgefühls.

Die Betreuungsperson der Gruppe wechselte. Die neue fand keine Gnade vor ihren Augen, obwohl sie die Frau auch schon seit langem kannte, nur nicht in dieser Funktion.

Auch der Pastor, der gelegentlich an den Treffen teilnahm, ging in Ruhestand, was sie sehr bedauerte. Aber von Zeit zu Zeit ließ er sich noch im „Altenkreis" sehen. Sie hatte für die Gruppe von Leuten, die sich in zweiwöchigem Abstand in dem Gemeindezentrum trafen, allerdings von Anfang an einen Namen gewählt, der ihr besser gefiel. Für sie war es der „Seniorenclub". Sollte sie bei dem Namen bleiben, solange sie sich dort wohl fühlte!

Es bestanden jedoch nun seit einiger Zeit berechtigte Zweifel daran. Sicher, es waren dort auch regelmäßig einige Frauen anzutreffen, die auch mir nicht so ganz sympathisch waren, aber die waren von Anfang an Mitglied in dieser Gruppe gewesen. Ob ihr eingeschränktes Hörvermögen ihr die Teilnahme verleidete?

Es hatten sich allerdings auch zwei ihrer besonderen Freundinnen dort aus gesundheitlichen Gründen verabschiedet; die eine war zu ihrer Tochter gezogen, die sie nun pflegte, die andere musste nach einem Unfall einen Krankenhausaufenthalt nach dem anderen antreten. Dafür waren zwei Herren hinzugekommen. Aber das bedeutete für sie keinen Anreiz.

Dann berichtete sie wieder, dass sie beim letzten Treffen, die meisten Fragen des Ratespiels hätte beantworten können und war sichtlich stolz.

Als ich ihr diese Erfolge als Anreiz für weitere Besuche der Treffen schmackhaft machen wollte, fand sie einen anderen Grund, weshalb sie dort nicht mehr hingehen könnte: Sie wüsste nicht, wie sie dort den Weg zur Toilette bewältigen sollte, die läge schließlich im Keller. Das war allerdings eine leicht zu durchschauende Ausrede, weil die Sanitärräume direkt neben dem Gruppenraum lagen und es in dem Gebäude überhaupt keinen Keller gab. Es hatte aber keinen Zweck, sie darauf hinzuweisen, dass ich sie durchschaut hatte.

Meine ältere Schwester hatte es bei vergleichbaren Gelegenheiten schon einige Male versucht und mir später mit deutlichen Worten gesagt: „Mutti lügt!"

Warum machte sie das? War es ihr am Ende gar nicht bewusst? Die Frage konnte ich damals noch nicht beantworten.

Mutti ließ sich noch einige Male zu diesen Treffen bringen und dann stellte sie die Besuche dort ganz ein. Sie hatte wieder eine Abwechslung und ich ein Stück Freiheit verloren.

Einsichten und Aussichten

Als der Herbst die Wälder unserer Umgebung in herrlichsten Farben leuchten ließ, lieh ich mir in unserer städtischen Seniorenbegegnungsstätte einen Rollstuhl, überredete meine Mutter, mit mir gemeinsam einen Waldspaziergang zu machen. Sie genoss die Stimmung des Waldes, das Licht, das die Blätter leuchten ließ, das Rascheln des heruntergefallenen Laubes, wenn ich mit dem Rollstuhl darüber fuhr, die leicht hügelige Landschaft und den Blick von einer Anhöhe ins Tal. Sie habe ganz vergessen, wie schön der Niederrhein sei, meinte sie, nur - es sei alles für mich viel zu anstrengend.

Ihre Freude war meine Belohnung, und es sollte noch eine weitere folgen:

Sie erklärte sich damit einverstanden, einen Rollstuhl anzuschaffen.

Der Verkauf des E-Mobils, das inzwischen schon Platz im Keller gefunden hatte, war nun fast selbstverständlich. Sie begründete diesen Schritt mit ihrem „ollen" Finger, mit dem sie ja das Gaspedal nicht mehr bedienen konnte, und ich hütete mich, ihr zu widersprechen. Ich wollte ihr doch ihren Stolz nicht nehmen.

Es bedeutete kein Problem, für sie einen Rollstuhl verschrieben zu bekommen. Die Röntgenaufnahmen ihrer Wirbelsäule und ein Besuch beim Orthopäden reichten. Voller Freude schob ich sie durch die schon weihnachtlich geschmückte Innenstadt.

Doch auch die Ausflüge mit dem Rollstuhl in die Umgebung wurden mit der Zeit immer seltener, dabei hatte ich mir extra ein neues, fünftüriges Auto angeschafft, in dem ich das Gefährt in zusammengeklappten Zustand besser unterbringen konnte, als in dem alten. Sie begründete ihre ablehnende Haltung damit, dass alles für mich zu schwer sei, das Zusammenklappen des Rollstuhls oder sie darin zu schieben.

Sie hatte ja Recht, es kostete mich Kraft, aber das nahm ich lieber hin, als stundenlang nur bei ihr auf der Couch zu sitzen, oft bei schönem Wetter, und hilflos erleben zu müssen, wie die Zeit - auch meine Lebenszeit - leise und spurlos wie in einer Sanduhr verrann.

Auch wenn ich meine ganzen körperlichen Kräfte aktivieren musste, um sie durch die Stadt zu schieben, so kostete alleine die Überredung zu einem solchen Spaziergang sämtliche Überzeugungskünste und Energie, die ich aufbringen konnte. Sie hatte tausend Ausreden, weshalb es ausgerechnet heute nicht ginge; entweder sie musste zu oft auf die Toilette, oder es war zu warm oder zu kalt draußen, es war zu windig und ihre Haare würden in Unordnung geraten oder sie war zu müde.

Oft beendete ich nun diese Diskussionen, indem ich einfach über ihren Kopf hinweg entschied. - Basta! - Ich betrachtete ihr Verhalten als einen Versuch, selber über sich oder andere zu bestimmen, als eine Art Kampf um ihre Autorität. Da ihr aber ein wenig Abwechslung sicher gut tat, setzte ich mich über ihren Widerstand und ihre Argumente hinweg.

Wenn wir dann erst unterwegs waren und wir eventuell sogar Bekannte trafen, spätestens aber, wenn wir wieder zurück in ihrer Wohnung waren, gab sie zu, dass ihr der Ausflug gefallen hatte. Nur durfte ich sie nicht merken lassen, wie sehr mich das alles angestrengt hatte. Allein schon, wenn sie dann später beobachtete, dass ich hinterher die Räder des Rollstuhls reinigen musste, erschien ihr das als zu hoher Aufwand. Ein Angebot, bei schönem Wetter in der Fuß-gängerzone eine Pause einzulegen und ein Eis zu essen, wurde aber stets sofort akzeptiert.

Ich ließ sie auch ohne schlechtes Gewissen das Eis bezahlen, wusste ich doch, dass sie sich freute, sich ein wenig revanchieren zu können.

Diese Gänge bedeuteten auch einen Gewinn für mich. Nicht nur das gute Gefühl, ihr etwas Abwechslung geboten zu haben, war mein Lohn, sondern auch der Erkenntnisgewinn - ich war immer noch Mitglied im Sozialausschuss - - wo in unserer Stadt die Schwachstellen lagen, die es Rollstuhlfahrern schwierig machte, sich auf unse-ren Straßen zu bewegen.

Ich sah, welche für den nicht behinderten Fußgänger völlig unauffällige Stellen für einen Rollstuhlfahrer, ja schon für den Benutzer eines Rollators, fast unüberwindliche Schwellen bedeu-teten und lernte, wieviel Geschick und Kraft es erforderte, sie zu bewältigen. Da waren nicht angeglichene Übergänge von einem Straßenbe-lag zum anderen, die sogar für einen Rollator nur rückwärts zu überwinden waren oder ausufernde Hecken, die den ohnehin knapp bemessenen Freiraum zwischen Gartenzäunen und Straßen-rand noch mehr verengten. Ich sah plötzlich mei-ne Umwelt mit den Augen eines alten Menschen und konnte als Kommunalpolitikerin diese Erkenntnisse in Anträge ummünzen.

Schon früher hatten mich meine persönlichen Erfahrungen dazu gebracht, Anträge, die sich mit sozialen oder gesundheitlichen Themen befassten, über meine Fraktion in die Kommunalpolitik und später auch in die Bundespolitik einzubringen, so auf kommunaler Ebene schon Ende der siebziger Jahre die Forderung, Bürgersteige absenken und Zugänge zu öffentlichen Gebäuden so zu gestalten, dass sie auch für Rollstuhlfahrer und Frauen mit Kinderwagen kein Hindernis darstellten. Damals hatte die Betreuung der Kinder meiner Pflegetochter den unmittelbaren Anlass dafür bedeutet, nachdem meine eigenen Kinder aus dem Kleinkindalter schon lange heraus waren. Nun war es der tägliche Umgang mit einem Menschen, der in einem Rollstuhl saß, der meinen Blick wieder auf schwierige Straßenbeläge lenkte. So entspricht derbes Kopfsteinpflaster vor historischen Gebäuden zwar den ästhetischen Ansprüchen der Denkmalschützer, bedeutet aber eine körperliche Qual für viele Menschen, die im Rollstuhl sitzen und über diesen Straßenbelag geschoben werden.

Überhaupt wurde mir in dem fast symbiotischen Zusammenleben mit meiner Mutter klar, wo sich die größten Hemmnisse für alte und behinderte Menschen im Alltag ergaben, und wie wenig die öffentlichen Einrichtungen dort an Hilfe bedeuteten. Freilich gab es zahlreiche einzelne Angebote, aber die mussten mühsam erforscht und auf ihre mögliche Inanspruchnahme überprüft werden. Oft hatten diese Stellen nur stundenweise einmal in der Woche geöffnet und dann vielleicht noch zu einer ungünstigen Tageszeit. Und für manche Fragen oder Unterstützung war gar keine Hilfe vorgesehen, so im Falle meiner Mutter, die als Beamtenwitwe - obschon sie in einer gesetzlichen Kranken- und Pflegekasse versichert war - von der Pflegekasse anders behandelt wurde als „nur" Pflichtmitglieder. Niemand, den ich fragte, wusste in ihrem Falle Bescheid. Auch mein Sozialverband nicht. Es gäbe so wenige solcher Fälle, dass es sich nicht lohnen würde, solche Probleme auch noch zu beleuchten. Vor denen stand ich als hilfesuchende Angehörige ganz alleine – zusätzlich zu den ohnehin zeit-und kraftraubenden Belastungen des Alltags.

„Einmal abschalten können, sich selber ausruhen, verwöhnen, umsorgen lassen können, wie ich es in meiner Reha erlebt hatte, das wäre von Zeit zu Zeit für alle pflegenden Angehörigen eine Hilfe!", dachte ich. „Das würde doch allen Seiten zugutekommen, den Helfern, weil sie einmal etwas von ihren Sorgen, ihrer Belastung, Überforderung aussprechen, abladen könnten, Menschen mit gleichen Erfahrungen treffen und sich austauschen, mit anderen vielleicht sogar darüber lachen könnten - dem Gepflegten, weil er nach einem solchen Urlaub wieder einen motivierten, erholten Angehörigen zurückbekäme - den Kassen, die durch den Einsatz der Familienmitglieder viel Geld sparten, kurz es gäbe nur Gewinner."

Wie viele Fehler wurden auch im Bereich der Pflege nur aus reiner Überforderung begangen!

Ich schrieb einige mir persönlich flüchtig bekannte Parteifreunde an, in der Hoffnung, sie für die Notwendigkeit einer politischen Hilfestellung zu sensibilisieren. Zunächst mit mäßigem Erfolg, auch wenn ich freundliche Antworten erhielt. Dann nutzte ich jede sich mir bietende Gelegenheit mein Anliegen in Briefform an die Adressaten persönlich zu übergeben. Ich wartete auf Rückmeldung.

Später initiierte ich einen Antrag, für die pflegenden Angehörigen besondere Leistungen zu schaffen, die ihnen körperliche und seelische Erholung von ihrer anstrengenden Tätigkeit ermöglichen sollten, auf dem üblichen Wege: Antragsstellung auf den diversen Parteitagsebenen, Begründung und schließlich Abstimmung. Ich bekam die erhoffte Unterstützung.

Ich hatte bei meinem Vorschlag nicht an eine zusätzliche Belastung der öffentlichen Hand gedacht, sondern eher an eine Stiftung, die sich aus den verschiedensten Trägern finanzieren sollte, den Pflegekassen, der Pharmaindustrie, den Wohlfahrtsverbänden, die solche Kur- oder Erholungsheime anbieten könnten, und anderen Stiftern, kurz jeder Gruppierung, die an der Pflege beteiligt war und auch daran verdiente, wie auch an beliebig viele andere Zustifter. Das alles aus der Erkenntnis, dass eine häusliche Pflege in vielen Fällen die menschlichere Lösung ist im Vergleich zur Heimunterbringung und auch für die Kassen und die öffentliche Hand die finanziell günstigere.

Das Müttergenesungswerk schwebte mir als Modell für eine solche Einrichtung vor, auch mit der Möglichkeit, Pflegende und Gepflegte gleichzeitig zu betreuen. Hatte ich diese Idee auf zunächst politisch ungewöhnliche Weise auf die Reise gebracht, zwar Ermutigung aber wenig Unterstützung gefunden, griff der damalige Gesundheitsminister schließlich meine Anregung auf, dankte mir in einem Brief für den Vorschlag und kündigte an, ihn, wenn auch in einer abgewandelten Form, aufzugreifen und in das Gesetzgebungsverfahren aufzunehmen.

Auch wenn ich selbst damals genau wusste, dass eine solche gesetzliche Regelung mir keine Erleichterung mehr bringen würde, weil eine entsprechende Initiative in der Regel viele Jahre dauerte, bis sie umgesetzt wäre, hatte jedoch meine eigene Erfahrungen mich dazu gebracht, solche Forderungen mit Nachdruck zu vertreten. Die Probleme der pflegenden Angehörigen waren kein Thema, das sich bald erledigt haben würde, sondern es versprach in Zukunft noch an Bedeutung zu gewinnen.

Die Menschen werden immer älter, die Mütter bekommen ihre Kinder immer später, der Anteil der Einkindfamilien und der Alleinerziehenden wächst ständig, die Rentenhöhe und finanzielle Belastbarkeit der Betroffenen sinkt und die Heimkosten steigen immer noch. Ganz abgesehen davon wollen die alten Menschen lieber in ihrer gewohnten Umgebung, im vertrauten familiären Umfeld, leben – und sterben.

Der Zeitpunkt der zweiten Überprüfung von Muttis Pflegebedürftigkeit stand an. Die Vertreterin des medizinischen Dienstes gab sich freundlich, meine Mutter interessiert, und am Ende wurde ihr Pflegestufe eins zuerkannt. Der Rollstuhl, der nun unübersehbar im Wohnzimmer stand, hatte sicher zu diesem positiven Bescheid beigetragen.

Meine Mutter hatte betont, sie brauche jemanden für einmal in der Woche für die Grundpflege. Alles andere würde ich leisten.

Die Gutachterin besichtigte die Wohnung, besonders das Bad. Sie stimmte zu, dass meine Mutter die Dusche nicht ohne Hilfestellung benutzen könnte. Deshalb hatten wir ja schon lange diesen Teil der Körperpflege auf abends verlegt. Nun wollte Mutti nicht, dass ich diese Arbeit länger übernahm. Wahrscheinlich wollte sie mich entlasten. Ob sie an meinen Gesundheitszustand dachte? Eine professionelle Kraft wollte sie dagegen akzeptieren.

Wir ließen uns, nacheinander, Mitarbeiterinnen von zwei verschiedenen Pflegediensten, einem privaten und einem kirchlichen, ins Haus kommen. Meine Mutter traf ihre Auswahl. Ich betonte gleich, dass man in absehbarer Zeit mit einer Ausweitung der Dienstleistungen rechnen müsste, auch wenn Mutti dafür keine Notwendigkeit sah. Ich hielt mich erst einmal noch zurück. Immerhin, der erste Schritt war geschafft.

Mit der Pflegekraft, die in erster Linie die Betreuung meiner Mutter übernehmen sollte, führte ich vorher ein ausführliches Gespräch. Sie war schon etwas älter, eine Mischung von burschikos und mütterlich, und sagte zu, sich erst einmal vorsichtig mit ihrem neuen Schützling bekannt zu machen und nicht gleich mit ihrer eigentlichen

Aufgabe, der körperlichen Grundpflege, zu beginnen. Sie ließ sich sehr sensibel und einfühlsam von meiner Mutter erst einmal vorführen, wie sie sich selbst versorgte, bevor sie sich anbot, ihr den Rücken zu waschen. Nach solchen Dienstleistungen investierte sie noch Zeit, um mit Mutti eine Tasse Kaffee zu trinken und ein Schwätzchen zu halten. Langsam wurde sie für meine Mutter zu einem mit Freude erwarteten Besuch und es entstand ein ausgesprochen vertrauensvolles Verhältnis zwischen den beiden.

Bald hatte diese Beziehung einen Grad erreicht, dass auch an die komplette Durchführung der körperlichen Grundpflege zu denken war.

Leider hatte die Pflegerin ihre Ausbildung noch nicht abgeschlossen und war manchmal verhindert, weil sie zu Schulungsveranstaltungen gehen musste.

Es war zwar ein Nachteil, dass an solchen Tagen eine Vertretung an ihrer Stelle einspringen musste, die auch dazu noch viel jünger war, andererseits glaubte ich, dass gerade die Ausbildungssituation dazu führte, dass die pädagogisch-psychologischen Aspekte des Pflegeberufs bei ihr noch mit viel Idealismus umgesetzt wurden und ihre Arbeit noch nicht so von Routine geprägt war.

Mein nächster Reha-Aufenthalt stand an.

Diesmal ging es mir schon besser als beim ersten und ich konnte meine Mutter mit meinem Wagen selbst zu meiner Schwester bringen, bevor ich zur Klinik weiterfuhr. Auch bei der zweiten Kur stand gleich nach der Eingangsuntersuchung fest, dass ich wenigstens vier Wochen bleiben musste. Eine Bekannte, die ich bei dem ersten Aufenthalt kennengelernt und mit der ich mich für diese Kur verabredet hatte, war nicht gekommen. Wir hatten in der Zwischenzeit immer miteinander telefoniert und guten Kontakt gehalten. Uns verband mehr als nur die gemeinsame Erkrankung. Ich wusste, dass ihr Zustand sich in der letzten Zeit deutlich verschlechtert hatte, aber wir hatten beide gehofft, dass sie diesen Kuraufenthalt noch mit mir gemeinsam antreten könnte. Leider kam es nicht mehr dazu. Ich trauerte, nicht nur um die entgangene Gesellschaft.

Meine Mutter und meine Schwester besuchten mich gemeinsam und wieder kam meine Schwester einmal alleine zu mir nach Bad Kreuznach. Wir machten gemeinsam mit geliehenen Fahrrädern einen Ausflug ins schöne Nahetal. Das half, einen großen Teil der Zeit auszufüllen, aber es blieb noch genügend Raum für Gespräche. Die Ereignisse, die das Verhältnis zu meiner Schwester belasteten, blieben unerwähnt. Ich dachte an meine leider nicht zu unserer Verabredung erschienene Leidensgenossin und vermied es, unnötige Auseinandersetzungen auszutragen. Auch meine persönliche Zukunft stand noch in den Sternen. Es waren erst zwei Jahre seit meiner Operation vergangen. Wer weiß, was in ein paar Jahren sein würde.

A. betonte jedoch erneut, dass es wohl die richtige Entscheidung gewesen wäre, meine Mutter zum Umzug nach W. zu überreden. Sollte das eine Entschuldigung sein?

Mit diesen gut gemeinten Bemerkungen konnte A. jedoch das früher Gesagte nicht ungeschehen machen. Es bohrte immer noch in meinem Gedächtnis. Meine Schwester hatte allerdings an Muttis Rollstuhl einiges zu bemängeln: Ihr fehlte ein zuschaltbarer Hilfsmotor, der es den Begleitpersonen leichter machen würde, den Rollstuhl auch in hügeligem oder unebenem Gelände zu schieben. Sie hatte Recht, aber im Moment hatte ich keine Kraft für nicht unbedingt notwendigen Papierkrieg.

Eine andere Anregung griff ich gerne auf: Mutti könnte einen Behindertenparkausweis brauchen; der würde es uns leichter machen, innerstädtisch einen Parkplatz für uns zu finden, wenn sie in unserer Begleitung war. Um die Beschaffung dieses Ausweises wollte ich mich kümmern, sobald ich wieder zu Hause war. Ich sah kein großes Problem, einen bewilligt zu bekommen.

A. stellte auch Überlegungen an, wie sie sich verhalten sollte, falls ein Teil ihrer Schwiegereltern versterben würde. Den verwitweten Partner in ihr großes Haus aufzunehmen, kam für sie überhaupt nicht in Betracht, auch wenn ihre Kinder inzwischen alle ausgezogen waren. Sie war ja auch noch berufstätig, im Gegensatz zu mir, die ich in den nächsten Monaten offiziell Rentnerin werden würde. Allerdings arbeitete ich seit meiner Krebs-Operation nicht mehr, weil ich zwei Monate danach die Ruhephase der Altersteilzeit erreicht hatte und ich auch noch einen Urlaubsanspruch auf mehrere Wochen gehabt hatte.

Durch Muttis vierwöchigen Aufenthalt in ihrem Haus hatte meine Schwester die psychischen und physischen Defizite meiner Mutter erleben können. Vor allem war ihr Muttis Passivität aufgefallen; während sie sich früher durchaus noch als selbständig erwiesen hatte und sogar an der Hausarbeit beteiligte, goss sie sich inzwischen nicht einmal mehr einen Tee selber auf oder machte sich ein Butterbrot fertig.

A. kritisierte dieses Verhalten, meinte, ich habe dazu beigetragen. Aber nach meiner Erfahrung war das keine Bequemlichkeit meiner Mutter oder Folge meiner Verwöhnhaltung sondern schlicht Unvermögen.

Altenheime

Meine Schwester sprach mich also erneut darauf an, ob es nicht besser wäre, Mutti in ein Altersheim zu bringen. Ich könnte sie ja dort mehrmals täglich besuchen.

Auch wenn ich einige recht gute Einrichtungen von offiziellen Besuchsterminen her kannte, bezweifelte ich, dass meine Mutter sich da wohl fühlen würde.

Bei den Begehungen wurde von der Leitung oft mehr auf die vorbildlichen Verhältnisse in den Funktionsräumen – Becken und Schränke in Edelstahlausführung in Wasch- und Reinigungsbereichen - als auf die Gemütlichkeit der Aufenthaltsräume oder Bewohnerzimmer hingewiesen. Ein Zuhause sah anders aus.

Hatten die Schränke in den Wirtschaftsräumen stahlglänzend vor Sauberkeit geblitzt, erschreckten die langen Flure durch kahle Wände. Lediglich die Griffleisten unterbrachen die großen Flächen. Freilich war diese Ausstattung in erster Linie den Bedürfnissen der Sicherheit und Hygiene geschuldet, aber sie erinnerten mehr an Krankenhäuser als an Wohnstätten.

Es entstand ohnehin bei mir der Eindruck, dass Alter in manchen Heimen als eine Art Krankheit angesehen wurde, die es zu therapieren galt. So gab es dort keine Musikzimmer sondern Räume für Musiktherapie, keine Mal-, Zeichen- oder Werkräume sondern Räume für Mal- oder Zeichentherapie. Bei keiner meiner vielen Besichtigungen habe ich in diesen Zimmern Menschen angetroffen. Sie sahen vielmehr so aus, als ob sie nicht benutzt würden. Warum, fragte ich mich, stehen sie nicht einfach den Bewohnern zur Verfügung, ohne festen Stundenplan, einfach nur, um vielleicht ein Hobby, sei es alleine oder in Gesellschaft anderer zu pflegen? Wohlgemerkt, es handelte sich bei den von mir geschilderten Einrichtungen um „Wohn" - nicht um Pflegeheime, und auch nicht um speziell geplante Wohnheime für demente Menschen.

Lediglich Sport- und Gymnastikräume bedurften bei ihrer Benutzung eine gewisse Regelung, da für die Betätigung in ihnen ja auch eine anleitende Person notwendig war. Hier war auch der Begriff „Therapie" angebracht.

Aber sonst? Konnte man Musikmachen, Singen oder andere musische Betätigungen nicht auch einfach unter dem Gesichtspunkt der Freizeitbeschäftigung sehen? Oder hatte man mit fortgeschrittenem Alter und beginnender Hilfsbedürftigkeit auf die Ausübung solcher Hobbys keinen Anspruch mehr?

Da waren für teures Geld unter der Inanspruchnahme von öffentlichen Mitteln so viele große Räume geschaffen worden, und sie wurden nicht oder nur sehr selten genutzt. Ihre Baukosten gingen aber sehr wohl in die monatlich zu zahlenden Beträge der Bewohner ein und beschränkten dadurch auch deren finanziellen Freiraum.

Die Möglichkeit, einige private Einrichtungsgegenstände in die Wohn-Schlafzimmer mitzubringen, galt schon als besonders fortschrittlich und bewohnerfreundlich und Einzelzimmer als Luxus. Auch wenn die Doppelzimmer in der letzten Zeit zunehmend durch Einzelzimmer ersetzt wurden und die Mindestfläche an Quadratmetern angewachsen war, entsprach die Größe der Zimmer noch längst nicht den Ansprüchen, die ein Mensch benötigte, um sich nicht eingeengt zu fühlen. Vor allem waren die kleinen Räume schwer zu ertragen, wenn man in seiner Bewegungsfähigkeit beeinträchtigt war und allein aus diesem Grund einen großen Teil des Tages auf seinem Zimmer verbrachte. Wie sollte man sich da in der neuen Umgebung nach einem ereignisreichen, langen Leben zuhause- und wohlfühlen können!

Es wurde viel für die körperliche aber nur so wenig für die seelische Gesundheit geplant. Kein Wunder, dass man im Volksmund lange Zeit von den Bewohnern dieser Altenheime als „Insassen" sprach. So mögen sich manche auch gefühlt haben.

Einige Heime waren zwar äußerlich von ausgesprochen hervorragender Architektur und hatten dafür sogar Preise gewonnen, sie wirkten aber im Inneren kalt.

Das, was sich dem Auge als großzügig und lichtdurchflutet darbot, verbarg nur mühsam den Eindruck von Sterilität. Die Heime waren meilenweit entfernt von den Anforderungen und Grundsätzen eines Architekten Professor Winter, dem ich einmal bei einem Vortrag über die planerische Gestaltung von Altenheimen, vor allem für Menschen mit Demenz, zuhören durfte. Bei ihm stand nicht die Schönheit der Architektur sondern die psychische Situation der Bewohner im Mittelpunkt aller planerischen Überlegungen. Dennoch waren auch seine Entwürfe gestalterisch ansprechend.

Nachdem auch die Neubaufinanzierung der Wohnheime auf eine andere Berechnungsgrundlage gestellt worden war und sich allein aus den Tagessätzen refinanzieren musste, wurde die Lage in den Heimen nicht besser. Es musste sich alles rechnen, die Errichtung und vor allem der Einsatz von Personal. Dafür wurden Zugeständnisse gemacht. Die Abschaffung des Zivildienstes verschärfte die Situation später noch.

Auch von den Bewohnern der Heime waren zunehmend immer mehr in ihrer Alltagskompetenz eingeschränkt, und boten für meine Mutter keine gesellschaftliche Bereicherung. Viele saßen nur noch still in ihren Rollstühlen und warteten darauf, dass man sie an eine andere Stelle oder in den Essraum schob. Dort gab es nur noch sehr wenige Textilien, nur kleine Mitteldeckchen auf den Tischen- wenn überhaupt. Alles war dem Aspekt der Zweckmäßigkeit untergeordnet.

Ich hatte meine Mutter schon einige Male zu Veranstaltungen in den Altersheimen in unserer Stadt mitgenommen, sogar mit ihr schon dort Bekannte besucht, und so kannte sie einige Heime nicht nur von außen. Es war darunter kein einziges, in dem sie sich vorstellen konnte, zu leben. Allein schon die fehlenden Tischdecken in den Speisesälen und die insgesamt recht sparsame Ausstattung mit Textilien störten sie. Auch erblickte sie in den Menschen, die sie dort teilnahmslos im Aufenthaltsraum oder auf den Fluren herumsitzen sah, keinen Umgang, der ihr wünschenswert erschien. Es war für sie eher deprimierend, manche Bewohner zu beobachten.

Die Menschen zogen ja auch immer später und in immer schlechterem Gesundheitszustand in die Heime um. Die Vorstellung, diesen deutlich sichtbar eingeschränkten Menschen Tag für Tag beim Essen am Tisch oder in ihrer Freizeit gegenüber sitzen zu müssen, behagte ihr nicht. Nein, meinte sie, da gefiel es ihr in ihrer eigenen Wohnung besser.

So lange sich die Situation nicht verschlechtern würde, brauchten Mutti und ich also nichts an ihrer Art zu leben verändern. Wer weiß, wie lange sie noch leben würde! Sie hatte ja schon ein biblisches Alter erreicht! Andererseits nahm ich die Vorhaltungen meiner Schwester durchaus zum Anlass, mir Gedanken darüber zu machen, was es für Möglichkeiten gab, wenn ich die Betreuung meiner Mutter nicht mehr leisten könnte, für sie ein angemessenes Wohnumfeld zu finden.

Eine Heimunterbringung war nicht nur aus räumlichen und sozialen Gründen problematisch. Wer sollte die Kosten dafür aufbringen? Die Rente und die Versorgungsbezüge meiner Mutter reichten dafür nicht aus, ihre geringen Ersparnisse wären schnell aufgebraucht, und der Rückgriff auf die finanzielle Leistungsfähigkeit der Familie wäre zu erwarten. Dazu gehörten nach dem Tod nur noch meine Schwester und ich. Meine Rente war so gering, dass ich nicht damit rechnen musste, zu den Personen zu gehören, auf deren Einkommen zurückgegriffen werden konnte. Aber was war mit meiner Eigentumswohnung, die ich ja nun schon seit Jahren unter Marktwert an meine Mutter vermietet hatte, und deren Ertrag später dazu dienen sollte, meine Rente aufzubessern. Schließlich hatte man mir bei Beantragung meines Ruhegeldes geraten, einen Antrag auf Grundsicherung zu stellen, was ich natürlich ablehnte, da ich ja an diese Geldquelle dachte. Und außerdem besaß ich ja noch ein Auto. Aber das brauchte ich weniger für mich selber als für den Transport meiner Mutter und meiner Enkelkinder. Und dann war da natürlich noch mein Miteigentum an dem Haus, das mein Mann ohne Ausgleichzahlung an mich alleine bewohnte, während ich mich mit fünfzig Quadratmetern zufrieden gab. Wie weit mein Mann sonst herangezogen würde, von dem ich ja getrennt lebte, wusste ich nicht, wollte es aber auch gar nicht darauf ankommen lassen. Bisher hatte ich mir meine finanzielle Selbständigkeit und Unabhängigkeit bewahrt. Geld zu verlieren, war nicht das Schlimmste, was einem im Leben passieren könnte, aber wenn es zu vermeiden war, wollte ich es natürlich umgehen.

Die finanziellen Verhältnisse meiner Schwester konnte ich nicht beurteilen, auch wenn ich zu wissen glaubte, dass sie bei ihrem Gehalt und dem Einkommen meines Schwagers nicht gerade hungerten. Wie hätten sie sich sonst die vielen Reisen leisten können? Später stellte sich heraus, dass sie sich nach der Pensionierung meines Schwagers sogar erlauben konnten, das große Haus, in dem er als Dienstwohnung so lange gelebt hatte, käuflich zu erwerben.

Es blieben also noch die Enkelkinder, von denen eines mein Sohn, der Vater von drei Kindern, war, der sich gerade selbständig gemacht hatte und den ich sogar wegen der damit verbundenen Unsicherheiten finanziell unterstützte. Ich hatte mir während meiner Berufstätigkeit ein kleines Polster angelegt; schließlich lebte ich sparsam und hatte alleine wegen meiner zeitlichen Beanspruchung schon kaum Gelegenheit zum Geldausgeben.

Wenn meine ältere Schwester noch gelebt hätte, wäre die Last auf drei Schultern zu verteilen gewesen, so aber blieben ihr Sohn, der zwar über ein gutes Erbe verfügte, aber über dessen finanzielle Verhältnisse ich nur spekulieren konnte. Die Kinder meiner jüngsten Schwester hatten alle studiert, aber sonst wusste ich auch nicht mehr über sie.

Zwar hatte meine Mutter inzwischen auch etwas zurückgelegt, aber das würde bei den heutigen Heimunterbringungskosten kaum für ein Jahr reichen.

Es gab also eine Menge gute Gründe, eine Heimunterbringung so lange wie möglich zu vermeiden, zumal Mutti das auch nicht wollte. Aber konnte man wissen, ob es nicht vielleicht doch irgendwann einmal unumgänglich war?

Um wenigstens den angemessenen Rahmen eines späteren Begräbnisses zu sichern, schloss ich mit ihrem Einverständnis für diese Kosten über ein hiesiges Bestattungsunternehmen einen Treuhandvertrag ab. Dieser letzte Gang sollte in Würde erfolgen.

Seit ihrem Renteneintritt hatten sich die finanziellen Hilfen, die sie früher dafür zu erwarten hatte, geändert. Die gesetzliche Krankenkasse zahlte kein Sterbegeld mehr und die Beihilfe beteiligte sich auch nicht mehr - wie früher - zumindest mit einer Pauschale an den Kosten. In eine Sterbeversicherung konnte sie wegen ihres hohen Alters nicht mehr aufgenommen werden, und so blieb nur dieser Weg als Vorsorge.

Auf das Geld, das sie auf das Treuhandkonto eingezahlt hätte, könnte niemand Rückgriff nehmen, auch dann nicht, wenn ihr eigenes Vermögen aufgebraucht wäre und ihr regelmäßiges monatliches Einkommen zur Begleichung der Kosten für eine Heimunterbringung nicht ausreichen würde. Meine Schwester hatte mir diesen Weg aufgezeigt, sie kannte ihn aus ihrer eigenen beruflichen Erfahrung und ich war ihr dankbar für den Hinweis.

Es kostete mich jedoch einige Überwindung, das hierfür notwendige Gespräch mit Mutti zu führen. Ich wollte auf keinen Fall bei ihr den Eindruck erwecken, dass ich mit ihrem baldigen Ableben rechnen würde. Aber auch ich wusste nicht, wie sich meine Gesundheit entwickeln würde, selbst wenn es mir im Augenblick noch recht gut ging.

Mutti zeigte sich durchaus verständnisvoll für unsere Überlegungen, betonte aber erneut, dass sie auf keinen Fall in ein Heim gehen würde, und eine Wohnresidenz könne sie nicht bezahlen. Sie hatte also durchaus nicht den Überblick über ihre Möglichkeiten verloren.

Nach Abschluss des Treuhandvertrages, den sie auch selber unterzeichnete, fühlte sie sich erleichtert. Ihre Beerdigung würde dem von ihr selbst erwarteten Standard entsprechen.

Für weitere Gespräche über dieses Thema,, etwa die von ihr bevorzugte Art der Beerdigung, ob Erdbestattung oder Urnenbeisetzung, fehlte mir noch der Mut.

Immerhin war mit dem Abschluss des Vertrages schon einmal ein wichtiger Schritt getan.

Veränderter Blickwinkel

Beim nächsten Besuch meiner Schwester bei uns in W. kam der Rollstuhl wieder einmal zum Einsatz.

A., die sich noch öfter in Duisburg aufhielt, weil dort Verwandte ihres Mannes und gemeinsame Freunde wohnten, hatte die Idee, gemeinsam mit meiner Mutter und mir dort ein großes Einkaufzentrum zu besuchen, das vor kurzem eröffnet worden war. Zwar war das Wetter nicht gerade gut an dem Tag, der Herbst zeigte sich von seiner hässlichsten Seite, es stürmte und goss in Strömen, aber man konnte mit dem Wagen bis in eine Tiefgarage fahren, den Rollstuhl entfalten, und dann das ganze Zentrum besichtigen, ohne einmal ins Freie zu müssen. Sie meinte, es wäre eine willkommene Abwechslung für meine Mutter, einmal wieder ihre alte Heimat zu sehen.

Da wir zu zweit waren, und meine Mutter so die Belastung des Transportes auf zwei Töchter verteilt sah, willigte sie ein.

Die Verkaufsräume waren in der Tat so großzügig und weiträumig eingerichtet, dass es keinerlei Mühe machte, Mutti mit dem Rollstuhl dort zwischen den Kleiderständern und anderen Verkaufsständen herumzuschieben. Allein ihr Interesse an den Angeboten war nur noch begrenzt.

A. überredete sie, dann doch zumindest die bestens bestückte Lebensmittel- und Feinkostabteilung noch einmal zu besuchen. Wenn meine Schwester geglaubt hatte, dass die dargebotenen Spezialitäten bei meiner Mutter Wünsche wecken würden, sah sie sich getäuscht. Da Mutti das Angebot nur aus ihrem eingeschränkten Blickwinkel vom Rollstuhl von unten aus wahrnehmen konnte, genoss sie diesen Besuch nicht so, wie A. erwartet hatte.

Sie bewunderte zwar die schönen Auslagen, aber äußerte sich nur auf Nachfrage. Sie honorierte jedoch die gute Absicht mit verhaltenem Lob und Erstaunen. Schließlich kauften wir einige ausgefallene Leckerbissen, von denen wir glaubten, dass sie unserer Mutter besonders schmecken würden.

Unser Plan hatte eigentlich beinhaltet, mit Mutti gemeinsam noch einmal das Grab unseres Vaters zu besuchen, allein wegen des feuchten, böigen Wetters und Muttis wachsender Müdigkeit nahmen wir davon Abstand. Sie hatte, als wir ihr den Vorschlag unterbreiteten, sich ablehnend verhalten und stattdessen den Wunsch geäußert, noch einmal an ihrer alten Wohnung vorbeizufahren; sie wolle wissen, was sich in der Umgebung verändert habe.

Das war freilich viel. Einzelne Häuser waren abgerissen oder mit neuen Fassaden geschmückt. Ich wusste nicht, was ich denken sollte, als meine Mutter ihren Wunsch äußerte. Sprach daraus eventuell Sehnsucht nach ihrer alten Heimat, von der ich glaubte, dass sie die inzwischen überwunden hätte?

Hatte ich ihr doch zu viel zugemutet, als sie zu mir nach W. holte? Die Fragen ließen mich nicht nur an diesem Tag nicht mehr los. Aber die zurückliegenden Jahre, die sie doch in relativer Freiheit und Selbstbestimmung leben konnte, hätte ich ihr am alten Wohnort nicht bereiten können.

Meine Mutter zeigte sich jedoch von den Veränderungen ihrer früheren vertrauten Umgebung enttäuscht. Es war nicht mehr ihre alte Nachbarschaft. Dennoch war dieser Nachmittag ein gelungenes Ereignis. Mutti hatte einige Zeit mit ihren beiden Töchtern verbracht und unsere gemeinsamen Bemühungen, unserer Mutter ein paar unvergessliche Stunden zu bereiten, hatten uns vielleicht doch wieder ein wenig näher gebracht. Tief in mir erwachte eine vage Hoffnung, doch noch ein wenig Entlastung bei der Betreuung zu erfahren.

Die weiteren Veränderungen kamen schleichend. Sie lassen sich zeitlich und in ihrer Aufeinanderfolge im Nachhinein gar nicht mehr richtig einordnen. Zum Teil überlappten sie sich oder traten gleichzeitig ein.

Nachdem ich von dem zweiten Rehaaufenthalt wieder zurück in W. war, hatte ich erst einmal einen vorläufigen Behindertenparkausweis für Mutti organisiert. Es hatte keine Probleme gemacht, ihn zu erhalten, da ich außer ihrem Schwerbehindertenausweis auch noch die Kopie der Rollstuhlverschreibung vorlegen konnte. Nur - er war als zeitlich begrenzte Erlaubnis ausgestellt worden. Für die unbefristete Ausstellung bedurfte es der Eintragung „außergewöhnlich gehbehindert" in ihren Schwerbehindertenausweis.

Die Beantragung ließ sich leicht durchführen, aber man brauchte dafür entsprechende ärztliche

Bescheinigungen. Die Mitarbeiter der Behörde waren hilfsbereit, doch ich bekam keine Rückmeldung. Nach einigen Monaten Wartezeit machte ich mich auf den Weg zu dem zuständigen Amt und fragte nach. Die Beschäftigten dort trugen keine Schuld an der Verzögerung. Der angeschrieben Hausarzt rührte sich nicht. Die Beamten versprachen, ihn erneut anzuschreiben.

Nach einigen Wochen hatten sie immer noch keine Antwort, aber der provisorische Ausweis lief bald ab. Bei meinem erneuten Vorsprechen erwog der Mitarbeiter der Behörde, rechtliche Schritte zu unternehmen.

Dieser Vorschlag behagte mir gar nicht. Es war doch der Hausarzt, der uns schon einige Male bei Notfällen hilfreich zur Seite gestanden hatte, der im Visier dieses Vorgehens stehen sollte. Ich wollte ihn nicht verärgern. Andererseits benötigte ich den Ausweis, wenn ich mit meiner Mutter unterwegs war zumal ich mich mit dem Gedanken trug, einen Behindertenparkplatz für sie vor der Haustüre zu beantragen, damit ich sie nicht so weit bei Wind und Wetter mit dem Rollstuhl zu meinem Wagen schieben musste. Ich konnte über die Gründe für die Untätigkeit des Arztes nur spekulieren. Die ärztliche Stellungnahme war wohl mit viel Schreibarbeit verbunden und verhältnismäßig schlecht bezahlt.

Eine andere Ursache für die Verweigerungshaltung konnte ich mir nicht denken. Das mochte ja den Behörden gegenüber ein begründetes Signal sein; nur leider wurde dieser Konflikt auf dem Rücken der Patienten und der Betreuungspersonen ausgetragen.

Später entwickelte sich die Situation so, dass die Stellungnahme des Arztes überflüssig wurde.

Zunächst wurde ich das dritte Mal Großmutter und damit gab es noch mehr Anlässe, mich in der Familie meines Sohnes aufzuhalten. Mutti schloss den neuen Urenkel auch gleich in ihr Herz. Es war aber auch ein süßer, kleiner Fratz und erregte überall Bewunderung. Es folgten weitere Familienfeiern. Dazu nahm ich sie selbstverständlich mit, aber es gab auch immer mehr Termine als Babysitter, die meine Anwesenheit erforderten.

Mutti registrierte das alles genau und zeitweilig mit wenig Einsicht. Vielleicht war es Eifersucht, vielleicht Unverständnis, was sie so kritisch reagieren ließ. Sie hatte keinerlei Verständnis für meine Schwiegertochter, wenn die meinen Sohn zu Abendeinladungen oder andern Festlichkeiten begleitete und ich während dieser Zeit die Kinder beaufsichtigen sollte, und meinte immer, sie könne doch ihren Mann alleine zu solchen Veranstaltungen gehen lassen. Sie habe das früher schließlich auch getan.

Aus meinem eigenen Erleben konnte ich das nicht bestätigen, immerhin hatte sie zwei große Töchter gehabt, die auf ihren Nachkömmling, meine jüngere Schwester, aufpassten, wenn sie mit ihrem Mann abends ausgehen wollte. Sie hatten wohl noch einiges an Vergnügungen aus den zurückliegenden Kriegsjahren nachzuholen. Und das hatte sie nach meiner Erinnerung ausgiebig getan und die Jahre des zweiten Weltkrieges und die entbehrungsreiche Nachkriegszeit konnte sie wohl kaum mit den heutigen Lebensverhältnissen vergleichen. Doch das Verhalten der jetzigen jungen Elterngeneration unterschied sich sogar schon stark von meiner Jugend.

Wir heirateten damals jünger, bekamen unsere Kinder eher, wurden natürlich auch etwas eher Großeltern als die jetzigen Eltern. So konnten wir auch heute noch Hilfe bei der Betreuung der Enkelkinder während der Berufstätigkeit der Mütter und der Versorgung der Eltern leisten. Wenn wir zehn Jahre später mit diesen Aufgaben konfrontiert worden wären, ob wir es dann geschafft hätten? Wie sollen die jetzigen jungen Eltern diese Belastungen schultern, wenn sie ihre Kinder erst mit fast vierzig Jahren bekommen?

Was die Erinnerungen meiner Mutter betraf, hatte sie sich wohl ihre Erinnerungen schön gefärbt. Wahrscheinlich war das typisch für ihr Alter, sich nicht nur die Vergangenheit sondern auch ihr eigenes Verhalten schön zu reden.

Aber eigentlich tat sie das auch mit allem was, in der Gegenwart geschah. Sie und ihre eigenen Kinder machten immer alles richtig. Die Fehler begingen immer nur die anderen.

Abschiedsfeier

Es nahte ein neuer Anlass, ein Fest auszurichten. Der fünfundneunzigste Geburtstag meiner Mutter stand an. Meine Schwester insistierte, wie üblich, dass dieser Tag groß begangen werden müsste. Damit meinte sie nicht nur die Anzahl der Gäste sondern auch den Rahmen. Sie argumentierte, es sei auch in Muttis Sinne, lieber mehr Geld für ein Fest unter Lebenden auszugeben, als es in eine aufwändige Beerdigung zu investieren. So hätte Mutti doch auch etwas davon. Das sagte sie nur mir, natürlich nicht meiner Mutter. Aber Recht hatte sie.

Ein kleines Schlösschen mit Hotel und Restaurantbetrieb, das ganz in der Nähe der Wohnung meines Sohnes lag, fand Gnade vor ihren Augen. Es sollte wieder ein Brunch sein, weil dann auch die Gäste, die von weiter her kamen, noch eine Möglichkeit hatten, am gleichen Tag wieder nach Hause zu fahren und nicht gezwungen waren, zu übernachten. Die Gäste bestanden überwiegend aus Verwandten, im näheren Umkreis wohnten, und aus Muttis Mitbewohnern des Hauses. Aber es waren auch so rund vierzig Personen zusammen gekommen. Mein Neffe aus München übernachtete mit seiner Familie bei meinem Sohn.

Diesmal begleitete Mutti mich nicht zur Vorbesprechung und Auswahl der Speisen ins Hotel; es war ihr alles schon zu anstrengend. Sie vermied jeden unnötigen Schritt. Es waren nicht nur die Schmerzen beim Laufen, was diese Haltung auslöste, sie hatte einfach Angst zu fallen.

So wurde diese Aufgabe von meiner Schwiegertochter und mir gemeinsam übernommen.

Und wirklich, es bereitete meiner Mutter schon große Mühe an ihrem großen Tag, den Weg vom Parkplatz bis zum Hoteleingang zurückzulegen, sie lehnte es aber ab, den Rollstuhl zu benutzen oder ihren Rollator. So hilflos wollte sie sich nicht zeigen. Ich musste sie mit dem Wagen zum rückwärtigen Eingang des Hotels fahren, nur um ihr ein paar Meter Fußweg zu ersparen. Ich konnte ihr kaum dicht genug an dem Eingang halten.

„Geht es wirklich nicht noch näher?", fragte sie ein ums andere Mal. Ich musste verneinen.

Dann stöhnte sie über die Länge des Ganges, der in das Restaurant führte.

Jeder zusätzliche Meter brachte sie zum Seufzen. Ich war neben ihrem Stock ihre Gehhilfe. Sie stützte, nein klammerte sich geradezu krampfhaft an meinen Arm.

Endlich saß sie dann an ihrem besonders geschmückten Platz wie eine Herrscherin, nahm die Glückwünsche, wie auf einem Thron sitzend, entgegen und war sich der Bedeutung ihrer Person voll bewusst. Alle hoffierten sie, und sie genoss es, Mittelpunkt zu sein. Auf dem Gang zur Toilette durfte ich sie dann wieder begleiten. Weil dieser Weg solche Anstrengung für sie bedeutete und sie ihn möglichst selten zurücklegen wollte, hat sie sich dann kaum an dem Verzehr all der guten Dinge beteiligt, die sie ihren Gästen vorsetzen ließ.

Zu Beginn der Geburtstagsfeier ließ sie es sich aber nicht nehmen, sich bei allen einmal für ihr Kommen zu bedanken und ihnen ein paar schöne Stunden zu wünschen, genau wie sie sich nach einiger Zeit zu allen Gästen einmal an den Tisch setzte, um sich mit ihnen zu unterhalten. Ob sie bei diesen Gesprächen allerdings viel verstanden hat, weiß ich nicht. Zumindest fiel es nicht weiter auf, es waren ja auch immer die gleichen Fragen, die gestellt wurden und die Antworten darauf auch Routine. Ich musste immer in Blickkontakt zu ihr stehen, falls sie meiner Hilfe bedurfte, wenn sie an einen anderen Tisch gehen wollte. Ein Neffe von ihr dokumentierte den ganzen Ablauf mit seinem Fotoapparat. Es war wirklich eine festliche Veranstaltung und sie hat es genossen, die ganze Familie und Freunde noch einmal um sich zu scharen.

Immerhin hatte sie der Form Genüge getan. Sie wusste trotz ihres hohen Alters eben durchaus noch, was sich gehörte.

Es sollte ihr letzter großer Auftritt sein. Abends war sie am Ende ihrer Kräfte. Sie hatte ohne Mittagspause bis zum Nachmittag durchgehalten, was mir schon schwer gefallen war. Sie brauchte über eine Woche, um sich von dieser Anstrengung zu erholen. Ihre Beine waren so geschwollen wie selten. Sie kam mit ihren Füßen noch nicht einmal mehr in ihre Pantoffel rein. Jeder Schritt schmerzte. Aber Tage lang musste ich ihr immer wieder bestätigen, was für eine schöne Feier es doch gewesen sei und wie gut es ihrem Besuch gefallen habe.

Besonders hatte sie sich über die Anwesenheit ihres Enkels aus München gefreut, der in Begleitung seiner beiden Kinder gekommen war.

Diesmal hatte meine jüngere Schwester Recht gehabt, ein solches Fest zu arrangieren.

Bei aller Begeisterung war meiner Mutter jedoch aufgefallen, dass nicht alle Gäste sich festlich genug angezogen hatten. Vor allem der graue Minirock meiner Schwiegertochter und die dazu getragenen dicken, schwarzen Wollstrumpfhosen erschienen ihr unpassend. Sie wäre doch eine verheiratete Frau und Mutter von drei Kindern und kein junges Mädchen mehr und könnte nicht in solcher Kleidung zu so einer Feier erscheinen. Die Aufmachung erschien ihr einfach nicht festlich genug. Wie bereits gesagt, Mutti legte sehr viel Wert auf Äußeres.

Von Mitbewohnern des Hauses erfuhr ich später, dass sie die nächste große Feier für ihren hundertsten Geburtstag vorgesehen hatte. Es hatte ihr also nicht nur gut gefallen, sondern sie hatte durchaus vor, noch ein paar Jahre so weiter zu leben. Warum auch nicht? Eine Schwester ihrer Mutter war schließlich auch neunundneunzig geworden.

Pflegestufen

Ich stellte einen Antrag auf Anerkennung einer höheren Pflegestufe, weil es auch mir zunehmend schwerer fiel, die körperliche Anstrengungen zu erbringen, die für ihre Pflege notwendig waren und ich auch einmal an eine Auszeit denken musste, obwohl ich die noch nicht terminieren konnte. Mit dem höheren Pflegegeld ließe sich für diese Zeit auch der Einsatz einer Pflegekraft bezahlen, die dann mehrmals am Tag kommen müsste und sich auch um die Ernährung kümmern würde. Mutti hatte kaum noch Muskulatur und Körperspannung, ließ sich hängen und es erforderte immer mehr Anstrengung,, sie zu stützen. Die mehrmaligen Gänge vom Wohnzimmer durch den Flur bis ins Bad und zurück, alles in meiner Begleitung, waren ihre einzigen Bewegungsübungen.

Noch bevor der medizinische Dienst sich zu einem Besuch anmeldete, musste ich sie erneut ins Krankenhaus bringen. Sie war wieder gestürzt, der Hausarzt war gekommen, hatte ihre stark geschwollenen und verfärbten Beine gesehen und bei ihr zusätzlich einen Verdacht auf Venenentzündung geäußert.

Außerdem hatte sich infolge eines Behandlungsfehlers der Fußpflegerin einer ihrer Zehen stark entzündet. Er sah schlimm aus und musste gleichfalls im Krankenhaus behandelt werden. Ob der Sturz damit im Zusammenhang stand, ließ sich nicht beantworten. Vielleicht war er aber auch ein glücklicher Zufall, dass der Sturz eine schlimmere Entwicklung dieser Verletzung verhinderte.

Eine Embolie drohte. Diese Gefahr und ihre Herzinsuffizienz hatten eine stationäre Aufnahme unumgänglich gemacht.

Sie hatte sich zwar mit Händen und Füßen gegen diese Einweisung gewehrt, aber ich blieb hart; ich konnte und wollte die Verantwortung nicht übernehmen.

Sie wurde auf ein Dreibettzimmer gelegt, das sehr gut und modern ausgestattet war und den Vorteil hatte, ganz in der Nähe des Stationszimmers zu liegen, so dass die Schwestern sie bei geöffneter Tür im Auge behalten konnten. Zudem war das eine Bett zunächst nicht belegt. Sie war aber mit ihrer Unterbringung nicht zufrieden und zog im Krankenhaus gleich alle Register ihrer Kritikfähigkeit, nörgelte am Essen herum - es war ihr immer zu kalt - bemängelte die Unfreundlichkeit des Pflegepersonals, das System des Putzdienstes, die Flüchtigkeit und die Oberflächlichkeit der Putzfrauen und vor allem die angebliche Bevorzugung einer Mitpatientin, die später eingeliefert wurde und die, obschon viel jünger als sie, höhere Aufmerksamkeit des Personals auf sich zog. Diese Frau war sehr schwer herzkrank, wurde die ganze Zeit mit Sauerstoff versorgt und dämmerte vor sich hin. Da sie an keiner Unterhaltung teilnahm, hielt meine Mutter sie für taub und sah keinerlei Grund, sich mit ihren negativen Äußerungen - zumindest von der Lautstärke her - zu mäßigen.

Alle Versuche von mir, sie zu bremsen, waren erfolglos. Meine Mutter argumentierte, die andere Patientin wäre wohl privat und würde deshalb bevorzugt behandelt. Meine Vorhaltungen, sie solle sich doch bitte etwas zurückhalten, brachten sie nur auch gegen mich auf. Meine Argumente, dass Privatpatienten in der Regel nicht in Dreibettzimmern liegen würden, brachten sie nicht zum Verstummen. Sie blieb lautstark bei ihren Vermutungen, und wiederholte ihre Kritik und Vermutungen täglich aufs Neue.

Sie war auch empört darüber, dass man es wagte, ihr osteuropäische Ärztinnen zuzumuten, die nicht gut genug Deutsch verstanden, um meine Mutter zu verstehen und nicht ausreichend deutlich sprachen, dass sie von ihr verstanden wurden.

Zum Teil war diese Kritik berechtigt. Es war für beide Seiten schwer, miteinander zu kommunizieren. Ich hatte diese Verständigungsschwierigkeiten selber schon erlebt, als ich während meiner Berufstätigkeit unter anderem die Aufgabe übernommen hatte, indischen Schwestern Deutschunterricht zu erteilen. Zwar beherrschten sie bald die einfache Umgangssprache, aber die Feinheiten der Bedeutung mancher Ausdrücke und das „Lesen zwischen den Zeilen" konnte von ihnen natürlich nicht geleistet werden. Dazu hätte es jahrelangen Aufenthalts in unserem Lande bedurft. Und gerade im Umgang mit sehr alten Menschen, die ja zum großen Teil noch ein ganz anderes Vokabular als die junge Generation benutzten, war diese Beherrschung von nicht zu überschätzender Bedeutung, auch wenn sie das eine oder andere Defizit mit freundlichem Lächeln und Geduld auszugleichen versuchten.

Jedoch das Entscheidende bei Mutti war, sie fühlte sich nicht genügend beachtet. Sie war für alle Beteiligten eine zeitweilig schwer zu ertragende Patientin.

Ich besuchte sie zweimal am Tag, musste regelmäßig ihr Essen in die Stationsküche bringen, um es dort in der Mikrowelle wieder aufwärmen zu lassen, stieß dort zum Glück aber auf verständiges Personal, und war froh, wenn ich nach dem Essen mich wieder nach Hause begeben konnte, um mich in der Zwischenzeit bis zum Nachmittagsbesuch von ihren Tiraden erholen zu können.

Dennoch war dieser Krankenhausaufenthalt für mich der reinste Urlaub. Nachts konnte ich endlich einmal wieder gut schlafen, ohne Angst zu haben, dass ihr in meiner Abwesenheit etwas passierte.

Der Stationsarzt hatte einen dreiwöchigen Krankenhausaufenthalt in Aussicht gestellt. Sie wurde zu meiner Überraschung eher entlassen. In dem ausgehändigten Entlassungsbrief wurde unter anderem als Diagnose „Demenz" angegeben. Ich wehrte mich innerlich gegen diese Feststellung, versuchte sie auf Eingewöhnungsprobleme in einer fremden Umgebung zurückzuführen, konnte aber nicht umhin, dem ausstellenden Arzt zuzugestehen, dass ihr Verhalten schon sehr auffällig gewesen war. So extrem hatte ich sie bisher noch nicht kennen gelernt.

Erst einmal sorgte ich dafür, dass meine Mutter diesen Brief nicht zu lesen bekam. Ob sie in der Lage gewesen wäre, außer der Schrift auch den Inhalt der Kurzinformation zu verstehen, weiß ich nicht, wollte ihr aber auf jeden Fall die Konfrontation mit der belastenden Diagnose ersparen. Außerdem zweifelte auch ich an der Belastbarkeit der Aussage. Wo hörte eine altersbedingte Verhaltensauffälligkeit auf, was war schlicht senil und wo begann die Demenz? Ob das jeder Arzt oder Pfleger eindeutig feststellen konnte?

Vorsichtshalber kopierte ich aber den Bericht.

Bei dem nächsten öffentlichen Vortrag über Demenz saß ich unter den Zuhörern. Ich musste mir eingestehen, dass manche der dort geschilderten Symptome durchaus auf meine Mutter zutrafen. Es war hart, sich dieser Erkenntnis zu stellen, aber es machte es mir leichter, manche von ihren Eigenheiten hinzunehmen. Sie war krank, sie war alt, sie traf keine Schuld.

Als die Zuhörer die Möglichkeit bekamen, ihrerseits Fragen zu stellen, erkundigte ich mich, ob es nicht eine Selbsthilfegruppe für pflegende Angehörige von Demenzkranken gäbe. Ich brauchte einfach Kontakt zu Menschen, die ähnliche Erfahrungen wie ich gemacht hatten und Verständnis für mich zeigen würden, auch für meine Unsicherheit und zeitweilige Verzweiflung.

Die Caritas betreibe eine ähnliche Einrichtung, wurde mir mitgeteilt.

Warum hatte ich davon noch nichts gehört, auch nicht von den Mitarbeitern des Krankenhauses, des Pflegedienstes oder der Pflegekasse? Wo blieb die Unterstützung des Hausarztes? Wie schätzte er Muttis Zustand ein? Ich ließ mir die Adresse geben und beschloss, dort einmal vorstellig zu werden.

Alle Informationen über Einrichtungen und Hilfsangebote musste ich mir mal wieder selber mühsam zusammensuchen.

Als Mutti wieder einige Zeit zu Hause in ihrer gewohnten Umgebung war, reduzierten sich ihre Auffälligkeiten. Vielleicht hatte der Stationsarzt sich doch getäuscht?

Die Taufe ihres neuen Urenkels erlebte Mutti im Kreise der Familie. Außer ihren Problemen beim Laufen war sie in keiner Weise auffällig. Sie begleitete uns zur Kirche, zum Empfang, schmuste mit den drei kleinen Jungen, die manche Umarmung geduldig über sich ergehen ließen - immerhin kannten sie die Oma Grete als Spenderin von begehrten Süßigkeiten – und sah sich als älteste Verwandte ausreichend beachtet.

R., der Täufling, platzte fast aus seinem Taufkleid, so groß war er schon, krähte vor Vergnügen auf ihrem Arm und riss ihr die Brille von der Nase. Er erntete nur ihr Lächeln.

Als sie müde wurde, verlangte sie, von mir nach Hause gebracht zu werden und beteuerte, wie sehr sie den Tag genossen hätte. Ich war froh, dass sie ihn erlebt hatte und alles gut gegangen war.

Ein paar Tage später kam die Dame vom medizinischen Dienst, klappte ihr Laptop auf, tippte und tippte, von uns schweigend beobachtet. Was sie da schrieb konnten wir weder sehen noch lesen. Wir fühlten uns hilflos einem Prozess ausgeliefert, der doch eine ganz erhebliche Bedeutung für uns besaß. Dann richtete die Dame das Wort an meine Mutter, fragte sie nach ihrem

Geburtsdatum, nach dem Wochentag, stellte Fragen zu ihrem Tagesablauf, forderte sie auf, die Hände hinter den Kopf zu legen und schrieb und schrieb. Meine Mutter sah sie die ganze Zeit aufmerksam an.

Ich berichtete über den erneuten Krankenhausaufenthalt und überreichte die Kopie des Entlassungsberichtes. Ich hatte gleich das Gefühl, dass sie den gar nicht zur Kenntnis nahm.

Meine Mutter klagte erneut über ihren „ollen" Finger und ihr dummes Bein, betonte aber, wie froh sie darüber sei, noch einen klaren Kopf zu haben. Die Dame nickte nur. Ihr Gesichtsausdruck hätte jedem Pokerspieler Ehre gemacht.

Ich bat sie, doch einmal die Zeit zu kontrollieren, die meine Mutter benötigte, um vom Wohnzimmer bis zur Toilette zu gehen. Ich musste wie gewöhnlich als Begleitung hinter ihr her gehen, damit sie nicht unsicher wurde und plötzlich wieder stürzte.

Mutti ging, nachdem sie sich nach mehreren Versuchen aus ihrem Sessel mit der Aufstehhilfe erhoben hatte, auf ihren Rollator gestützt, Schrittchen für Schrittchen, mit über den Boden schleifenden Fußspitzen, in Richtung Bad.

Es war ein Bild des Elends, wenn man die Anstrengung sah, die ihr das Laufen abverlangte. Ihre Zehen hatten sich an den Spitzen von diesem Laufstil im Laufe der Zeit schon dunkelrot bis blau verfärbt, ihre Schultern waren krampfhaft nach oben gezogen, dennoch knickte sie bei jedem zweiten Schritt über der rechten Hüfte tief ein. Sie klagte wieder, dass selbst die Pantoffeln drückten. Aber die Füße sah sich die Dame –

trotz meines Hinweises - nicht an. Ihr Zustand spielte wohl in dem Fragebogen, den sie in ihrem PC gespeichert hatte, keine Rolle.

Ich wartete wie üblich vor der Badezimmertüre, bis Mutti fertig war - immerhin wollte ich ihre Intimsphäre wahren - und begleitete sie anschließend auf dem Weg zum Wohnzimmer zurück. Nach fünfzehn Minuten saß Mutti wieder in ihrem Sessel.

Als Unterwäsche trug meine Mutter über ihren Schlüpfern immer ein Korselett, das mit Haken zwischen den Beinen geschlossen wurde. Ihre ungeschickten Finger bereiteten ihr Probleme beim Öffnen und Schließen. Doch es war nicht nur aus Eitelkeit, dass sie auf diesem Wäschestück beharrte: Ihre Brustprothese saß am sichersten darin.

Ich hatte schon mehrmals versucht, sie zu überreden, sich doch einen Büstenhalter mit miederähnlichem Ansatz bis zur Taille von mir kaufen zu lassen, doch sie war dagegen. Die würden sich nach einiger Zeit bei ihrer vorwiegend sitzenden Körperposition unten aufrollen und das wäre ihr unangenehm. Ich konnte ihre Argumente nachvollziehen.

Auch wenn es mich Mühe und Erfindungsgeist kostete, in die regelmäßig neu anzuschaffenden Korsetts Taschen für ihre Prothesen einzunähen, hatte ich bisher immer ihren Wunsch erfüllt und die Arbeit auf mich genommen. Ich konnte ihr doch nicht ihren Stolz nehmen. So lange sie den noch hatte, pflegte sie sich auch oder ließ sich dabei helfen.

So mussten regelmäßig die Friseurin und die Fußpflegerin ins Haus kommen, als es ihr zu schwer fiel, den Weg von meinem geparkten Auto bis zu deren Geschäftsräumen zurückzulegen.

Deswegen hatte auch ihr Zahnarzt, zu dem ich sie sonst regelmäßig gebracht hatte, seit einiger Zeit angefangen, Hausbesuche bei ihr zu machen, obwohl er dafür aus Duisburg anfahren musste. Es war der Freund meines Schwagers, der sie schon seit langem kannte und schätzte. So war er bereit, ihr diesen Dienst zu erweisen. Er besuchte ja auch Patienten in Altersheimen. Nur als ihre Brücke um einen weiteren Zahn erweitert werden musste und später, als ihr auch mal ein Zahn gezogen werden musste, brachte ich sie mit dem Wagen noch einmal in seine Praxis. Mit Zahnlücken wollte auch sie sich trotz ihres hohen Alters nicht zeigen. Ich organisierte eine zweite Begleitperson zu meiner Unterstützung und brachte sie mit meinem Auto dahin.

Ein Mensch, der so viel Wert auf sein Äußeres legte, ließ sich auch nicht so leicht hängen und hatte noch Ansprüche ans Leben!

Meine Mutter ging mehrmals am Tag zur Toilette, auch weil sie viel trinken sollte. Morgens begleitete sie ihre Pflegekraft, vor dem Mittagessen ich, noch einmal nach dem Mittagessen, dann nach dem Nachmittagskaffee, nach dem Abendessen. Es gab aber durchaus Tage, an denen sie den Weg noch öfter zurücklegen musste. Bis zu ihrem letzten, Sturz bedingten Krankenhausaufenthalt hatte sie den Weg noch alleine zurückgelegt, danach brauchte sie Begleitung und wir hatten wir einen anderen Rhythmus antrainiert, weil fürchtete, noch einmal zu fallen und hatte außerdem bei Bedarf auf Höschenwindeln zurückgegriffen.

Durch ihre vorwiegend halb sitzende, halb liegende Haltung in ihrem Sessel hatten sich an ihrem Rücken und Gesäß gerötete Stellen gebildet, die ich regelmäßig mit Salbe behandelte. Außerdem hatte ich ihr einen Sitzring gekauft, gegen den sie sich lehnen konnte, zusätzlich ein sehr weiches Kissen. Sie durfte sich doch keinen Dekubitus zuziehen! Auch ihre ambulante Pflegerin hatte nun ein erhöhtes Augenmerk auf diese Schwachstellen. Dagegen half außer den gemeinsamen Laufübungen nur regelmäßige Veränderung der Körperposition. Ich musste mich auch darum kümmern.

Nicht nur die Haut am Gesäß war extrem empfindlich geworden; auch die Haut an den Gliedmaßen war trocken und neigte bei dem geringsten Druck zu Blutergüssen. In ihrem Gesicht zeigte sich schon lange eine offene Stelle, die trotz aller Salben nicht richtig zuheilen wollte. Hatte sich endlich eine neue, zarte Haut gebildet, wurde die manchmal schon bei etwas stärkerem Druck vom Waschlappen oder beim Kämmen wieder aufgerissen. Da diese Verletzung zwischen ihren Augenbrauen und damit sichtbar lag, bemühte Mutti sich, diesen Teil der Stirn durch darüber gekämmte Haare zu verstecken. Wenn sie Besuch bekam, fanden ihre Finger fast automatisch den Weg zu ihrer Stirn, um den Pony über diese Stelle zu ziehen. Ihre Eitelkeit hatte durch ihr hohes Alter am wenigsten gelitten.

Der Antrag auf Höherstufung wurde abgelehnt. In der Auflistung des zeitlichen Pflegebedarfs war aufgeführt: Zeitlicher Aufwand für einen Toilettengang – fünfzehn Minuten; bei fünf Toilettengängen am Tag - fünf mal fünfzehn Minuten - entspricht fünfzehn Minuten Pflegeaufwand, als Zeit für die Mobilisierung angerechnet.

Diese Arithmetik entzog sich meinem Verständnis. Sie war aber die gesetzliche Zeitvorgabe für solche Betätigungen; nur blieb es offen, welche Personen die Grundlage für solche Verrichtungen geliefert hatten. Ein gesunder Mann?

Für den reinen Toilettengang wurde von drei Minuten ausgegangen.

Es gab eine Reihe von weiteren offensichtlichen Fehlbeurteilungen in diesem Bescheid; so wurde festgestellt, dass meine Mutter ihre Wohnung nicht alleine bewohnen würde und dass ihr Badezimmer eine Badewanne enthielte. Beides wäre schon durch Augenscheinnahme als objektiv falsch einzustufen gewesen. Darüber hinaus gab es auch bei den anderen Aussagen Unrichtigkeiten.

Ich ging mit dem Bescheid zur Sprechstunde des Sozialverbandes. Die dort beratende Juristin bestätigte die Richtigkeit dieses Bescheids. Die zu Grunde gelegte Anzahl der Minuten entsprächen den zeitlichen Vorgaben der Richtlinien der Arbeitsgemeinschaft der Pflegekassen.

„Das sind aber doch völlig lebensfremde zeitliche Vorgaben, auf die Bezug genommen wird; die gehören doch korrigiert", meinte ich.

„Es tut mir leid, aber die entsprechen der Rechtslage", argumentierte die Anwältin.

„Dann muss die eben geändert werden; dieser Verband hat doch so viel Mitglieder und müsste diese Stärke doch in deren Interesse ausspielen können!", hakte ich nach.

„Sie können ja klagen, wenn Sie wollen. Aber auf eigene Kappe", bekam ich zur Antwort.

Ich war fassungslos: Fünfundneunzigjährige, die auf den Rollstuhl angewiesen sind, arthritische Finger haben und fast taub sind werden von den gesetzlichen Vorgaben genauso zeitlich behandelt wie Jüngere mit weniger Einschränkungen!

Ich konnte es nicht glauben. Die Vorschriften mussten doch zu ändern sein! Jetzt waren sozialpolitische Initiativen gefordert. Ich war doch nicht Mitglied in einem Sozialverband geworden, um nur geselliges Beisammensein zu organisieren, auch wenn das für viele Mitglieder sicher von großer Wichtigkeit war. Ich wollte doch die Sozialpolitik unseres Landes mitgestalten, genau wie ich auch durch meine kommunalpolitischen Aktivitäten Einfluss auf das soziale Miteinander in unserer Stadt Einfluss genommen hatte. Das Schwergewicht eines so großen Mitgliederbestandes und das fachliche Wissen des Verbandes mussten doch gesetzgeberisch genutzt werden!

Ich versuchte einen entsprechenden Arbeitskreis zu initiieren. Er wurde einmal von der Kreisgeschäftsführung einberufen. Wenn er regelmäßig stattfinden sollte, müsste ich selber die Aufgabe der Vorsitzenden übernehmen und den

Arbeitskreis leiten, bekam ich zu hören. Dazu sah ich mich durch die zeitliche Beanspruchung in der Pflege meiner Mutter außer Stande. Auch fehlten mir für eine solche Aufgabe einiges an rechtlichen Kenntnissen und die geschäftsmäßige Unterstützung eines Sekretariats. Ich kannte mich auch mit dem Internet nicht aus und hatte keinen PC.

Ich schrieb an die Vorsitzende des Gesamtverbandes, nicht einmal, immer wieder, allerdings in Ermanglung einer direkten Anschrift über die Adresse der Verbandszeitung. Ich bekam nie eine Antwort.

Auch ein Bericht über meine persönlichen Erfahrungen bei den örtlichen Vorstandssitzungen hatte außer einer wohlwollenden Zurkenntnisnahme keinen weiteren Erfolg. Die Situation wäre so und nicht anders. Man wolle den Kreisvorsitzenden über mein Anliegen informieren. Der würde sich mit mir in Verbindung setzen. Ich warte heute noch darauf.

Ich legte dennoch Widerspruch ein. Mit der Begründung ließ ich mir Zeit.

In den nächsten Monaten entwickelte sich ein mich sehr belastender Briefwechsel mit der Pflegekasse, der viel Zeit und Nerven kostete und mich zeitweilig fast verzweifeln ließ. Meine Fragen und Argumente wurden von der Gegenseite weder vollständig beantwortet noch berücksichtigt. Auch auf den in Kopie übersandten Bericht des Pflegedienstes, der seit einiger Zeit jeden Morgen zur Grundversorgung zu ihr kam, erfolgte keine Reaktion. Er dokumentierte, dass meine Mutter völlig aufgeregt erzählt hatte, dass zwei fremde Männer in ihrer Wohnung gewesen seien, aber es wurde nicht mit einer Silbe darauf eingegangen, obwohl die Pflegerinnen meine Mutter als verwirrt bezeichnet hatten. Ob sie Halluzinationen gehabt hatte?

Ich hatte bei dem Hausnotrufdienst nachgefragt, ob ein Ruf meiner Mutter in der letzten Zeit bei ihnen eingegangen wäre. Die Mitarbeiter hatten verneint. Von dieser Seite hatte also niemand ungefragt Eingang in ihre Wohnung gefunden.

Konnte meine Mutter etwa manchmal Einbildung und Realität nicht mehr auseinanderhalten?

Verschlechterungen

Inzwischen schaffte Mutti es auch nicht mehr, den Ohrenarzt zu besuchen, bei dem sie halbjährlich vorstellig werden musste, denn ihre Hörgeräte verhinderten den normalen Abtransport des Ohrenschmalzes. Die vielen Treppen zu seiner Praxis waren von ihr nicht mehr zu bewältigen. Ich musste einen neuen HNO-Arzt suchen, der ohne solche Hemmschwellen zu erreichen war.

Die Besuche bei ihm häuften sich. Meine Mutter führte ihre zunehmenden Hörprobleme auf die Unfähigkeit des Akustikers zurück, ihre neuen Hörhilfen richtig einzustellen, obwohl der sie schon jahrelang betreute und sie sich bei ihm immer gut aufgehoben gefühlt hatte. Ich sollte ihre Geräte ohne ihre Begleitung zu ihm zur Überprüfung bringen. Ihre eigene Anwesenheit hielt sie für unnötig.

Es gelang mir nur mit Mühe, sie von der Notwendigkeit eines gemeinsamen Besuchs zu überzeugen. Hatte ich endlich doch einen Termin mit ihr vereinbart, zog sie am festgelegten Tag ihr Einverständnis zurück. Es ginge ihr nicht gut. Ich solle alleine gehen.

Es fiel mir immer schwerer, bei solchen Gelegenheiten ruhig zu bleiben. Ich musste mir allerdings auch eingestehen, dass es für einen so alten und eingeschränkten Menschen schon eine hohe Konzentrationsleistung bedeutete, so lange in der Kabine zu sitzen und die verschiedenen Einstellungsstufen miteinander zu vergleichen, da alles Gehörte ja schon im nächsten Moment

Vergangenheit war und nicht gleichzeitig nebeneinander stand und verglichen werden konnte, anders als bei optischen Wahrnehmungen. Wenn dann noch mehrere Informationen aufgenommen werden mussten, war Mutti einfach überfordert. Mir ging es ja selber schon so.

Die Reinigung der Hörgeräte schaffte sie schon lange nicht mehr selbst, ich musste sie regelmäßig zur Wartung wegbringen und ihr auch einsetzen. Wenn sie es alleine versuchte, pfiffen sie oft durchdringend oder reagierten überhaupt nicht. Dann legte sie die Hörhilfen kurz entschlossen genervt weg.

Auch das Telefonieren gelang nicht mehr. Ich pflegte sie immer morgens anzurufen, wenn ich aufgestanden war oder sie rief mich an. Ein Gespräch mit ihr zu führen, war aber meist nicht möglich. Sie antwortete manchmal aufs Geradewohl, Hauptsache, sie sprach. Meist reichte es mir, sie ihren Namen sagen zu hören, dann wusste ich, dass bei ihr alles in Ordnung war.

Oft telefonierten auch nur ihre Altenpflegerin und ich morgens. Ich war schon zufrieden, wenn ich wusste, dass sie die Nacht gut überstanden hatte.

Auch der Blutdruck spielte bei ihrer Hörfähigkeit eine Rolle; war der sehr niedrig – und er sackte öfter plötzlich ab, was auch früher die Ursache mancher ihrer Stürze gewesen war – hörte sie alles nur undeutlich und hallend. Dann war der Ton plötzlich wieder für sie deutlicher und lauter.

Ihre Gehörgänge waren einfach zeitweilig ganz schlecht belüftet.

Wenn ich dann bei ihr war und ein Telefonanruf einging, hielt sie mir nach ein, zwei Worten den Hörer entgegen. I c h sollte mich mit dem Anrufer unterhalten. Anschließend musste ich ihr den Inhalt des Gesprächs vermitteln.

Die Tasten des Telefons zu betätigen, bereitete ihr immer größere Mühe. Sie hielt manche Tasten zu lange fest, so dass das Display gar nichts mehr anzeigte oder kein Ruf mehr ankam oder sie drückte sie nicht fest genug. Dieses Problem hatte sie auch bei der Bedienung des Fernsehers.

Wenn sie Fernsehen guckte, wählte sie inzwischen wieder genauso extreme Lautstärken wie vorher in Duisburg. Wenn ich sie darauf ansprach, argumentierte sie, das Gerät würde von selbst immer lauter.

In einem hatte sie Recht: Bei den Unterbrechungen der Sendungen durch Reklameblöcke schaltete sich die Lautstärke der Reklame immer auf eine größere Stärke als die gerade laufende Sendung, eine Unart, die bis heute noch nicht bei allen Sendern abgeschafft ist.

Aber ich fürchtete, dass sie mit ihrem lauten Fernsehkonsum Probleme mit den anderen Hausbewohnern bekommen könnte. Einer Anschaffung von Kopfhörern stand etwas anderes entgegen; sie verhinderten die Wahrnehmung wichtiger akustischer Signale, zum Beispiel der Türklingel oder, wichtiger noch, das eventuelle Piepen des Rauchmelders.

Schon lange hatte ich ihr nahe gelegt, außer der Kaffeemaschine und der Mikrowelle kein elektrisches Gerät mehr alleine einzuschalten und sie hielt sich auch daran. Die Kaffeemaschine hatte einen Überhitzungsschutz und war verhältnismäßig ungefährlich, zumal ich ohnehin in absehbarer Zeit wieder bei ihr sein würde. Den Herd brauchte sie nicht selbst zu bedienen, weil ich für sie kochte, außerdem hatte ich jedes Mal, wenn ich ihren Herd benutzte, vorsichtshalber hinterher die zugehörige Sicherung aus dem Kasten ausgeschaltet; aber auch ein alter Kühlschrank oder eine defekte Lampe konnten eine Gefahrenquelle darstellen.

Die Einnahme und Zuteilung von Medikamenten übernahm ich ohnehin schon seit Jahren, weil sie es nicht schaffte, die Tabletten zu teilen oder Tropfen abzuzählen. Ihre manuelle Ungeschicklichkeit stand dem entgegen. Wie sollte sie aber auch diese schwierigen Drehverschlüsse der kleinen Fläschchen öffnen? Kindersicherung – schön und gut - aber sie waren schon für einen Rheumatiker eine unüberwindliche Hürde, geschweige denn für arthritische Finger! Auch wenn die Arthrose nicht im Kopf saß! Und der Fluss der Tropfen aus den Arzneiflaschen war kaum zu lenken. Erst dauerte es furchtbar lange, bis der erste sich löste, und dann steigerte sich das Tempo extrem. Man kam mit dem Zählen gar nicht mehr nach. Auch für Nichtbehinderte und junge Menschen eine Anforderung an Geschicklichkeit und Geduld.

Es fielen mir fast täglich Dinge auf, die alten Menschen das Leben schwer machten. Einhebelwasserhähne ließen sich oft nur schwer auf den gewünschten Wasserdurchfluss einstellen. Manchmal waren besonders Spültischarmaturen so eigenwillig, dass sie, wenn sie sich endlich entschlossen, den Wasserstrahl frei zu geben, dieser mit solchem Druck und Schwall entströmte, dass er Überschwemmungen verursachte.

Eine Nadel einzufädeln oder einen Knopf anzunähen, was zum normalen Alltag einer jeden Frau gehört, wird durch verkrümmte Finger zum unüberwindbaren Hindernis, selbst wenn die Augen ihren Teil bei solcher Tätigkeit noch übernehmen könnten. Marmeladengläser oder vergleichbare Behälter konnte auch ich mit speziellen Hilfsgeräten, welche den Hebel und damit die Kraft vergrößern sollten, manchmal nicht öffnen, so fest waren sie verschlossen. Selbst mein Mann kapitulierte manchmal vor diesem Problem. Wenn man ein Loch in den Deckel machte, ging es zwar etwas leichter, musste aber in Kauf nehmen, dass dann der Inhalt auch schneller verdarb. Kleinpackungen für Alleinlebende waren dagegen unverhältnismäßig teuer.

Es ist demütigend und nervend für die Hilfsbedürftigen, um jeden Handgriff bitten zu müssen. Ich versuchte also, meine Mutter so viel wie möglich selbst machen zu lassen, übte manche Handgriffe öfter mit ihr, alles im Sinne einer aktivierenden Pflege, wie ich die Vertreter der Pflegeeinrichtungen in öffentlichen Sitzungen oder Diskussionen immer fordern hörte. Das dauerte natürlich alles länger, als wenn ich es selbst gemacht hätte. Der erhöhte Zeitaufwand wurde bei der Berechnung des zeitlichen Pflegeaufwandes nicht angerechnet.

Wie oft hatte ich als Teilnehmerin des „Runden Tisches – Pflege" auf Kreisebene schöne

Worte über die Grundsätze der ambulanten und stationären Altenpflege gehört! Vor allem wurde auch dort die aktivierende Pflege gepriesen. Aber nun, als jemand der täglich in diesen Alltag eingebundenen war, fand ich bei den Pflegediensten und - kassen wenig von der Beachtung dieser Grundsätze wieder.

Die von hohem Idealismus getragenen Forderungen in der Altenpflege gab es offenbar nur in der Theorie und fanden bei dem medizinischen Dienst keinen Widerhall. Auch in der praktizierten stationären Pflege erledigte man so manches lieber selber für die Pflegebedürftigen, weil es weniger Zeit in Anspruch nahm, und verursachte damit schleichend größere Abhängigkeit und Hilflosigkeit, was sich vor allem, bei den Bewohnern von Pflegeheimen, später in höherer Einstufung der Pflegebedürftigkeit auswirkte und sich damit für die Heime auch finanziell rechnete.

Ich wurde informiert, dass ein Ausschuss über unseren Widerspruch entscheiden würde. Der Widerspruch wurde abgewiesen. Es lägen keine, die Pflege erschwerenden Faktoren vor. Auch wären keine Schmerzen angegeben worden.

Keine, die Pflege erschwerenden Faktoren! Gehörten hochgradige Schwerhörigkeit und verzögerte Nervenleitfähigkeit nicht dazu? Und was die Schmerzen betraf, danach war meine Mutter gar nicht gefragt worden.

Aber der Krankenkasse lagen die Rezepte mit der Verordnung von starken Schmerzmitteln wie Valoron und Tilidin- Tropfen vor. Wogegen hatte meine Mutter diese Medikamente wohl sonst verschrieben bekommen als gegen starke Schmerzen! Nur war meine Mutter nach Einnahme dieser Mittel noch müder und in höherem Maße sturzgefährdet. Offenbar arbeiteten Pflegekasse und Krankenkasse nicht zusammen, sonst hätte es nie zu einer solchen Aussage des Gutachterausschusses kommen können.

Das Schreiben, welches beinhaltete, dass mit dem Bescheid meinem Widerspruch abgeholfen worden wäre, habe ich nicht unterschrieben aber auch keine Klage erhoben. Ich war verunsichert, nicht nur wegen der rechtlichen Folgen sondern auch wegen der eventuell entstehenden Kosten.

Wer sollte die tragen?

Meiner Mutter wurde in der Begutachtung die Erkrankung an Demenz abgesprochen, dafür Senilität angegeben und in einem späteren Schreiben rückwirkend zum Datum meiner Beantragung auf Höherstufung ein zusätzlicher Betrag von 50 Euro monatlich gewährt, allerdings nur für besonders aufgeführte Leistungen, wie z.B. Fahrtkosten zum Besuch des Demenz Cafés. Wurden hier nicht doch plötzlich Senilität und Demenz miteinander gleichgesetzt oder vermengt?

Ich schaffte es nicht mehr, den Durchblick zu behalten.

Hilflosigkeit

Ich fühlte mich nicht nur durch die Hilfsleistungen bei meiner Mutter und die permanente Sorge um sie belastet sondern zusätzlich durch die rechtlichen Vorgaben und bei der Bewältigung der Bürokratie allein gelassen.

Da meine Mutter wegen der ehemaligen Berufstätigkeit meines Vaters, er war Polizist und damit Landesbeamter gewesen, beihilfeberechtigt war, kam die Notwendigkeit hinzu, regelmäßig Beihilfeanträge für sie zu stellen, da die Pflegekasse nur die eine Hälfte der gesetzlich garantierten Geldleistungen zahlte, die andere aber beim Land eingefordert werden musste. Auch um diese Anträge musste ich mich kümmern, genau wie um die Steuererklärungen.

Ich war hundert Prozent schwerbehindert, zeitlich unbegrenzt, und hätte in vielen Dingen selber Unterstützung gebraucht.

Nun hatte ich praktisch nicht nur zwei Haushalte zu führen sondern übernahm gleichzeitig die Arbeit einer Pflege- und einer Bürokraft. Zum Glück war ich selber noch geistig leistungsfähig, aber was würde jemand mit schlechterer Ausbildung oder gar eingeschränkter, mentaler Leistungsfähigkeit machen?

Nach vielen Telefongesprächen fand ich heraus, dass es in unserem Wohnort eine freiwillige Hilfseinrichtung für pensionierte Polizeibeamte gab, die sich auch auf deren Hinterbliebene erstreckte. Bei einem engagierten Mitarbeiter dieser Organisation fand ich Unterstützung, konnte aber auch erleben, dass die sich laufend ändernden Vorschriften und Formulare selbst die erfahrenen Leute vor Probleme stellten und sie öfter Telefonate mit den Landesbehörden führen mussten, um mit den Antragsformularen klarzukommen. Aber ohne deren Hilfe hätte ich diese Anträge nie korrekt ausfüllen können! Und mit falschen Angaben hätte ich mich am Ende noch einer Regressforderung ausgesetzt, wenn nicht noch schlimmere Vorwürfe eingehandelt.

Ich war dem Beamten für seine selbstlose und freundliche Hilfe zutiefst dankbar. Dennoch lastete allein das Bewusstsein, dass auch diese Schreibarbeit regelmäßig erledigt werden musste, wie ein zusätzliches Gewicht auf meinen Schultern. Was sollte ich tun, wenn diese freiwillige Selbsthilfeeinrichtung einmal geschlossen würde oder keine ehrenamtlichen Mitarbeiter mehr fand??

Ich sah laufend neue Anforderungen auf mich zukommen und entwickelte Angst vor der Zukunft. Wer könnte mir helfen? Mit wem könnte ich über meine Sorgen und Nöte sprechen? Es gab niemanden. Ich fühlte mich völlig allein gelassen, obwohl es doch so viele Menschen gab, die mich unterstützten, die Nachbarn, der Pflegedienst und der nette, pensionierte Polizeibeamte.

Nur von meiner Schwester und deren Mann bekam ich keine Unterstützung im Alltag. Ihr Anteil erstreckte sich im Wesentlichen auf gelegentliche Besuche bei meiner Mutter oder – früher - auf deren Besuche im Saarland.

Freilich wäre die Erledigung des alltäglichen Schriftverkehrs von dort aus auch schwieriger gewesen.

Ich hatte zeitweilig das Gefühl, dass nur noch meine Haut sich nach einem Besuch bei meiner Mutter auf den Heimweg machte, so sehr fühlte ich mich seelisch und körperlich ausgelaugt. Man sah es mir auch an, selbst meine Mutter machte zeitweilig entsprechende Bemerkungen: „Heute siehst du schon wieder etwas besser aus!"

Wie musste ich erst davor ausgesehen haben!

Ich traute mich schon gar nicht mehr unter Menschen, weil ich immer auf meinen reduzierten Zustand angesprochen wurde, natürlich meistens auf meinen Gewichtsverlust. Wie der sich aber vor allem im Gesicht auswirkte, wusste ich genau. Fotografiert zu werden, mied ich daher wie der Teufel das Weihwasser, aber es ließ sich nicht immer verhindern.

Dazu trug ich von Woche zu Woche schwerer an der Verantwortung. Ich konnte immer schlechter schlafen, und war es mir endlich gelungen einzuschlafen, war ich nach eineinhalb Stunden wieder wach und wälzte mich schlaflos hin und her. Ich hörte Sirenengeheul, das aber gar nicht ertönte, ein Telefon, das nicht klingelte; jedes Geräusch im Haus oder in der Wohnung schreckte mich auf. Es gelang mir manchmal kaum, mich auch auf die einfachsten Dinge zu konzentrieren. Selbst das Bedienen der Kaffeemaschine kostete mich geistige Anstrengung. Hatte ich schon vier Messlöffel Kaffeepulver in den Filter gegeben und waren es auch wirklich vier Tassen Wasser, die ich in den Behälter gegossen hatte? Wie oft nahm ich den Filter mit dem Pulver wieder heraus und schüttete das

Wasser zurück, um alles erneut abzumessen! Ich wurde von der Frage gequält, ob ich mich selbst auf dem Wege zur Demenz befand. Ich traute mir nichts mehr zu. Mit anderen Menschen zusammen zu sein, bereitete mir keinerlei Freude mehr, nur Anstrengung. Es war mir alles zu viel. Ich begann, mich von anderen Menschen zurückzuziehen. Ich hatte mit ihnen nichts mehr gemeinsam. Hatte ich mich früher vielleicht manchmal ausgegrenzt gefühlt, war ich es jetzt selbst, die sich abschottete.

Ich wurde von Albträumen gequält. Ich träumte, dass ich mit meinem Wagen durch die Stadt fuhr, durch Straßen, die mir zuerst noch bekannt waren, aber dann immer enger und dunkler wurden; ein Umkehren war nicht möglich, denn hinter mir schloss sich der Weg immer mehr. Auch zu Fuß kam ich nicht weiter. Die Mauern um mich herum wurden immer höher. Voller Verzweiflung suchte ich nach einem Durchlass, einem Ausweg, fand aber keinen. Die Angst wuchs und wuchs. Aufwachen war Erlösung.

Diese Träume der Hoffnungslosigkeit häuften sich und kehrten mit ähnlichen Bildern immer wieder. Alles Vertraute kehrte sich in Gefahr und Einsamkeit um. Hinter jeder Ecke lauerte neues Entsetzen.

Auch sonst schoss mir bei jedem Erschrecken das Blut so in meine Gliedmaßen, dass es wie tausend Stecknadeln stach.

Tagsüber hastete ich von einem Termin zum nächsten, abends stand ich in meiner Wohnung und erledigte für meine Mutter Handwäsche von empfindlichen Kleidungsstücken, Näh- oder Bügelarbeiten. Es gab kein Ende. Nur eine Staroperation und ein Hörsturz hinderten mich für kurze Zeit an der Durchführung mancher abendlichen Arbeiten.

Früher hatte ich immer darauf gewartet, dass meine Schwester zweimal im Jahr Mutti für ein paar Tage zu sich holte. Da die aber immer mehr Probleme hatte, in ein Auto einzusteigen, erst recht in den VW-Bus meiner Schwester, traute auch A. sich einen solchen Transport nicht mehr zu.

Bei der letzten Fahrt zu meiner Schwester hatte meine Mutter unterwegs einmal zur Toilette gemusst und meine Schwester war körperlich völlig überfordert gewesen, ihr beim Ein- uns Austeigen zu helfen. Sie hatte sich geschworen, dass es das letzte Mal gewesen war, dass sie Mutti im Auto mitgenommen hätte.

Erst hoffte ich, dass diese Äußerung nur einer spontanen Regung zuzuschreiben war, musste aber bald erfahren, dass sie es durchaus ernst meinte. In Gedanken sah ich ein weiteres Stück meines ohnehin spärlich bemessenen Freiraums schwinden. Noch nicht einmal eine Woche Durchatmen zu Weihnachten sollte mir bleiben! Ich war doch ohnehin schon völlig verplant. Konnten die doch im Vergleich zu mir so viel jüngeren Verwandten mir diese Woche nicht ermöglichen! Ich war doch nicht die einzige Tochter! Warum blieb alles an mir hängen! Ich trauerte über diese Entwicklung und ärgerte mich gleichzeitig über meine Reaktion, dabei konnte ich noch nicht einmal jemandem einen Vorwurf machen. Ich hatte ja so lange die Verantwortung übernommen, dass alle mich nun auch darin sahen. Es gab für mich kein Zurück.

In gewisser Hinsicht konnte ich meiner Schwester ihre Entscheidung sogar nachfühlen. Auch für mich war es immer problematischer, meine Mutter in meinem Wagen zu transportieren; erst wusste ich nicht, wie ich sie auf den Beifahrersitz setzen sollte, dann gelang es mir kaum, sie wieder aus dem Wagen herauszuholen. Sie litt zunehmend unter Schmerzen, die sich verstärkten, wenn ich versuchte, sie anzufassen oder zu bewegen. Es waren zwei, drei oder auch mehr Anläufe nötig, bis sie es geschafft hatte, einen Fuß so neben das Auto zu stellen, dass sie ein Bein belasten konnte, um auch den Körper aufzurichten, immer fast verzweifelt an mich geklammert, weil sie fürchtete, dass ich sie nicht festhalten konnte.

Wenn ich sie dabei unter den Achselhöhlen fest hielt, spürte ich, wie sie sie zitterte, vor Anstrengung und auch vor Angst, wieder zu fallen und ins Krankenhaus zu müssen. Wenn sie wieder einmal dort eingeliefert würde, fürchtete sie, erst gar nicht mehr nach Hause entlassen zu werden. Von solchen Fällen hatte sie schon öfter in Fernsehsendungen erfahren. Dass solche Ängste nicht völlig unbegründet waren, sollte ich später selber erfahren.

Bei uns zu Hause in W. versuchte ich alle Wege, die meine Mutter selbst zurücklegen musste, mit Hilfe des Rollstuhls zu bewältigen. Das war einfacher, als sie mit dem Auto zu transportieren. Dazu schob ich den Rollstuhl auf die Terrasse, half meiner Mutter hinein, lief um das Haus zurück in die Wohnung, schloss die Terrassentür von innen, die Wohnungstür von außen zu und rannte erneut zu ihr hin – alles im Galopp, weil ich immer fürchtete, sie könnte den Versuch unternehmen, aufzustehen oder sich selbst fortzubewegen und dabei umkippen - um sie dann von der Terrasse herunter, durch den Garten auf die Straße und zu unserem Ziel zu schieben. Dieses Verfahren war zwar sehr umständlich, aber bereitete ihr am wenigsten Schmerzen.

Alle neuen Ärzte oder andere wichtigen Anlaufstellen wurden von mir nur noch nach Rollstuhlerreichbarkeit ausgesucht. Abends beim Ausziehen und den Vorbereitungen für die Nacht sah ich ihre zunehmend kleiner und magerer werdende Gestalt mit Entsetzen. Was war aus meiner schönen, großen Mutter für ein kleines Menschlein geworden! Es tat mir in der Seele weh, sie so zu sehen und ich bewunderte ihre Tapferkeit, mit der sie sich gegen ihren körperlichen Verfall stemmte.

Der Orthopäde, zu dem ich sie einmal brachte und von dessen Wissen ich Unterstützung und Hilfe beim Kampf gegen diesen Prozess erhoffte, behandelte sie voller Mitgefühl und mit viel Geduld. Nachdem er die Röntgenaufnahmen studiert hatte, konnte ich an seiner Miene ablesen, wie er die Schwere ihrer gesundheitlichen Beeinträchtigung beurteilte. Er zog bedauernd die Schultern hoch. Ihm blieb nichts, als ihr noch stärkere Schmerzmittel zu verschreiben, meinte er. Bei ihr waren inzwischen fast alle Wirbel zusammengebrochen.

Die neuen Medikamente bedeuteten jedoch, den Versuch zu unternehmen, den Teufel mit dem Beelzebub auszutreiben. Die Schmerztropfen waren so stark, dass ihre Nebenwirkungen meine Mutter nicht nur extrem schläfrig machten sondern weiter die Sturzgefahr erhöhten. Außerdem fühlte sie sich dadurch verwirrt. Sie beschloss deshalb, darauf zu verzichten und lieber still in ihrem Sessel zu sitzen, alles, was sie brauchte in Griffnähe. Dennoch fand ich sie immer öfter schlafend vor.

Aber immer noch legte sie Wert auf ihre Frisur, ließ sich ihre Fingernägel maniküren und rot lackieren, zog sich die Augenbrauen nach und benutzte Cremes und Parfüm. Mit dem letzteren bediente sie sich so reichlich, dass es mir manchmal im wahrsten Sinn des Wortes den Atem verschlug. Ich bekam kaum Luft, wenn ich, ihren Rollstuhl schiebend, hinter ihr ging oder neben ihr saß oder - noch schlimmer – neben ihr im Auto sitzen musste, aber sie war nicht davon zu überzeugen, sparsamer damit umzugehen. Sie behauptete stets, nur einen Tropfen genommen zu haben, aber während bei mir die gleiche Flasche zwei oder drei Jahre reichte, war ihre nach kurzer Zeit geleert. Es war mir manchmal regelrecht peinlich, wenn ich mit ihr irgendwo hin gehen musste. Wahrscheinlich fehlte ihren Fingern die nötige Sensibilität, um die edlen Tropfen sparsam zu dosieren.

Dieser Mangel zeigte sich auch zunehmend bei ihren anderen kosmetischen Versuchen. Sie trug zu stark auf und malte sich schwarze Balken ins Gesicht.

Die passten so gar nicht zu ihren immer noch klaren, fein geschnittenen Zügen und ihrem ansonsten sehr dezentem Gesamteindruck. Sie wirkte dann wie ein schlecht geschminkter Clown. Aber hier konnte ich mit einem Tuch Abhilfe schaffen, nachdem ich sie von ihrer Ungeschicklichkeit überzeugt hatte. Mit dem Parfüm ließ sich das nicht so leicht rückgängig machen.

Meine Mutter, die immer so viel Wert auf ihr Äußeres gelegt hatte und auch in vielen Bereichen noch legte, musste von mir immer öfter überredet werden, einen anderen Pullover anzuziehen, weil sie geschlabbert hatte oder sich von einer bequemen Hose zu trennen, weil die Kleidungsstücke gewaschen werden mussten. Ich kaufte ihr versuchsweise Schlupfhosen, die sie bis dahin abgelehnt hatte. Inzwischen hatte sie die leichtere Handhabung dieser Kleidungsstücke erkannt und schätzen gelernt. Da brauchte sie keinen Kampf mit Knöpfen und Knopflöchern aufzunehmen und sich mit schwer schließbaren Reißverschlüssen abzugeben. Auch ein Mal etwas aufgeblähter Bauch bereitete keine zusätzlichen Probleme.

Nun war zumindest ein Teil des Anziehens weniger anstrengend und zeitraubend. Den Pullover musste ich ihr einfach abends nach dem Ausziehen entführen, zu Hause waschen, und ihr dafür einen neuen hinlegen. Nach Möglichkeit bezog ich sie in den Prozess des Auswählens mit ein, ließ sie zwischen zwei oder drei geeigneten entscheiden. Es wurde auch immer häufiger nötig zu wechseln, weil es immer öfter passierte, dass ihr eine Ungeschicklichkeit passierte, ohne dass sie es bemerkte, auch wenn sie sich sehr viel Mühe gab.

Seit einiger Zeit wechselte ihre Fähigkeit, Gewürze zu schmecken. Mal war ihr zu viel Salz in einer Wurst, mal fehlte es, obwohl es sich bei industriell hergestellten Speisen immer um die gleiche Mischung handelte und ich beim Probieren keine Abweichung von dem gewöhnlichen Geschmack fand.

Es brachte keinen Erfolg, sie durch Diskussionen von ihrer falschen Beurteilung abzubringen. Ich ließ sie deshalb bei ihrer Meinung.

Hatten ihr früher zwei Stückchen Würfelzucker zum Süßen einer Tasse Kaffee gereicht, waren es inzwischen vier, alles war ihr immer nicht genug oder zu viel. Dabei war sie dennoch nicht anspruchsvoll, nur ihre Fähigkeit zu schmecken, ließ zunehmend nach.

Warme Speisen waren ihr immer zu kalt, weil sie nur noch ganz langsam essen konnte. Ich schuf Abhilfe, indem ich alle Teller vorher in der Mikrowelle anwärmte.

Butterbrote konnte sie ja schon einige Zeit nicht mehr selber schmieren; morgens erledigte die Pflegerin das für sie und abends machte ich es und schnitt sie in mundgerechte Stücke. So konnte sie ihr eigenes Tempo beim Essen halten, ohne sich zu verschlucken und ich war sicher, dass sie auch genügend aß.

Auch kochte ich ihr außer ihrem Kaffee immer etliche große Gläser Tee pro Tag und stellte ihr genügend Mineralwasser in Reichweite. Sie sollte nicht austrocknen. Mein Mann, war hilfsbereit und schleppte für mich die schweren Kästen mit den vollen Flaschen in ihre Wohnung. Die leichteren Plastikflaschen waren für sie ungeeignet, erstens waren sie schwerer zu öffnen, auch die kleinen - und sie brauchte mehrere am Tag davon - und die größeren, weil sie zusätzlich beim Festhalten immer einknickten, und zweitens waren sie mit ihrer Größe für sie absolut unhandlich. Sie waren darüber hinaus durch ihre anderthalb Liter Inhalt zu schwer zu handhaben; der erste Schwall schoss immer geradezu aus dem Flaschenhals und oft genug nicht in das bereit gehaltene Glas sondern darüber hinaus. Sie brauchte also auch in dem Bereich Unterstützung.

Schon lange konnte sie auch die Glasflaschen nicht mehr alleine öffnen; die Hilfsmittel, die ich für sie früher gekauft hatte, dienten nun mir.

War sie im Krankenhaus, fehlte ihr diese Unterstützung, zumindest beim Frühstück. Sie aß und trank dann einfach zu wenig und nahm bei jedem Aufenthalt stark ab. Anschließend musste ich sie zu Hause wieder aufpäppeln.

Immer wieder betonte sie: „Was du alles für mich tust! Ich kann das doch gar nicht wieder gut machen!"

„Aber Mutti, das ist doch nicht der Rede wert!", konnte ich dann nur entgegnen. „Du warst doch auch früher für mich da."

Und das meinte ich auch im Ernst. Wie oft hatte sie nach dem Tod meines Sohnes mir seelischen Beistand gegeben. Und ich hatte danach ohnehin keine Ziele mehr. Aber es ließ sich nicht verleugnen, unsere Beziehung hatte sich umgekehrt. War ich früher das Kind gewesen, für das sie als Mutter sorgte, war sie inzwischen schon lange zu meinem Kind geworden. Und doch durfte ich sie das nicht merken lassen. Die Stufe dazwischen, in der Mutter und Tochter sich wie Freundinnen annäherten, hatten wir nicht durchlebt, vielleicht mit Ausnahme unserer Polenfahrt. Sie hatte zu lange auf ihrer Autorität bestanden und später zu früh - wenn auch vielleicht unbewusst - die hilfsbedürftige Person herausgekehrt. Vielleicht hatten wir drei Töchter aber auch zu dieser Entwicklung beigetragen, indem wir sie nach dem Tode unseres Vaters zu sehr verwöhnten.

Besonders schlimm war es jedoch für mich, wenn sie mich immer fragte: „Was denkst du? Was ist los?", wenn ich ihr gegenüber auf der Couch saß und einmal schwieg. Ich konnte ihr nicht immer alles sagen, was ich dachte. Manches hätte sie traurig gemacht. Die stereotypen Fragen nervten mich. Und doch war es nur ihr unbeholfener Versuch, an meinem Leben teilzuhaben.

Ich animierte sie dann lieber wieder, mir von ihrer Kindheit zu erzählen. Und so hörte ich zum ungezählten Male die Geschichte von der Oma Barbara, die ihr als Kind einmal mit heißer Nadel einen Rock aus dunkelblauem Stoff mit großen Reihstichen fabriziert hatte, ausgeführt mit weißem Nähgarn.

Denn die kleine Grete hatte sich in Omas Kohlenhandlung auf einer Kohlenrutsche vergnügt, und dabei so schmutzig gemacht, dass die Großmutter sich nicht getraute, ihrer eigenen

Tochter das völlig verdreckte Kind zu präsentieren.

Die Oma hatte dann rasch das Kleid gewaschen, trocken gebügelt, und wollte es der Enkelin gerade wieder anziehen, als deren Mutter dazu kam und die Sache auffiel. Offenbar hatte Oma Barbara nicht gut genug auf die Kleine aufgepasst.

Oder sie berichtete, von den gemeinsamen Spaziergängen mit ihren Brüdern, mit dem Ziel, einen Großonkel auf der anderen Rheinseite zu besuchen, der dort eine Süßwarenfabrikation betrieb und von der Seligkeit der Kinder, sich dort nicht nur den Mund sondern auch die Taschen mit leckeren Sachen vollstopfen zu können, bevor sie zu Fuß wieder den langen Heimweg antraten. Dann waren da die Berichte über die Kindheit und Jugend ihres so früh verstorbenen Bruders, dessen Geburtstag und Todestag sie auch in ihrem hohen Alter immer noch erwähnte. Überhaupt wusste sie erstaunlich viele Geburtstage auswendig und verband solche Daten immer mit Berichten über die Personen. Dann wirkte sie überhaupt nicht dement.

Aber oft fielen ihr die sonst geläufigen Namen nicht ein und sie erwartete von mir, dass ich sie an ihrer Stelle nannte.

„Wie heißt der denn noch?", bat sie mich dann um Hilfe.

Durch die langen Jahre der Gemeinsamkeit wusste ich meistens, wen sie meinte, konnte es mir aber manchmal nicht verkneifen, mich unwissend zu stellen, um sie zu weiteren Anstrengungen zu reizen. Es tat dann fast weh, zu sehen, wie sie sich bemühte, bis wir dann gemeinsam das Problem lösten.

Es gab auch die Erzählungen von dem großzügigen Vater, der die Gewähr dafür bot, dass alle Angebote, die in der Schule gemacht wurden, eine Theateraufführung oder einen Zirkus zu besuchen von den Geschwistern gleich angenommen werden konnten, ohne erst zu Hause nachzufragen. Sie freute sich immer, wenn sie von ihrem Vater berichten konnte, und ich konnte ihr ansehen, wie ihre Kindheit vor ihrem inneren Auge wieder erstand. Die meisten der Geschichten kannte ich schon, aber ab und zu fiel ihr eine neue ein.

So erfuhr ich von zwei Verwandten, die in der Nähe ihrer Oma Barbara gewohnt hatten, und von denen die eine Frau sechzehn die andere sogar zweiundzwanzig Kinder hatte. Meine Mutter erinnerte sich gut, dass immer eines dieser Kinder ihr Gesellschaft geleistet hatte und es für sie deswegen bei ihrer Oma nie Langeweile gab. Nur die Namen der Familien waren ihr entfallen. Aber wenn man bedenkt, dass die Oma Barbara starb, als meine Mutter fünf Jahre alt war, ist das nicht verwunderlich.

Ich musste an die Frauen von heute denken, die oft mit zwei oder drei Kindern und Haushalt trotz modernster Hilfsmittel schon oft überfordert sind. Ich durfte sie diese Gedanken nur nicht spüren lassen, sonst hätte Mutti sich wieder in endloser Kritik an meiner Schwiegertochter ausgelassen, die nie Wert darauf gelegt hatte, eine gute Hausfrau zu sein und das einmal in ihrer Anwesenheit auch ausgesprochen hatte.

Aber dass sie ihre Großmutter so geliebt hatte wie ich meine, habe ich nicht aus ihren Worten entnehmen können; dafür ist wohl auch diese Oma zu früh gestorben, damals, an der Spanischen Grippe, die nach dem ersten Weltkrieg grassierte.

Für mich aber war der Gedanken an meine verstorbene Großmutter ein Antrieb, manchmal die Zähne zusammen zu beißen, wenn die Pflege meiner Mutter mir arg viel abverlangte. Ich sagte ihr dann im Stillen: „Oma, ich kümmere mich um dein Kind."

Oft genug war ich es aber auch, die Mutti still gegenüber saß und sie betrachtete, wenn ihr die Augen wieder zugefallen waren. „Wie schwer muss es doch sein, so alt zu werden!", schoss es mir dann durch den Kopf, „ich weiß nicht, ob ich das möchte. Und wer würde sich wohl um mich kümmern?"

Wenn ich dann aber Anstalten machte, aufzustehen, um nach Hause zu gehen, war Mutti sofort wieder wach und fragte, weshalb ich schon gehen wollte.

Ich musste dann manchmal für sie einen Grund erfinden, den sie auch akzeptierte. Das waren immer Termine wie Kegeln oder eine politische Veranstaltung. Davon hätte sie mich nie abgehalten, vom Kegeln nicht, weil sie das selber lange mit viel Leidenschaft betrieben hatte, von den anderen Terminen nicht, weil sie ihr Respekt einflößten.

Aber wenn sie Besuch von Verwandten bekam, der mich von meiner Rolle, die Gesellschafterin zu spielen für ein paar Stunden freigestellt hätte, meinte sie immer, es müsse doch auch mir Vergnügen bereiten, diese Leute zu treffen. Nicht immer konnte und manchmal wollte ich mich nicht vor diesen Treffen drücken. Außerdem brauchte sie ja Hilfe bei der Vorbereitung dieser Besuche.

Tisch decken und Kaffee kochen konnte sie schon lange nicht mehr alleine; darüber hinaus musste ich natürlich einkaufen und ihr helfen, die mit solchen Besuchen verbundene Aufregung zu bewältigen. Sie hatte immer Angst, dass ihr Angebot nicht präsentabel genug war und ich musste diese Furcht beschwichtigen. Schließlich durfte ich noch den Empfangschef spielen.

Wenn das Ereignis dann überstanden war, schwärmte sie allerdings in höchsten Tönen davon und zehrte noch lange von der Erinnerung.

Familienfeier

Im Sommer war eine von Muttis Enkelinnen selber Mutter geworden. An der Hochzeit, ein Jahr davor, hatte die inzwischen sechsfache Uroma noch selbst teilnehmen können. Meine Schwester hatte sie vorher abgeholt und sie war schon einige Zeit im Saarland, so dass sie nicht den Stress der Reise und Feier an einem einzigen Tage bewältigen musste. Wir schliefen alle in dem Hotel, in dem das Hochzeitsessen eingenommen wurde, damit die Gesellschaft ohne Störung durch den vielleicht vorzeitigen Rückzug einiger Gäste, feiern konnte. Meine Mutter saß natürlich mit an dem großen, runden Tisch der engsten Familie, mit meiner Schwester, meinem Schwager und deren Kindern mit Partnern und anderen Angehörigen, ich ganz in der Nähe mit meinem Neffen aus München, dessen Frau und ihren zwei Kindern und anderen Gästen an einem Nebentisch.

Die Hochzeitsfeier fand in einer sehr gepflegten und anspruchsvollen Umgebung statt und der Stolz darüber leuchtete meiner Mutter aus den Augen. Wenn sie jedoch Hilfe brauchte, zum Beispiel beim Gang zur Toilette, griff sie auf mich zurück. Das war in den Augen aller selbstverständlich.

Mutti und ich bildeten ein Team.

Das zeigte sich auch bei der Zimmerverteilung. Wir schliefen in einem Raum und ich brachte sie selbstverständlich zu Bett.

Großzügigerweise hatte Mutti für uns beide die Übernachtungskosten übernommen. Dafür war sie auf der Rückfahrt Beifahrerin meines Sohnes.

Nun war die junge Braut von damals Mutter geworden und sie ließ es sich nicht nehmen, der Oma ihr neues Urenkelkind zu präsentieren. Das süße kleine Mädchen auf dem Arm zu halten, war unbestreitbar für Mutti einer der Höhepunkte dieses Jahres. Natürlich konnte ich sie auch an einem solchen Ereignis nicht allein lassen. Sie brauchte doch auch jemandem, mit dem sie sich später darüber austauschen und in Erinnerungen schwelgen konnte!

Die Ereignisse, die Abwechslung in Muttis Leben brachten, wurden immer seltener. Seit mein Sohn ein eigenes Haus bezogen hatte, kamen auch die Urenkel nicht mehr so oft, deren kurze Besuche sie nicht nur erfreut sondern auch oft amüsiert hatten. So hatte einer ihrer Urenkel auf dem Weg zur Oma Grete Gänseblümchen gepflückt die er ihr schenken wollte. Alle schön kurz, wie kleine Kinder es tun, direkt unter der Blüte abgepflückt. Da er daraus kein Sträußchen mehr machen konnte, hatte er sie alle kurz entschlossen in seine Manteltaschen gesteckt. Bei der Uroma angekommen suchte er sie dann mit spitzen kleinen Fingerchen einzeln aus seinen Taschen und legte sie Mutti freudestrahlend in den Schoß. Das war so ein Erlebnis, bei dem sie noch aus vollem Herzen lachen konnte, nicht nur vor Freude über das Geschenk sondern auch voller Amüsement über die Ungeschicklichkeit des kleinen Burschen und gleichzeitig gerührt und erfreut, dass er an sie gedacht hatte. Noch oft erzählte sie schmunzelnd von diesem Vorfall.

Es war der Kleine, um den wir bei seiner schwierigen Operation so gebangt hatten, der ihr die geköpften Gänseblumen geschenkt hatte.

Später sah ich sie kaum noch lachen, und wenn - immer nur beim Anblick der Urenkel.

Mit zunehmender Hilfslosigkeit war auch die Unruhe, die nun drei kleine Kinder mit sich brachten, für sie schwerer zu ertragen. Vor allem fürchtete sie immer, dass die Kleinen sich in ihrer Wohnung stoßen oder sonst wie verletzen konnten. Sie musste sich zeitweilig mühsam beherrschen, um ihre Angst nicht allzu deutlich zu zeigen. Sie saß dann zitternd und mit den Händen wild gestikulierend in ihrem Sessel und war verbal kaum zu erreichen; sie atmete erst auf, wenn der Besuch wieder gegangen war. Dann aber schwelgte sie in den höchsten Tönen über die niedlichen Kleinen. Sie neigte immer noch dazu, manche Dinge absolut unkritisch nur positiv zu sehen und andere wiederum in gleichem Maße negativ. Insgesamt war sie jedoch überwiegend gutmütig und gutgläubig. Es fiel mir schwer, in ihr irgendeine Art von Bösartigkeit zu erkennen. Bis auf die Behandlung ihrer Putzhilfe; aber auch da schwankte sie zwischen Freundlichkeit, ja Großzügigkeit, und Nichtbeachtung.

Verantwortung

An einem Freitag klingelte bei mir frühmorgens das Telefon. Es war das Krankenhaus, das sich bei mir meldete. Meine Mutter war einmal wieder gefallen und von den Mitarbeitern ihres Hausnotrufdienstes gefunden und ins Krankenhaus gebracht worden. Verdacht auf Oberschenkelhalsbruch und Gehirnerschütterung. Zudem hatte sie eine große Platzwunde auf dem Kopf. Als ich in der Klinik ankam, lag sie bereits auf einer Station. Sie war ohne meine Begleitung durch die einzelnen Untersuchungsstationen geschleust worden, total aufgeregt, gereizt und reagierte aggressiv. Ich versuchte sie zu beruhigen, aber sie hatte es in der kurzen Zeit schon geschafft, sich nicht nur Freunde zu machen. Das Personal war deutlich genervt.

Meine Mutter verlangte, ich solle sie unverzüglich mit nach Hause nehmen, aber wegen der Gehirnerschütterung war mir das Risiko zu groß.

Der Oberschenkelbruch war inzwischen ausgeschlossen worden. Aber weshalb sie gefallen war, konnte nicht ermittelt werden, nur dass ihre Pupillenreaktion nicht in Ordnung war. Der Stationsarzt konnte meine ablehnende Haltung nachvollziehen und riet auch, sie noch ein paar Tage zur Beobachtung dazubehalten bis die Diagnose gesichert wäre. Ich sollte mich aber bei dem Pflegeüberleitungsdienst des Krankenhauses melden. Man hätte schon für den späten Vormittag einen Termin für mich vereinbart.

Als ich dort erschien, erklärte mir die Leiterin, meine Mutter gehöre ins Heim. Es wäre für mich nicht weiter zu leisten, sie zu pflegen. Ich war sofort innerlich auf Abwehrstellung, weil ich daraus einen unausgesprochenen Vorwurf hörte, dass der erneute Sturz meiner Mutter auf mangelnde Aufsicht durch mich zurückzuführen wäre, dabei hatte der medizinische Dienst bei seinen Besuch stets die gute Versorgung meiner Mutter durch mich bestätigt. Ich war inzwischen auch schon extrem dünnhäutig geworden und ging innerlich in Abwehrhaltung.

Sie fuhr jedoch fort, wenn ich mich nicht an ihren Rat hielte, würde ich eher das Zeitliche segnen als meine Mutter. Meine Mutter wäre zu problematisch in ihrer Behandlung; damit meinte sie nicht die somatischen sondern die psychischen Probleme. Verständnis für die seelische Ausnahmesituation einer gestürzten Greisin, die zudem unter starken Schmerzen litt und dem ganzen Krankenhausapparat mit seiner Aufnahmesituation fast taub und ohne persönlichen Beistand ausgesetzt war, zeigte sie nicht.

Ich vereinbarte nach einiger Diskussion mit ihr, die Entscheidung nicht ohne eingehende ärztliche Beratung und Besprechung mit meiner Mutter zu treffen. Ohne ihr Einverständnis und gegen ihren Willen würde ich nichts entscheiden. Zunächst sollte meine Mutter über das Wochenende noch im Krankenhaus bleiben. Ich ging davon aus, dass sie sich schon wieder beruhigen würde.

Am Freitagnachmittag brachte ich Mutti die nötigen Utensilien die sie brauchte wenn sie noch ein paar Tage stationär blieb, vor allem ihre Hörgeräte.

Mein Mann begleitete mich ins Krankenhaus weil ich einiges zu tragen hatte. Auch er redete auf meine Mutter ein, geduldig zu sein, und noch ein paar Tage auszuhalten. Ich hoffte immer noch, eine Anerkennung auf höheren Pflegebedarf meiner Mutter durchsetzen zu können und durch Einkauf von mehr Pflegedienstleistungen, sie in ihrer gewohnten Umgebung weiterleben lassen zu können. Am Montag sollte ich mich zu einem weiteren Gespräch mit der Pflegeüberleitung zusammensetzen.

Am nächsten Morgen erkundigte ich mich bei meinem Besuch auf der Station, ob inzwischen Aussagen zu ihrem Gesundheitszustand gemacht werden konnten. Man bedauerte, die Visite wäre schon gewesen und das Pflegepersonal dürfe mir nichts sagen. Ich fragte nach dem Stationsarzt.

Es wäre jetzt keiner da, er habe frei, erst am Nachmittag wäre eine Ärztin zu sprechen. Ich verlangte den diensthabenden Arzt zu sprechen.

Nach Stunden kam der aus der Notaufnahme. Er war offensichtlich gestresst, was kein Wunder war, zeigte sich kaum informiert, meinte aber, ich könne meine Mutter mit nach Hause nehmen. Der Verdacht habe sich nicht bestätigt. Ich konnte es nicht glauben.

Ob er das Krankenblatt nicht richtig gelesen hatte, oder waren die Absprachen mit dem Pflegeüberleitungsdienst nicht schriftlich festgehalten worden? Die Aussagen des Arztes widersprachen nicht nur denen seines Kollegen vom Vortag sondern berücksichtigten auch nicht die gefassten Vereinbarungen.

Die Diskussion mit dem Arzt wurde im Krankenzimmer meiner Mutter geführt. Auch wenn der Tonfall auf beiden Seiten höflich und zurückhaltend war, spürte meine Mutter doch, dass wir unterschiedliche Meinungen hatten und guckte ängstlich von einem zum anderen. Sie konnte weder akustisch noch inhaltlich verfolgen, worüber wir uns unterhielten. Es war ihr aber deutlich anzusehen, dass ihr das Ganze nicht behagte. Natürlich wollte sie später wissen, um was es gegangen wäre und ob sie jetzt mit nach Hause könnte. Sie war noch nie gerne im Krankenhaus gewesen und dieser Aufenthalt gefiel ihr absolut nicht. Keiner kümmerte sich um sie, die Tür stand die ganze Zeit auf, sie sah sich ihrer Privatsphäre beraubt, ihre Zimmernachbarin stöhnte in einem fort laut und röchelte; sie fand das alles unerträglich. Ich versuchte, jemanden von der Pflegeüberleitung zu erreichen, natürlich ohne Erfolg. Es war Samstag.

Ich vertröstete meine Mutter auf den Nachmittag und verabredete mich für fünfzehn Uhr, dann würde eine Stationsärztin anwesend sein, hatte man mir zugesagt. Mein Mann hatte mich die ganze Zeit begleitet und war Zeuge dieser Gespräche.

Um fünfzehn Uhr erwartete uns eine Ärztin, die weder fließend Deutsch sprach noch über die Patientin voll informiert war. Sie bestätigte uns aber, dass wir meine Mutter mit nach Haus nehmen konnten. Einen Entlassungsbrief hatte sie schon vorbereitet. Wir waren total überrascht.

Als wir den durchlasen, fiel mir auf, dass sich darin der Vermerk fand, dass meine Mutter auf unser Verlangen und unsere Verantwortung entlassen würde.

Ich war empört und weigerte mich, diesen Brief zu akzeptieren. Unter diesen Umständen wollte ich meine Mutter nicht mit nach Hause nehmen. Die Ärztin reagierte erregt. Sie habe das so formuliert, weil meine Mutter sich geweigert habe, das Krankenhaus zu verlassen.

Das stimmte nun überhaupt nicht, passte auch von der Logik weder zu der Vorgeschichte noch zu der Entscheidung. Das Gegenteil war der Fall. Sie hätte liebend gerne sofort das Krankenhaus verlassen, nur waren meine Absprachen mit der Pflegeüberleitung anders und auch wollte ich nicht die Verantwortung für die Abweichung von der Vereinbarung übernehmen. Ich verlangte einen neuen Entlassungsbrief. Mein Mann unterstützte mich. Ich konnte doch nicht eine sechsundneunzigjährige Greisin mit großer Kopfwunde, die zwar genäht aber mit einer dicken Mullkompresse versehen war und bei der noch am Tag zuvor eine Gehirnerschütterung diagnostiziert war, mit nach Hause nehmen und dafür auch noch die Verantwortung tragen. Entweder ein korrigierter Brief oder meine Mutter blieb stationär.

Die Diskussion wogte hin und her. Die Tonlage wurde lauter.

Zufällig kam der Verwaltungschef des Krankenhauses, den ich gut kannte, gerade vorbei. Er war dabei einem Verwandten die Klinik zu zeigen. Ich sprach ihn an und versuchte ihn, in die Entscheidung mit einzubeziehen. Er lehnte ab; mit medizinischen Fragen habe er nichts zu tun.

Er hatte Recht. Aber seltsam, kaum war er gegangen, bekam ich einen korrigierten Entlassungsbrief. Jetzt war auch die Diagnose „Gehirnerschütterung" wieder zu lesen, dagegen hätte sich der Verdacht auf Oberschenkelhalsbruch nicht bestätigt. Auch stand in dem Schreiben nichts mehr von eigener Verantwortung oder Entlassung auf eigenen Wunsch.

Aber mein Vertrauen in das Krankenhaus war nun erschüttert.

Meine Mutter aber war glücklich, wieder nach Hause zu kommen. Das Wochenende verbrachte ich natürlich in Muttis Wohnung. Mir stand am Montag noch der Besuch bei dem Pflegeüberleitungsdienst des Krankenhauses bevor.

Ich begab mich mit klopfendem Herzen dahin, nur mühsam beherrscht. Ich hatte keine Lust, mir noch einmal Vorhaltungen anzuhören, die zwar professionell gesehen berechtigt aber von der Theorie bestimmt waren. Und wo war die Professionalität des Personals bei der Weitergabe von Absprachen geblieben?

Was wussten diese verhältnismäßig jungen Frauen über das gemeinsame Durchstehen schwieriger Lebenssituationen von Mutter und Kind in Kriegs-und Nachkriegszeit und den daraus entstandenen Bindungen? Es hätte mir bereits geholfen, wenn ich nicht dieses Hin und Her mit Entlassungszeitpunkten und Übernahmen von Verantwortung hätte erleben müssen. Ein bisschen mehr Aufrichtigkeit und Verständnis für alte Menschen, die durch Sturz und Schmerzen schon genug verstört waren und die Aufnahmesituation in einem Krankenhaus ohne vertrauten

Beistand überstehen mussten, hätte ich mir gewünscht. Ich war verärgert genug, um mich bei der Verwaltung des Krankenhauses ausdrücklich zu beschweren.

Das nächste Mal würden wir ein anderes Krankenhaus auswählen.

Es war aber letztlich nicht die alleinige Schuld des Krankenhauses, dass dieser Aufenthalt so unglücklich verlaufen war. Die Ursache lag vielmehr im System.

Erfolgten früher die Abrechnungen über die Menge und Qualität der erbrachten Leistungen, verlagerte sich deren Grundlage dann auf die Anzahl der Liegetage und später auf die Fallpauschalen. Das führte zu dem Bestreben, die Liegezeiten so weit wie möglich zu verkürzen, um die Betten für den nächsten Patienten frei zu haben und erneut belegen zu können. Da gleichzeitig die Neigung, immer schneller stationäre Hilfe in Anspruch zu nehmen, gestiegen war, wurden die Betten immer schneller umgeschlagen, die Verweildauer verkürzt, zum Nutzen des Krankenhausetats und zu Lasten der schwächeren Patienten, die sich nicht wehren konnten, und das waren vor allem die Alten. Dabei wurde die Aufnahmesituation, in der berechtigten Hoffnung nur keine Verletzung oder Erkrankung zu übersehen und sich am Ende gar einem rechtlichen Vorwurf auszusetzen, immer mehr von langwierigen Labor- und Gerätediagnostik bestimmt und der Zeitpunkt herausgezögert, bis der Patient sich endlich in einem Bett gut aufgehoben fühlen und entspannen konnte. Das konnte bei traumatisierten alten Menschen schon zu ungeduldigen und auch aggressiven Reaktionen führen.

Nicht immer war ein naher Angehöriger oder sonst vertrauter Mensch dabei, wenn die Patienten in der Notaufnahme ihren ersten Untersuchungsmarathon zu überstehen hatten.

Ich hatte mehr als einmal an so einem Aufnahmemarathon als Begleitperson meiner Mutter teilgenommen und konnte erleben, wie dieses Geschehen auf einen alten, hilflosen Menschen wirkte. Da stand zuerst der Transport im Krankenwagen an, für eine Person im Greisenalter schon ein sehr aufregender Prozess, auch wenn die Rettungssanitäter ihr Bestes geben und einfühlsam und beruhigend mit dem Patienten umgehen. Allein schon die Fremdheit des Fahrzeugs, die nicht zu übersehende, technische Ausstattung ist beängstigend für jemanden, der das zum ersten Mal erlebt. Wie tut es dann gut, wenn eine vertraute Person neben dem Kranken sitzt, seine Hand hält und mit ihm spricht.

Im Krankenhaus angekommen erfolgte langes Warten in einem überfüllten Warteraum, mit noch nicht gedämpften Schmerzen, in einem Krankenfahrstuhl sitzend oder in einem Behandlungsraum der Notaufnahme auf einer Liege. Es dauert, bis sich jemand kümmert. Die Warterei ist nerv tötend und erscheint endlos, wenn nichts passiert. Vorsichtiges oder höfliches Nachfragen, wann der Patient aufgerufen wird, nutzt nichts. Alles geht seinen gewohnten Gang und ist für den Außenstehenden in seiner Logik nicht erkennbar. Das soll kein Vorwurf an das Personal der Notaufnahme sein, aber in dieser Zeit dehnen sich Minuten zu Stunden.

Irgendwann kommt dann jemand, der die Umstände, die zu der Aufnahme führten, erfragt, die Personalien aufnimmt, vielleicht sogar allgemeine Fragen stellt, nach Alter, Familienstand, usw., den Blutdruck misst – der ist natürlich während der Zeit gestiegen - in die Augen leuchtet, versucht, Blut abzunehmen -versucht! Denn vor lauter Schreck, verstärkt durch die Spuren des Alters, gelingt das nicht immer gleich. Immer neue Stellen werden angestochen, ohne Erfolg, aber immer schmerzhafter.

Ich konnte manchmal gar nicht mehr hinsehen, bei dieser Quälerei und den dicken, blauen Beulen, die an Armen, Handrücken und manchmal auch an den Füßen von diesen Bemühungen zeugten. Tage später waren noch große Stellen blutunterlaufen und mussten mit Kühlkompressen und Salbe behandelt werden. Meine Mutter war so tapfer dabei, konnte aber manchmal einen Schmerzenslaut nicht unterdrücken. Wir mussten es sogar erleben, dass die Mitarbeiter des Krankenhauses schließlich ihre Bemühungen aufgaben und einen Spezialisten von einer anderen Klinik zur Hilfe holten.

Ein solcher Vorgang half nicht gerade, das Vertrauen zu der Einrichtung, in der man sich befand, zu stärken.

Die Gespräche des medizinischen Personals erfolgten über den Kopf des Betroffenen hinweg, für Mutti nicht nur aus akustischen Gründen unverständlich. Das löste Ängste aus. War ich dabei, fragte sie bei mir nach, und ich versuchte für sie zu dolmetschen.

Aber was ging in ihr vor, wenn ich nicht dabei war? Die normale Reaktion auf Angst sind Fluchtgedanken oder die Weigerung, im Krankenhaus zu bleiben. Als Begleitperson musste ich mit Einfühlungsvermögen und Bestimmtheit, diese Gedanken verweisen.

Dann ging es zum Röntgen. Wieder langes Warten, Frieren im ausgezogenen Zustand, deutlich erlebte Hilflosigkeit, Ausgeliefertsein, erneut fremde Personen, wenn auch freundlich, so doch aufregend. Nach dem Röntgen erneutes Warten. Wenn eine äußerlich erkennbare Verletzung vorlag, musste die versorgt werden, mit örtlicher Betäubungsspritze und Naht oder Gips.

Erneutes Warten, mehrmals kamen fremde Ärzte oder Schwestern in den Behandlungsraum, oft wortlos, nur um irgendwelche Sachen heraus zu holen. Der Patient fühlte sich nicht wahrgenommen, übergangen. Dann noch ein EKG oder vielleicht zusätzlich ein EEG, letztes bei Kopfverletzungen sicher notwendig aber ein beunruhigendes, neues Erlebnis.

Der Vormittag war vergangen, bis ein Zimmer mit Bett gefunden wurde.

Wieder neue Leute, Mitpatienten. Wenn der Unfall früh morgens stattfand, stundenlang ohne Frühstück, mit etwas Pech ist auch das Mittagessen schon vorbei.

Ein junger Mensch hat schon Probleme mit dem Aushalten der gesamten Prozedur und ist am Ende erschöpft, ein alter hilflos und total überfordert. Reagiert er nicht, wie man es von ihm erhofft, ist er schon abgestempelt als wenig kooperativ. Reagiert dann das Krankenhauspersonal gereizt, schaukelt sich die Situation auf, der Patient verhält sich nicht wie erwartet. Es liegt dann schnell nahe, eine mentale Beeinträchtigung anzunehmen.

Sicher ist das alles nötig, um Fehldiagnosen zu vermeiden, für das Krankenhaus ist es Routine. auch eine rechtliche Absicherung, aber für den alten Patienten d i e Ausnahmesituation. Kommen dann noch sprachliche Verständigungsprobleme dazu, reagiert er unter Umständen wie ein wildes Tier, das in die Enge getrieben wird. Ohne vertraute Menschen an seiner Seite kann er das nicht aushalten. Man würde ein kleines Kind ja auch nicht in so einer Situation allein lassen!

Früher hat man die Menschen schneller auf ihre Station gebracht, und von dort wurde ihnen zu den einzelnen Untersuchungen eine Schwester zur Begleitung mitgegeben. Sicher ist das heutige Vorgehen medizinisch gesehen professioneller. Aber hilft es immer dem Patienten?

Es gibt geriatrische Abteilungen in denen auf die besonderen Bedürfnisse der Senioren eingegangen wird, aber die Patienten werden erst nach der Aufnahmeprozedur dahin gebracht. Sicher wäre eine frühere Beteiligung dieser Fachkräfte schon wünschenswert.

Je ausgefeilter die medizinische Technik wurde, umso mehr trat die menschliche Zuwendung in den Hintergrund. Was sich auf der einen Seite als Fortschritt darstellte, erwies sich auf der anderen Seite als Verlust. Selbst für mich, als

Begleitperson, war dieser ganze Ablauf anstrengend, körperlich wie psychisch, obwohl ich das alles aus eigener Erfahrung als Patientin und Mitarbeiterin in einem Krankenhaus kannte. Aber Theorie und Praxis sind zwei verschiedene Dinge; nicht umsonst sind Ärzte und Krankenschwestern die schwierigsten Patienten.

Ich habe durchaus Verständnis für die Situation des Krankenhauses; das Pflegepersonal steht immer unter dem Druck, medizinisch nichts zu übersehen und sich nicht rechtlichen Vorwürfen ausgesetzt zu sehen; die Verwaltung versucht mit dem finanziellen Rahmen auszukommen und die Attraktivität des Hauses zu wahren oder zu steigern. Bloß nicht in die roten Zahlen geraten!

Wie oft hatte ich Geschäftsberichte des kaufmännischen Leiters mir selber mit großer Aufmerksamkeit angehört. So viele Arbeitsplätze hingen davon ab, lange Zeit auch meiner.

Belegzahlen sind wichtig, eine kurze Verweildauer trägt zur Prosperität der Krankenhäuser bei. Die Senkung der durchschnittlichen Verweildauer wird als großer Erfolg der Leitung gepriesen. Der Patient ist nur ein Teil des Systems, und oft der schwächste.

Immer wieder wird versucht mit neuem Gesetzgebungsverfahren die wirtschaftlichen Probleme des Gesundheitswesens zu beheben. Und kaum ist ein neues Gesetz in Kraft getreten, erweist es sich schon als unzulänglich, reformierungsbedürftig. Es ist wie bei einer zu kurzen Bettdecke, die mal die Schultern – mal die Füße frieren lässt.

Manchmal frage ich mich, ob wir nicht einen unmöglichen und überflüssigen Spagat versuchen. Die gesunde Psyche eines Menschen trägt auch zu seiner Genesung bei. Medizinischer Fortschritt ist nicht alles.

Auf einem Kalenderblatt habe ich in jungen Jahren einmal einen Spruch gelesen: Fortschritt ist, wenn unsere Kinder nicht mehr an Kinderkrankheiten sterben, sondern stattdessen von Autos überfahren werden.

Wohin entwickeln wir uns in unserem Gesundheitssystem?

Auszeit

Im Herbst stand mein siebzigster Geburtstag bevor. Ich stand vor einem Problem. Zusammen mit meiner Mutter feiern ging nicht - sie hätte eine solche Feier nicht mehr durchgestanden - ohne sie feiern noch viel weniger. Was tun?

Ich besprach die Angelegenheit mit ihr und sie erklärte sich letztlich damit einverstanden, dass ich an dem Tag verreist sein würde, und so meldete ich mich für eine mehrtägige Busfahrt an. Die wollte ich mir selber zum Geburtstag schenken.

Die Geburtstagsfeier würde ich später mit ihr, Freunden und Verwandten bei einem Brunch nachholen. Meine Mutter sollte während meiner Abwesenheit in einer Kurzzeitpflegeeinrichtung wohnen. Zehn Tage müsste sie schon aushalten. Nach langen, intensiven Gesprächen gab sie ihre ablehnende Haltung auf. Mir zuliebe willigte sie ein. Sie hatte selber den Eindruck, dass ich mich dringend einmal etwas erholen müsste.

Ich suchte einen Platz für die Kurzzeitpflege und fand ein Pflegeheim in einem Nachbarort, das erst kürzlich eröffnet worden war und genügend Kapazität hatte, sie für die Zeit aufzunehmen. Im Pflegeportal war es hervorragend bewertet.

Ich fuhr mit meiner Mutter dahin, damit sie sich einen Eindruck verschaffen konnte. Die Pflegerinnen und das Gebäude waren freundlich, nur das angebotene Zimmer wirkte, wenn auch hell, recht unpersönlich. Vielleicht lag das daran, dass es nicht bewohnt war, jedoch die Pflegerinnen erklärten sich bereit, auch Muttis Wunsch nach einem Liegesessel zu entsprechen, wie sie ihn von ihrem Alltag her gewohnt war. Es war zwar nur einer auf der Station vorhanden, aber den wollte man für sie reservieren. Auch dem Wunsch meiner Mutter, nur von weiblichem Personal betreut zu werden, war man bereit zu entsprechen.

Das einzige, was mich stark störte, war der Geruch der Nasszelle. Es roch dort streng und muffig, aber ich konnte nicht feststellen, woher das kam. Ich glaubte, dass dieser Geruch auf seltenen Gebrauch der Dusche zurückzuführen war und hoffte, wenn meine Mutter sie erst ein paar Mal benutzt hätte, würde der Geruch sich verflüchtigt haben. Außerdem bot dieser Aufenthalt auch ihr die Möglichkeit, diese besondere Körperpflege ausgiebig mit Hilfe des Personals zu üben, weil sie dort nicht den für sie problematischen Einstieg in eine Duschtasse zu bewältigen hatte.

Ganz tief in meinem Hinterkopf rotierte der Gedanke: „Vielleicht gefällt es Mutti dort ja so gut, dass sie immer da bleiben will!" Nur wusste ich nicht, ob ich mich gegebenenfalls über eine solche Entscheidung freuen sollte.

Einen Tag vor Antritt meiner Reise brachte ich sie abends dort hin. Der Sessel stand nicht in ihrem Zimmer. Ich musste erst selbst wieder auf die Suche nach ihm gehen und dafür sorgen, dass er in ihren Raum gebracht wurde, eine kleine Unbequemlichkeit nur, doch hoffentlich kein schlechtes Omen für den Rest des Aufenthalts. Meine Mutter zeigte sich zufrieden, als er dann endlich in ihrem Raum stand und auch darüber, dass sie das Zimmer mit niemandem teilen musste.

Es wurde Zeit zum Abendessen. Mutti weigerte sich, das Essen mit den anderen Heimbewohnern im Speisesaal einzunehmen. Sie wollte alleine auf ihrem Zimmer essen. Ich versuchte, sie zu einer anderen Entscheidung zu überreden. Alleine sie blieb stur. Die Schwester beruhigte mich, das wär nur am ersten Tag so; das würde sich morgen schon ändern. Sie würde die Gesellschaft der anderen Bewohner noch schätzen lernen. Ich hoffte das auch, kannte ich sie doch von früher als aufgeschlossen und gesellig. Nur, es war auch schon einige Zeit her, dass sie zuletzt zum Altenkreis gegangen war.

Ich half, alle persönlichen Gegenstände für sie gut erreichbar einzuräumen, verabschiedete mich von ihr und fuhr nach Hause - mit gemischten Gefühlen. Die Nasszelle hatte immer noch gestunken. Ob ich ihr zu viel zumutete?

Aber ich hatte für Mutti täglich wechselnden Besuch organisiert. Mein Mann, mein Sohn, eine Freundin würden sich dabei abwechseln.

Ich nahm mir vor, trotz einer gewissen Unruhe, meine Ferien zu genießen. Ich hatte sie dringend nötig.

Am nächsten Morgen ging die Fahrt in aller Herrgottsfrühe los. Ich telefonierte täglich mit dem Heim, mit der Stationsleitung oder meiner Mutter. Es schien alles in Ordnung. Sie fragte nur immer wieder: „Wann kommst du wieder?" Ob sie meine Antworten verstanden hat, weiß ich nicht.

Acht Tage Urlaub vergingen schnell; meinen Geburtstag verbrachte ich in kleiner Runde mit drei Frauen, Alleinreisenden, Urlaubsbekanntschaften.

Am letzten Tag der Reise war ich um dreiundzwanzig Uhr wieder zu Hause.

Erst plante ich, am folgenden Nachmittag meine Mutter abzuholen, dann fuhr ich doch sofort nach dem Frühstück zu dem Heim. Ich war voller Unruhe.

Als ich die Türe zu ihrem Zimmer öffnete und sie mich sah, sagte sie nur mit ganz kleiner, jämmerlicher Stimme: „Margit!" und fing an zu weinen.

Sie saß wie ein Häufchen Elend in ihrem Sessel, mit den gleichen Anziehsachen, die sie schon bei ihrer Ankunft getragen hatte. Sie zitterte am ganzen Körper und konnte sich gar nicht mehr beruhigen. Ich nahm sie in die Arme, wiegte sie hin und her wie ein kleines Kind und sie klammerte sich an mich. Mir wurde schmerzhaft bewusst, wie sehr auch sie sich in ihrem Alter noch nach körperlicher Nähe und Zärtlichkeit verzehrte und wie wenig ich ihr wohl davon geschenkt hatte. Dieses Bedürfnis hatten seit langer Zeit wohl nur meine Kinder und Enkelkinder gestillt, aber zwischen uns gab es diese Beziehung nicht mehr, nachdem sie mich als Elfjährige, als ich einmal den Wunsch, auch einmal bei ihr auf dem Schoß zu sitzen wie meine kleine Schwester, mich mit brüsken Worten abgewiesen hatte: Dafür sei ich inzwischen zu groß.

Meine Großmutter hatte mir den Wunsch nach körperlich gezeigter Zuneigung erfüllt. Nach ihrem Tod war mein Bedürfnis über viele Jahre ungestillt geblieben. Dennoch hatte ich meine Mutter immer geliebt, doch diese einmal errichtete Hemmschwelle konnte ich nur schwer überwinden. Unsere körperlichen Liebesbeweise beschränkten sich auf eher flüchtige Umarmungen, fast konventionelle Berührungen. Diesmal war es anders und ich versprach, sofort mit ihr nach Hause zu fahren.

Ich packte ihre Sachen zusammen. Alles lag noch so in den Fächern, wie ich es eingeräumt hatte. Auch in dem Duschbad roch es noch genauso wie zuvor.

Sie hatte nicht e i n m a l geduscht.

Die Stationsleitung berichtete, sie sei auch nicht einmal zum Essen aus dem Zimmer gegangen, sie habe sich weder waschen noch umziehen lassen.

Sie könne alles alleine, habe sie gesagt, und man habe sie gewähren lassen.

Mein Mann und mein Sohn, der sie ein paar Mal mit seinem Jüngsten besucht hatte, erzählten, dass Mutti nur in ihrem Beisein mal ein paar Löffel gegessen habe, Suppe oder Joghurt. Meine Freundin hatte festgestellt, dass eine gebrauchte Slipeinlage meiner Mutter noch zwei Tage nach ihrem ersten Besuch an der gleichen Stelle auf dem Fußboden gelegen habe wie zuvor.

Den Gestank in der Nasszelle hatte sie auch bemerkt und sich daran gestört.

Ich fuhr am nächsten Tag noch einmal zu dem Heim und verlangte Einsicht in den Pflegebericht. Dann bat ich um eine Kopie.

Die Angaben meiner Familienangehörigen wurden bestätigt, Muttis Verhalten als - vorsichtig ausgedrückt - „störrisch" bezeichnet. Sie sei dement.

Diese Unterlagen reichte ich bei der Pflegekasse zur erneuten Beantragung der Pflegestufe zwei ein. Kurze Zeit später wurde ihr Pflegestufe zwei zugesprochen.

Nun bekamen wir auch den Behindertenparkausweis, ohne dass der Hausarzt noch seine Stellungnahme abgeben musste.

Aber um welchen Preis! Mutti war bis aufs Skelett abgemagert. Die Knochen standen aus ihren Schultern hervor, die Beckenknochen waren deutlich zu sehen, nur ihr Bauch war aufgetrieben. Sie bekam oder hatte zunehmend Probleme mit dem Stuhlgang. Die Strickbündchen ihrer Socken hatten sich tief in ihre Knöchel gedrückt.

Sie klagte nur, sie würde n i e noch einmal in ein Pflegeheim gehen.

Ich zögerte, ihr das zu versprechen. Ich wollte sie doch nicht belügen! Schließlich konnte auch mir etwas zustoßen oder ich könnte noch einmal Urlaub gebrauchen.

„Mutti, willst du damit sagen, dass ich nie mehr in Urlaub fahren darf?", fragte ich sie.

„Natürlich, darfst du", sagte sie. „Dann bleibe ich eben alleine in meiner Wohnung!"

Ach, Mutti!

Auf und ab

Sie erholte sich wieder. Ich kochte ihr, worauf sie Appetit hatte. Jeden Nachmittag brachte ich ihr Kuchen oder Waffeln, mit Butter oder Sahne bestrichen, wie sie es gerne hatte. Ich kochte nur ihre Lieblingsgerichte. Mal hatte sie Lust auf Kalbsleber, dann auf Aal, dann auf … Ihr war der Name des Gerichts entfallen und ich musste oft lange raten, bis ich ihren Wunsch herausgefunden hatte. Ich neckte sie und bemerkte: „Mutti, du hast wieder Gelüste wie eine schwangere Frau!" Aber sie konnte über solche Sprüche nicht mehr lachen und meinte nur: „Lass mich doch!"

Aber natürlich entsprach ich ihren Wünschen, die Freude am Essen war doch noch eine der wenigen ihres Alters.

Weihnachten stand vor der Tür. Zu meiner Schwester konnte sie nicht fahren, wegen der Transportprobleme. Ich überredete sie, am Heiligen Abend gemeinsam mit meinem Mann und mir zu unserem Sohn zu kommen und die Bescherung der Kinder mitzuerleben. Natürlich sträubte sie sich erst einmal - wie ich annahm - nur der Form halber. Denn als mein Sohn die Oma ebenfalls herzlich einlud und ihr deutlich machte, dass so ein Abend mit drei kleinen Jungen, der Jüngste war zwei, der zweite fünf und der dritte acht Jahre alt, für sie doch ein besonderes Erlebnis wäre, stimmte sie schließlich zu und begann sich darauf zu freuen.

Sie überlegte voller Anteilnahme, was sie den Kindern wohl schenken könnte und bewies dabei, dass sie durchaus noch zu vernünftigen Gedanken fähig war. Wir einigten uns, dass sie für jedes Kind einen bestimmten Betrag bereitstellen sollte und meine Schwiegertochter würde dann von dem Geld Geschenke besorgen. Die würden dann, deutlich als ihre Weihnachtsgeschenke gekennzeichnet, unter dem Baum liegen. So hatten wir weniger Mühe und es bestand eine gewisse Gewähr dafür, dass sich die Kleinen auch über die Geschenke freuen würden.

Meine Mutter war mit diesem Vorgehen einverstanden; genauso handhabte sie es auch mit ihren anderen Urenkeln. Über ihre finanziellen Verhältnisse hatte sie noch nicht den Überblick verloren. Sie hatte immer eine bestimmte Menge Bargeld in einem Couvert und notierte mit ihrer krakeligen Schrift, wieviel sie wann entnommen hatte.

Wie üblich gingen mein Mann und ich mit den Kleinen am Heiligen Abend erst in den Kindergottesdienst, während die Eltern die Bescherung vorbereiteten, brachten die Jungen dann nach Hause und holten schließlich Mutti ab. War schon der Besuch des Gottesdienstes mit den aufgeregten Kindern eine schweißtreibende Angelegenheit, so war das alles nichts im Vergleich zu der Anstrengung, die uns nun erwartete.

Natürlich musste ich Mutti erst noch einmal zur Toilette bringen, bevor wir uns auf den Weg machen konnten. Sie hatte Angst, bei ihrem Enkel den Weg dorthin nicht schnell genug schaffen zu können und ich hatte ihr schon mittags vorsichtshalber Windelslips angezogen. Sie kontrollierte noch ihren Schmuck und dann konnte es losgehen.

Aber erst kam noch das Problem, den Weg zum Auto zurückzulegen.

Sie setzte sich in den Rollstuhl, ich schnallte sie fest, und wir versuchten sie, die Treppen herunter zu tragen. Sie hatte panische Angst, vorne herüber aus dem Rollstuhl zu kippen und klammerte sich abwechselnd an mir und an dem Treppengeländer fest, was den Transport zusätzlich erschwerte. Schließlich hatten wir sie mit dem Rollstuhl vor der geöffneten Autotür stehen.

Aber wie, sie in den Wagen hereinsetzen? Wenn wir sie unter den Achselhöhlen anfassen wollten, um sie hochzuheben, schrie sie vor Schmerzen. Sie mobilisierte alle ihre Kräfte und zog sich an mir hoch, vorsichtig unterstützt von M., der sie von unten an den Ellenbogen fassten. Nach etlichen vergeblichen Versuchen war es endlich gelungen und sie saß auf dem Beifahrersitz. Ich konnte den Rollstuhl zusammenfalten und in dem Wagen verstauen. Aber auch das hört sich leichter an, als es war.

Vor dem Haus meines Sohnes angekommen ging die gleiche Prozedur in umgekehrter Reihenfolge wieder los, immer begleitet von dem Gejammer meiner Mutter, was sie uns für Umstände mache, und von unseren Beschwichtigungsversuchen, es wäre nicht der Rede wert und wir täten es gerne.

Endlich war es geschafft. Wir konnten sie mit dem Rollstuhl ins Haus schieben. Die Kinder warteten schon ungeduldig.

Meine Schwiegertochter setzte sich ans Klavier und spielte das erste Weihnachtslied; alle sangen. Dann sagte der Zweitgeborene ein ellenlanges Gedicht auf, was die volle Bewunderung der Anwesenden erregte. Besonders meine Mutter staunte über seine Leistung, auch wenn sie den Text nicht verstand. Nach einem erneuten Lied war der Große an der Reihe; er spielte ein Lied auf dem Klavier, verspielte sich, fing wieder von vorne an, verspielte sich wieder, Neustart, in immer schnellerem Tempo. Er war heilfroh, als er endlich seinen Teil zum Gelingen des Abends beizutragen, überstanden hatte. Noch ein Lied und dann stürzten sich die Kinder auf die Geschenke.

Das war ein Schauspiel! Das Weihnachtspapier, mit dem die Pakete und Päckchen liebevoll eingewickelt worden waren, flog in großen Fetzen durch die Gegend und bedeckte bald den ganzen Fußboden, die Kinder schrien und jubelten, oder ließen auch Laute der Enttäuschung hören, und die Uroma thronte in ihrem Stuhl und sah dem Treiben halb verwirrt, halb belustigt zu. Nur von Zeit zu Zeit fragte sie nach, ob denn die Kinder ihre Geschenke schon ausgepackt hätten und versuchte mit ihren langen Armen, einen der Kleinen einzufangen und an sich zu ziehen. Die Kinder ließen für kurze Zeit alles geduldig über sich ergehen und wenn meine Schwiegertochter oder mein Sohn sahen, dass nun ein Geschenk der Uroma ausgewickelt wurde, wiesen sie darauf hin und die beiden Großen liefen auch bereitwillig zu ihr hin, umarmten sie, ließen sich sogar mit leicht seitlich weggedrehtem Kopf küssen, bedankten sich und eilten wieder zu dem Geschenkeberg.

Irgendwann wurde alles etwas ruhiger, man konnte ans Essen denken, und später brachten wir dann meine Mutter nach Hause. Ich blieb noch bei ihr, um sie für die Nacht fertig zu machen und ging dann todmüde aber zufrieden nach Hause.

Dieser Abend bescherte uns noch für eine Woche Gesprächsstoff. Ich war glücklich, dass alles überstanden war und sie ein tolles Fest erlebt hatte.

Am nächsten Tag war dann die junge Familie nach Essen gefahren, zu den dort lebenden Verwandten, einen Tag darauf zu Freunden, bei deren Kindern mein Sohn auch gleichzeitig Pate war, und Mutti begann sich schon wieder darüber zu auszulassen, dass ich von ihm alleine gelassen würde. Aber wer – bitteschön – hätte sich an den Weihnachtstagen um s i e gekümmert, wenn ich bei meinem Sohn gewesen wäre? Dieser Gedanke war ihr nicht zu vermitteln.

Sie meinte es ja gut mit mir, aber ihre Kritik half nicht. Sie machte mir Einsamkeit und Tristesse der Situation nur noch stärker bewusst und ich musste es doch ihr gegenüber verneinen. Der Rest der Familie feierte zusammen und war fröhlich und wir saßen alleine.

Sylvester näherte sich. Nach den Transportproblemen vom Heiligen Abend hatte ich wenig Verlangen, noch einmal den Versuch zu unternehmen, sie zu diesem Anlass aus ihrer Wohnung zu meinem Mann in unser Haus zu bringen, um dort mit ihr diesen Abend zu begehen. Wir saßen schon seit Jahren – trotz unseres Getrenntlebens – an diesem Abend zusammen, um auf den Jahreswechsel zu warten. Früher hatten wir meine Mutter zu diesem Ereignis eingeladen, aber schon seit zwei Jahren zog sie es vor, alleine bei sich zu Hause zu sitzen.

Sie wollte uns nicht am Feiern hindern, auch nicht daran, ein Glas Wein zu trinken, aber ein „Sparziergang" bei unsicherem Wetter erschien ihr auch nicht erstrebenswert und außerdem blieb sie auch nicht mehr bis Mitternacht auf. Wir kamen deshalb immer am späten Abend – nach zweiundzwanzig Uhr - noch einmal eine Stunde zu ihr, um ihr Gesellschaft zu leisten – und um ihr beim Abendritual behilflich zu sein.

Der Neujahrstag war damit erfüllt, Freunde und Verwandte von ihr anzurufen, um gute Wünsche und Grüße zu überbringen oder entsprechende Anrufe entgegen zu nehmen. Das alles war im Wesentlichen meine Aufgabe.

Sie schaffte es zwar, sich am Telefon mit Namen zu melden, dabei versuchte sie ihrer Stimme immer einen besonders vornehmen Klang zu geben, dann aber hielt sie mir das Telefon gebieterisch mit ausgestrecktem Arm hin und erwartete, dass ich die Telefongespräche führte. Sie wusste aber genau, wen sie anrufen wollte und hatte ein paar Standardsätze parat. Später musste ich ihr den Inhalt meiner Telefonate genau erzählen.

In diesem Jahr hatte der Winter schon sehr früh und mit ungewöhnlicher Kälte und viel Schneefall zugeschlagen und ich beglückwünschte mich innerlich, wie klug es von mir gewesen war, noch im Oktober ein paar Tage in Südtirol zu verbringen und etwas Sonne zu genießen. Auch die nachgeholte Geburtstagsfeier war ein schönes Ereignis gewesen, an dem Mutti voll teilnehmen konnte. Das Wetter war sonnig an dem Tag und ich hatte sie mit dem Rollstuhl zu dem Ort der Feier schieben können. Sie hatte alle Verwandten und auch Freunde von mir, die sie seit Jahrzehnten kannte, dabei wieder gesehen und das Treffen genossen.

Seit langer Zeit hatte meine Mutter bei dem ambulanten Pflegedienst, der ihre Grundpflege übernommen hatte, eine Dame, die ihr besonders angenehm war. Elke hatte es mit sehr viel Einfühlungsvermögen und Geduld verstanden, nicht nur das Vertrauen sondern auch die Sympathie meiner Mutter zu gewinnen. Sie war nach kurzer Zeit schon „ihre Elke" geworden.

Wenn sie morgens kam, setzte sie sich immer noch ein paar Minuten zu ihr hin, hielt ein Schwätzchen und hatte bald ein ganz persönliches Verhältnis zu ihr entwickelt. Sie tolerierte auch ihre Macken. Auch an den wenigen Tagen, an denen ich nicht die umfassende Betreuung meiner Mutter übernehmen konnte, versuchte Elke mehrmals, das heißt dreimal täglich, zu kommen.

Doch das ließ sich nicht immer realisieren; mal war es eine plötzliche Erkrankung von mir, mal eine von Elke, die den Einsatz von anderen Pflegekräften erforderlich machte. Die wurden nun alle an Elke gemessen und konnten Mutti nichts recht machen. Dazu kam, dass die Vertretungskräfte meine Mutter nicht immer zu den gewohnten Zeiten aufsuchten. Mal kam ein Notfall dazwischen, der vordringlich war oder eine Kollegin brauchte die Hilfe von einer zweiten Person. Vor allem hatten sie keine Zeit, sich mit ihr zu unterhalten. Aber das war auch schon allein wegen des sich ständig verschlechternden Hörvermögens meiner Mutter kaum möglich. Sich regelmäßig wiederholende Redewendungen und bekannte Stimmlagen ermöglichten ihr noch eine gewisse Verständigung, jedoch wurden viele Worte mehr geraten als verstanden. Ich stellte mir dieses Verständnis vor, wie das Erlebnis beim Erlernen einer Fremdsprache: Wenn ich einen bestimmten Text oft genug gehört hatte, konnte ich ihn sprachlich wiedererkennen und später auch inhaltlich erfassen. Allein schon eine neue Stimme als Sprecher zu erleben, bedeutete eine zusätzliche Leistung beim Verstehen.

Schon wegen dieser Problematik bemühte ich mich, Muttis Betreuung soweit wie möglich alleine zu übernehmen. Das schränkte mich natürlich in meiner Zeit sehr stark ein, und ich gewöhnte mich daran, immer nur mit dem Blick auf die Uhr zu leben.

War ich irgendwo eingeladen, musste ich nach spätestens einer und einer halben Stunde die Gesellschaft wieder verlassen, um nach meiner Mutter zu sehen. Es lag ja noch ein Weg vor mir und in zwei Stunden konnte viel passieren.

Auch wenn sie ihre Friseurin oder später die Physiotherapeutin oder die Fußpflegerin erwartete, musste diesen guten Geistern ja jemand die Tür öffnen. Waren sie erst einmal bei meiner

Mutter angekommen und wurden von ihr akzeptiert, konnte ich sie mit ihr allein lassen.

Bei der Krankengymnastin, die immer sehr zuverlässig war, durfte ich es sogar wagen, die Terrassentüre offen zu lassen, damit sie alleine durch den Garten den Weg zu Muttis Wohnung zurücklegte. Zurück ging sie dann ganz normal durch das Treppenhaus. So musste ich bei ihr nicht immer anwesend sein, wenn sie kam, nur sah ich bei ihr auch oft und gerne zu, um die Übungen an den nächsten Tagen selbst mit meiner Mutter wiederholen zu können. Außerdem fungierte ich die erste Zeit als Dolmetscherin.

Hatte ich die Hilfspersonen erst einmal kennengelernt und war sicher, dass sie mit der Lebens- und Wohnungssituation und den Eigenheiten meiner Mutter alleine zurechtkamen, bescherte mir ihre Anwesenheit zusätzliche Freizeit; ich konnte in Ruhe einkaufen gehen oder sonst etwas unternehmen. Da waren auch die Gänge zum Friedhof in W., die regelmäßig nötig waren oder – viel zeitaufwändiger – die Fahrten nach Duisburg zum Grab meines Vaters, dessen Pflege ich schon seit einiger Zeit übernommen hatte. Nur war mein Handy immer dabei, stets in Erwartung eines Anrufs, obwohl Mutti gewöhnlich auf den Anrufbeantworter meines Festnetzanschlusses sprach. In der Regel reichte es, dass ich ihre Nummer sah, um mich schnell wieder auf den Weg zu ihr zu machen. Ich hatte die Telefonnummer eingegeben und sie brauchte nur auf die Anruftaste ihres Telefons zu drücken, um sie zu aktivieren. Das geschah auch manchmal abends, wenn ich schon ausgezogen war. Ich brauchte dann nur schnell ein Paar Jeans über die Schlafanzughosen zu ziehen und mich auf mein Fahrrad zu schwingen. Das stand Tag und Nacht vor dem Haus.

Anfang Dezember stürzte ich auf der Heimfahrt von ihr bei Schnee und Eis so, dass ich mich ernsthaft am Ellenbogen verletzte. Da es der rechte war, bereitete mir das erhebliche Probleme; er schwoll an, schmerzte heftig , wenn ich ihn bewegte, sie auszog und zu Bett brachte, Bettzeug aufzog oder anstrengende Handreichungen im Haushalt machte, wie Bügeln oder andere Arbeiten.

Ich versuchte, es mit Kühlen und Wickeln zu lindern, allein ohne Erfolg.

Schließlich musste ich doch zum Arzt gehen. Der Schleimbeutel war entzündet.

Der Arzt bot mir zunächst eine konservative Behandlung an, stellte aber bei mangelndem Erfolg eine Operation in Aussicht.

Meine Mutter hatte gemerkt, dass mein Arm nicht in Ordnung war und jammerte. Ob sie sich Sorgen um mich oder um sich machte, weiß ich nicht. Vielleicht hatte sie Angst, noch einmal in ein Heim zu müssen.

Als ich beim Jahresabschlussessen unserer Fraktion an einem festlich gedeckten Tisch saß, wunderte ich mich, dass auf dem ansonsten makellos weißen Tischtuch ein großer, feuchter Fleck direkt vor meinem Gedeck prangte. Später stellte ich fest, dass mein aufgelegter Ellenbogen die Ursache für diese Nässe war. Die Schwellung war aufgeplatzt. Ich hatte es nicht bemerkt.

Nach Weihnachten machte ich einen Operationstermin mit dem Arzt aus. Nun musste der Arm mit einer Gipsschiene stillgelegt und zumindest vorübergehend wieder drei Mal am Tag der Pflegedienst in Anspruch genommen werden.

Die Kosten für meine medizinische Behandlung übernahm der Versicherungsverband der Gemeinden, die für die zusätzliche Betreuung meiner Mutter nicht.

Wieder erfüllten die jungen Damen nicht die Erwartungen meiner Mutter.

Sie waren zu schnell, zu oberflächlich, machten ihr das Bett nicht ordentlich, wie sie es von mir gewohnt war nach einem ganz speziellen, von ihr ausgedachten System, deckten den Tisch nicht richtig, stellten Tassen, Brettchen und Geschirr nicht an die gewohnte Stelle, schnitten ihr das Brot nicht klein genug, bestrichen die Brotscheiben nicht ordentlich mit Butter - das Brot zeigte „nackte Stellen" - spülten nicht, kurz: Sie hatten keine Ahnung davon, wie man einen Haushalt führt und was sie brauchte, und handhabten alles anders als Elke oder ich. Mutti kritisierte nur noch.

Das war jetzt ihr bevorzugter Gesprächsstoff, wenn ich bei ihr war. Je stärker sie auf fremde Hilfe angewiesen war, umso mehr wuchs ihr Bedürfnis, an anderen herumzumäkeln.

Inzwischen hatte sie die Pflegestufe zwei anerkannt bekommen, rückwirkend seit Mai, und auch die Einstufung als dement und das „a. g." in ihrem Ausweis. Das bedeutete zwar mehr Geld, und Befreiung von Fernsehgebühren wie Erlass von einem Teil der Telefonkosten, es bedeutete vor allem auch eine psychische Entlastung für mich, weil ich nun besser mit mancher ihrer Eigenheiten umgehen konnte, da ich nun ihre Ursachen für diese Auffälligkeiten bescheinigt bekommen hatte. Gleichzeitig fühlte ich mich ihr gegenüber als Verräterin, weil ich ihren Zustand aktenkundig gemacht hatte. Sie war doch immer so stolz auf ihren klaren Kopf gewesen! Ich hatte ihre Schwächen Dritten gegenüber angegeben und sie damit bloß gestellt.

Aber an ihrer zeitweiligen Verwirrtheit bestand kein Zweifel mehr.

Sie hörte Stimmen, die ihren Namen riefen oder glaubte erneut, dass andere Menschen in ihrer Wohnung gewesen waren. Ich rief wieder beim Hausnotrufdienst an, um mich zu vergewissern, ob es sich dabei um Mitarbeiter der Einrichtung gehandelt haben konnte, allein es war bei ihnen kein Ruf eingegangen.

Sie vermisste Gegenstände, von denen sie sich schon vor Jahren getrennt hatte, fühlte sich bestohlen, betonte aber gleichzeitig, dass sie keinen großen Wert mehr auf diese Dinge gelegt hätte.

Ihr siebenundneunzigster Geburtstag stand bevor. Sie war schon Tage vorher aufgeregt. Wer wohl alles kommen würde?

Ich bereitete alles vor wie immer, kaufte ein, bereitete Schnittchen, kochte Suppen vor, besorgte Kuchen, versorgte die Gäste.

Es kam Besuch wie immer, Nachbarn, Familienangehörige, Vertreter der Stadt, des Sozialverbandes, der Kirchengemeinde ihres Seniorenkreises, zu dem sie allerdings schon geraume Zeit nicht mehr hin ging. Nur fand die Unterhaltung fast nur zwischen den Gästen statt. Meine Mutter konnte sich immer weniger daran beteiligen, fühlte sich jedoch für alles zuständig und dirigierte mich mit ihrem ausgestreckten Zeigefinger. Dazwischen klingelte immer wieder das Telefon. Mutti nahm meist zwar den Hörer ab, flötete ihren Namen ins Telefon, hörte sich die Geräusche ein paar Sekunden an und bemerkte dann: „Hier ist so viel Betrieb, dass ich nichts verstehen kann. Augenblickchen, ich hol mal die Margit." Und damit hielt sie mir den Hörer hin.

Hinterher fragte Mutti mich, wer denn angerufen habe, und ich musste die Namen der Leute aufschreiben. Sie führte schon seit Jahren gewissenhaft Buch über jeden Anruf, denn deren Anzahl war der Indikator für ihren gesellschaftlichen Stellenwert.

Meine Schwester pflegte jedes Jahr, wenn das Wetter es eben zuließ, mit ihrem Mann aus dem Saarland an diesem Tag zu Besuch zu kommen. Ob sie an diesem Tag auch kamen, weiß ich nicht mehr. Sie brachte immer besondere Leckerbissen für Mutti mit, weil es auch von Jahr zu Jahr schwieriger wurde, sonst etwas zu finden, mit dem man ihr noch eine Freude machen konnte.

Der Tag war auf jeden Fall sehr anstrengend für Mutti, und sie zeigte sich wirklich erschöpft, als ich sie abends für die Nacht fertig machte. Sie nahm, wie immer, seit vielen Jahren schon, außer ihren vielen krankheitsbedingten Medikamenten, auch Schlaftabletten, nicht nur, um einschlafen zu können sondern auch, um überhaupt ein paar Stunden Schlaf zu finden. Sie hatte damit angefangen, nachdem mein Vater gestorben war oder vielleicht auch schon während seines letzten Krankenhausaufenthaltes, kurz vor seinem Tod, als sie nachts bei ihm wachte und tagsüber zu Hause den versäumten Schlaf nachholte, nachdem ich sie bei der Wache an seinem Krankenbett abgelöst hatte.

Später hatte sie dann Probleme, ohne Tabletten in einen normalen Tag- und Nachtrhythmus zurückzufinden. Ihre diversen Hausärzte hatten ihr die Schlaftabletten ohne großes Nachfragen seit über zwanzig Jahren verschrieben, weil sie angeblich kein Suchtpotential enthielten. Ich hatte sie des Öfteren angehalten, den Gebrauch zu reduzieren oder die Tabletten ganz abzusetzen, da sie ohnehin sehr niedrigen Blutdruck hatte und ich fürchtete, dass sich durch die Einnahme ihr Sturzrisiko erhöhen könnte. Sie hatte es mit vorsichtigem Ausschleichen versucht aber nach ein paar schlaflosen Nächten, in denen sie sich gequält hatte und darauf folgenden Tagen, an denen sie alle Augenblicke im Sessel einschlief, selbst wenn sie Besuch hatte, wieder aufgegeben.

Auch an den Tagen nach ihrem Geburtstag schlief sie noch oft tagsüber ein, vor allem beim Fernsehen oder wenn sie darauf wartete, dass ihr Essen fertig würde. Ich schob das noch auf die Anstrengung des Geburtstages zurück, doch immer öfter passierte es, dass ich in ihre Wohnung kam und sie so tief schlafend vorfand, dass ich schon mit einem endgültigen Schlaf rechnete.

Auf der einen Seite hätte ich ihr einen solch gnädigen Tod gegönnt, aber doch war ich jedes Mal froh, wenn sie auf meine vorsichtigen Versuche, sie anzusprechen oder zu berühren, reagierte.

Auch an den Tagen nach ihrem Geburtstag saß sie meist schlafend im Sessel, wenn ich ins Wohnzimmer kam.

Der Schlag

Es war genau eine Woche nach ihrem Geburtstag, mein Arm lag immer noch in einer Gipsschiene. Morgens kam Elke zu ihr, eine Stunde später Muttis Putzhilfe, die auch einen Wohnungsschlüssel hatte. Gegen zehn Uhr rief Maria, Muttis Hilfe, an. Muttis säße die ganze Zeit in ihrem Sessel und schliefe. Das war ja nichts Ungewöhnliches. Das passierte zunehmend. Zudem hatte sie die Anstrengung von ihrem Geburtstag noch nicht ganz verkraftet.

„Aber", sagte Maria, „sie sitzt so komisch in ihrem Sessel! Irgendetwas stimmt nicht!"

Ich machte mich sofort auf den Weg.

Marias Beschreibung traf zu.

Ich fühlte nach Muttis Puls.

Schwach.

Sie reagierte nicht auf Ansprechen, oder besser, sie reagierte nur, indem sie einmal kurz mit einem Auge zuckte. Ich rief den Notarzt an. Kurze Zeit später waren eine Ärztin und ein Krankenwagen mit zwei Sanitätern da. Die Ärztin sprach sie an, Mutti reagierte, aber verzögert, mit verwaschener Sprache.

Sie hörte sich an, als ob sie betrunken wäre oder unter Schlafmitteln stände.

Die Notärztin sprach Mutti an: „ Frau Förster! Wissen Sie, wer ich bin? Ich bin Frau Dr. N.!"

Mutti reagierte. Mit Mühe war zu verstehen: „Ich will nicht ins Krankenhaus." Diesen Satz sprach sie rein reflexhaft. Wie einschneidend müssen die letzten Erfahrungen gewesen sein, dass sie so reagierte!

„Das brauchen sie auch nicht!", meinte die Notärztin, „Sie können zu Hause bleiben!" Die Ärztin kontrollierte Pupillenreaktion, Blutdruck und Puls. Ich sollte Muttis Hausarzt informieren.

Das tat ich auch. Der Hausarzt kam noch während seiner Sprechstunde.

Er wohnte zum Glück nur um die Ecke. Muttis Zustand hatte sich nicht verändert; sie hing schräg, leicht vorneüber geneigt in ihrem Liegesessel.

Ich schilderte dem Arzt, was geschehen war, auch dass Mutti nichts trinken konnte. Es war Zeit für ihre Tabletten gewesen, und ich hatte versucht, ob sie wohl Wasser schlucken konnte, bevor ich ihr ihre Medikamente gab.

Das Wasser war an ihren Mundwinkeln herausgelaufen.

„ Wie alt ist sie? Siebenundneunzig? Setzen Sie alle Medikamente ab!", sagte der Arzt zu mir, „wir lassen sie in Ruhe. Wozu sollen wir sie quälen!"

Ich nickte, war aber verunsichert. Was sollte das bedeuten? War sie todkrank? Der Arzt verabschiedete sich von mir und eilte zurück in seine Sprechstunde.

Ich fühlte mich total allein gelassen und überfordert. Was sollte ich tun? Ich konnte sie doch nicht einfach so liegen lassen und abwarten, was passieren würde. Es gab niemanden, der mir raten oder helfen konnte.

Sie brauchte doch ihre Herztabletten, ihre Beine waren dick geschwollen, das Gummi der Söckchen hatte tief eingeschnitten! Dazu waren die Beine wieder bis zu den Knien blau verfärbt. Ich war mehr als beunruhigt.

Mutti lag in ihrem Sessel und ich saß ihr gegenüber auf der Couch und guckte sie an. Ein Speichelfaden lief ihr aus dem leicht geöffneten Mund. Sie atmete schwer und unregelmäßig. Ihre Haltung hatte sich nicht verändert. Wie sollte das weitergehen?

Ich rief beim Pflegedienst an. Nein, sie hatten niemanden, der vorbeikommen konnte und nach ihr gucken konnte. Vielleicht am nächsten Tag.

Ich machte mir etwas zu essen, denn ich würde wohl bei ihr bleiben müssen. Ich lehnte mich auf der Couch zurück und versuchte mich zu entspannen. Immer wieder wanderte mein Blick zwischen meiner Mutter und der Uhr hin und her. Nachmittags machte ich mir einen Kaffee. Mehrmals hatte ich versucht, Mutti anzusprechen. Ohne Erfolg. Als ich Kaffee trank, hielt sie das eine Auge etwas länger geöffnet als zuvor. Ob sie vielleicht den Geruch bemerkt hatte? Ich sprach sie erneut an, und sie reagierte.

„Mutti, möchtest du etwas trinken?"

Sie grunzte. Ich wertete es als Zustimmung. Ich benetzte ihre Lippen mit einem nassen Tuch, einmal, zweimal. Dann schob ich ihr vorsichtig einen Teelöffel mit Wasser zwischen die Lippen, etwas davon lief in ihren Mund.

Ich meinte eine Schluckbewegung beobachtet zu haben.

Das Gleiche noch einmal.

Noch einmal.

Mutti schlief wieder.

Ich machte den Fernseher an und guckte abwechselnd auf den Bildschirm und dann wieder zu ihr. Es war schon dunkel, es war Zeit zum Abendessen. Dass Mutti nichts essen würde, war mir klar. Aber wo sollte sie die Nacht verbringen, auf dem Sessel? Und ob sie nicht einmal zur Toilette müsste?

Ich versuchte, sie aufzurichten. Schwierig. Aber sie reagierte, wenn auch mit Unwillen. Es gefiel ihr nicht, dass ich sie anfasste. Aber so konnte sie nicht sitzen bleiben. Ich musste es irgendwie schaffen, sie ins Bett zu bringen.

Erst einmal bereitete ich das Bett vor. Ich wusste, dass noch eine wasserdichte Unterlage in einem Schrank sein musste.

Ich suchte, fand sie, nahm noch ein Badetuch und eine Höschenwindel und bereitete ein Lager in ihrem Bett vor, auf dem ich sie waschen konnte.

Jetzt kam noch das Problem, sie bis dahin zu transportieren.

Ich versuchte es erneut mit Ansprechen - müde Reaktion. Aber immerhin, Reaktion. Ich erklärte ihr, dass ich sie ins Bett bringen wollte. Ich glaubte, sie hätte es verstanden. Tragen konnte ich sie nicht, heben auch nicht.

Ich brachte ihren elektrischen Sessel erst einmal in Aufstehposition. Dann zog ich sie hoch.

Wie konnte so ein Bündel Knochen nur so schwer sein! Ich bewegte mich wie eine Krake, als ob ich viele Arme hätte, schaffte es schließlich, sie in einer fast senkrechten Position festzuhalten, Gesicht zu Gesicht, mit meinen Armen, Beinen und meinem Körper abgesichert. Dann stützte ich sie auf ihren Rollator, band sie selbst mit dem Gürtel ihres Bademantels an mir fest, versuchte , sie zu fixieren, dass sie nicht seitlich wegkippte, war vor ihr, neben ihr, hinter ihr, alles fast gleichzeitig, stellte mich hinter sie und schob sie mit meinen Knien, die ich gegen ihre Knie-kehlen presste, Stückchen für Stückchen vor-wärts bis zu ihrem Bett, vorne mit dem Rollator abgesichert, auf dessen Griffe ich ihre Hände gelegt hatte, die ich mit meinen fest hielt, mit dem Bademantelgürtel an mich gebunden, hinten durch meinen Körper geschoben und gleichzeitig gesichert.

Es dauerte endlos, erforderte meine ganze Kraft und Konzentration, vor allem meinen Wil-len, aber ich schaffte es. Vor dem Bett ange-kommen, gelang es mir, ihren Körper seitlich auf das Bett zu niederzulegen. Sie lag mit ihrem Ge-säß auf der Matratze, die Beine hingen herunter. Mit großer Anstrengung schaffte ich es, auch die auf die Matratze zu heben. Auf meine Gipsschie-ne und schmerzenden Arm konnte ich keine Rücksicht nehmen.

Ich war voller Erleichterung, als ich es endlich geschafft hatte – und auch ein wenig stolz. Der erste Schritt war geschafft.

Dann begann ich sie auszuziehen. Sie hatte eingenässt. Ich überwand meine Scheu, wusch sie ganz und wechselte ihre Unterwäsche. Sie protestierte und schrie: „Au!" Ob ich ihr wirklich wehgetan hatte und ob sie richtig wach war, weiß ich nicht, aber ich ließ mich nicht beirren, denn ich war wirklich ganz vorsichtig gewesen. Es war wohl der kalte Waschlappen, auf den sie so reagiert hatte. Dennoch war ich bestürzt. Ich hatte ihr doch keine Schmerzen zufügen wollen. Aber im Krankenhaus oder in einem Pflegeheim hätte man sie sicher auch gewaschen.

Als ich sie versorgt wusste, holte ich Stühle aus dem Wohnzimmer, stellte sie gegen ihr Bett, um sie vor dem Herausfallen zu schützen und begab mich ins Wohnzimmer, um ihren Sessel zu reinigen. Ich wollte die Flecken erst gar nicht eintrocknen lassen. Dann hörte ich Geräusche aus dem Schlafzimmer. Mutti hatte versucht, die Stühle wegzuschieben. Einer war umgefallen. Ich stellte fest, dass sie wieder wacher war.

Ich ermahnte sie, das zu unterlassen, sonst würde ich sie ins Krankenhaus bringen. Sie gab keine Ruhe und wurde zunehmend unruhig bis aggressiv.

Sie verstand nicht, was ich ihr sagte. Alles gute Zureden half nicht. Sie machte dauernd Versuche, die Stühle wieder umzuwerfen.

Schließlich schrie ich sie an, sie solle das lassen. Da hatte ich mir so viel Mühe gegeben, sie ins Bett gebracht und nun wollte sie meine Mühen zunichte machen. Ich musste sie doch für einen Augenblick mal allein lassen können, um selbst zur Toilette zu gehen!

Ich konnte nicht mehr und war verzweifelt. Es gab keinen aus meiner Familie, den ich um Hilfe bitten konnte, mein Sohn war in der Firma, fünfzig Kilometer entfernt, meine Schwester noch weiter weg und wen konnte ich sonst fragen?

Ich kam auf die Idee, die Stühle von der Richtung her umzudrehen.

Ich unterbreitete ihr meinen Vorschlag. Ob sie es verstanden hatte, weiß ich nicht, aber nun wirkten die Stuhllehnen nicht mehr wie ein Gitter. Mutti wurde ruhiger. Sie schlief ein.

Ich überlegte, wie es nun weiter gehen sollte. Allein lassen konnte ich sie nicht. Andererseits brauchte auch ich meine eigenen Medikamente, Wäsche, Zahnbürste, etwas zu essen.

Ich überzeugte mich, dass sie ruhig war, sicherte die Stühle mit einem marokkanischen Sitzhocker und anderen Gegenständen so, dass sie fest standen und nicht umfallen konnten, fuhr in aller Eile nach Hause, holte meine benötigten Dinge und beeilte mich, wieder zu ihr zurückzukommen. Gott sei Dank, sie lag unverändert. Sie atmete ruhig und schlief.

Da mein rechter Arm immer noch geschient war und nicht voll benutzt werden konnte, schaffte ich es weder, ihren schweren Couchtisch zur Seite zu schieben, noch das Sofa auszuziehen. Ich legte mich deshalb angezogen darauf für die Nacht hin. Für ein paar Stunden musste es gehen. Morgen früh würde Elke kommen!

Wir schliefen beide wenig in dieser Nacht, Mutti und ich. Immer wieder stand ich auf, um nach ihr zu sehen. Aber Gott sei Dank, sie blieb ruhig.

Morgens wurde sie wach und musste zur Toilette; wir schafften diesen Gang in der gestern ausprobierten Weise, nur reagierte sie diesmal besser, verstand, was ich von ihr wollte und machte sogar mit. Dennoch waren wir beide erschöpft nach dieser Anstrengung.

Ich flößte Mutti wieder etwas Wasser ein; sie konnte wieder schlucken.

Ich fragte sie, ob sie etwas essen wollte. Sie bejahte. Ich bereitete für sie ganz kleine Weißbrothäppchen mit Butter und Marmelade. In ihrem Sessel sitzend kaute sie zufrieden darauf herum, ohne sich zu verschlucken. Ich saß in Hab-Acht-Stellung auf einem Stuhl neben ihr. So traf Elke uns beide an.

Ich berichtete ihr, was sich am Tag davor zugetragen hatte. Sie versprach mir, sich um zwei weitere Betreuungstermine für den Tag zu kümmern.

Mutti war inzwischen wieder voll ansprechbar, nur ihre Sprache kaum zu verstehen, sie lallte, als ob sie getrunken hätte. Ich gab ihr wieder ihre gewohnten Medikamente, wenn auch in verminderter Dosis – und zerdrückt. Das schmeckte scheußlich, ich wusste es, aber ihre Beine waren so angeschwollen, dass es schon wehtat, sie anzugucken Sie musste entwässern. Dann brauchte sie aber auch ihre Herztabletten. Später lagen wir beide im Wohnzimmer, sie in ihrem Sessel, ich auf der Couch.

Vom Pflegedienst erfuhr ich, dass wir mit dem zusätzlichen Einsatz von Pflegekräften noch einen Tag warten mussten, es standen keine zusätzlichen Stunden im Moment zur Verfügung. Dafür kam der Hausarzt noch einmal. Allerdings erst nach Ende seiner Sprechstunde.

Mutti hatte sich weiter erholt, sie konnte wieder besser sprechen, wenn auch immer noch sehr undeutlich, aber ich verstand, was sie sagte, nur sie mich nicht. Ich musste jeden Satz und jedes Wort mehrmals wiederholen. Aber sie verfolgte alles aufmerksam mit den Augen, wenn sie wach war. Doch das dauerte immer nur kurze Zeit.

Als der Arzt kam, setzte er sich auf die Sitzfläche ihres Rollators, der vor ihr stand, um sie auf Augenhöhe längere Zeit ansehen und beobachten zu können. Besser gesagt, er versuchte, sich darauf zu setzen; denn in dem Augenblick, als er sich darauf niederließ, rollte das Gefährt unter ihm weg, nach vorne, und er fiel hinten rüber, die Beine in die Höhe gestreckt. Er lag auf dem Rücken wie ein Maikäfer. Wir waren alle drei gleichermaßen erschrocken, mussten aber auch über den komischen Anblick lachen. Selbst Mutti reagierte.

Nur, der Sturz hätte schlimm ausgehen können. Er war haarscharf an dem vorstehenden Sockel des Wohnzimmerschrankes vorbei geschrammt.

Nachdem der erste Schrecken überwunden war, untersuchte der Arzt den Rollator; er wollte wissen, wie der Sturz passieren konnte. Der Rollator hatte keine Feststellbremsen. Er war ja auch schon über fünfzehn Jahre alt.

Der Hausarzt war entsetzt, schrieb ein Rezept über einen neuen aus und eine Nachbarin brachte die Verordnung am nächsten Tag zu einem Sanitätshaus in unserer Stadt. Das Rezept sollte mit der Krankenkasse abgerechnet werden.

Dieser Zwischenfall mit dem Rollator und Muttis Reaktion darauf machte deutlich, dass sie das Schlimmste wider Erwarten überstanden hatte. Der Arzt schärfte ihr noch ein, auf keinen Fall den Versuch zu unternehmen, mit dieser Gehhilfe noch einmal alleine zur Toilette zu gehen. Aber dazu war sie auch noch nicht in der Lage.

Der Arzt verschrieb ihr nun Windelhosen und sie sollte auch ihre Trinkmenge vorübergehend einschränken, um ihr Herz zu entlasten. So konnte sie auch mit weniger Toilettengängen am Tag auskommen.

Als ich den Arzt zur Wohnungstür begleitete, meinte er, dass sie wohl einen leichten Schlaganfall erlitten habe, von dem sie sich wider Erwarten erholt hätte. Ich müsste aber damit rechnen, dass sich dieses Ereignis wiederholen könnte.

Es war noch einmal gut gegangen.

Kampf

Dennoch hatte sich mit diesem Zwischenfall etwas verändert. Meine Mutter klagte zunehmend über ihre Hilflosigkeit und äußerte öfter, dass sie so nicht mehr leben wollte. Hatten ähnliche Äußerungen in der Vergangenheit nach Widerspruch heischender Koketterie geklungen, waren sie diesmal ernster zu nehmen. Freilich schob sie immer die Belastung, die sie für mich bedeuten würde, dabei in den Vordergrund. Nachbarn aus ihrem Haus hatte sie aber zur gleichen Zeit noch gesagt, dass sie hundert Jahre alt werden wollte wie ich später erfuhr. Sie hatte also noch Ziele gehabt.

Sie fragte auch immer öfter, ob ich nicht noch Geld von ihr zu bekommen hätte, oder ob sie noch bei jemand anderem Schulden hätte. Ich verneinte und beruhigte sie. Sie verlor nun doch langsam den Überblick über ihre finanziellen Angelegenheiten.

Viele Wochen später fragte ich mich, ob hinter ihrer Besorgnis vielleicht die unbewusste Bemühung gesteckt haben konnte, ohne Verbindlichkeiten zu gehen. Sie wollte niemandem etwas schuldig bleiben. Ihr Verhalten erinnerte stark an die Unruhe einer Schwangeren kurz vor der Niederkunft, mit der sie sich bemühte, ihren Haushalt in einen vorbildlich sauberen Zustand zu bringen. Es sollte alles für die Zukunft vorbereitet sein.

Der neue Rollator wurde geliefert, ein moderner, der auch leichter zu bewegen war und dessen Bremsen sich leicht feststellen ließen. Den alten Rollator wollte die hiesige Firma, die den neuen gebracht hatte, nicht mitnehmen.Ich solle ihn verschenken. Ich wartete aber erst einmal ab.

Mit der Physiotherapeutin konnten vorübergehend die gewohnten Übungen nicht fortgesetzt werden. Sie bot andere an, Übungen, die Mutti auch im Sitzen machen konnte, und vertröstete Mutti auf später.

Mutti klagte. Es brächte doch alles nichts mehr, die Mühe würde sich nicht lohnen.

Ich versuchte ihr Hoffnung auf Besserung zu machen, konnte sie zwar verstehen, betrachtete dennoch ihre Äußerungen als leisen Vorwurf.

Was sollte ich nur tun, um ihr aber auch mir zu helfen? Ihr Zustand besserte sich langsam, aber nicht wesentlich.

Sie schlief nun auch tagsüber immer mehr. Aber ich konnte sie wieder für eine Stunde allein lassen, weil sie zuverlässig in ihrem Sessel sitzen blieb. Bei jedem Verlassen ihrer Wohnung fragte ich mich jedoch, wie ich sie wohl beim Zurückkommen antreffen würde. Ob sie dann noch lebte? Ich befand mich in ständiger Angst, dass ich sie tot in ihrem Sessel oder ihrem Bett vorfinden würde.

Dann kam ein Anruf vom Sanitätshaus, sie müssten den neuen Rollator wieder abholen. Sie brachten auch das Rezept zurück, es müsste bei dem alten Sanitätshaus eingelöst werden, wo der erste Rollator vor fünfzehn Jahren beschafft worden war.

Ich setzte mich telefonisch mit dieser Firma in Verbindung. Sie wollten am übernächsten Tag in der Zeit zwischen zehn und sechzehn Uhr kommen. Eine genaue Uhrzeit konnten sie mir nicht sagen.

Zwei Tage später kam ein Mitarbeiter dieses Sanitätshauses aus dem Duisburger Süden, um einen neuen Rollator zu bringen; aber den alten wollten sie nicht mehr mitnehmen, nachdem sie ihn begutachtet hatten. Der wäre lebensgefährlich.

Der mit diesem Hin und Her verbundene Zeit- und Kostenaufwand stand in keinem Verhältnis zu den Anschaffungskosten eines solchen Gerätes.

Als meine Mutter kein halbes Jahr später starb, wurde dieses Argument angeführt, um zu begründen, weshalb auch der neue Rollator nicht von der Duisburger Firma abgeholt wurde. Ich verlangte eine Bescheinigung über diesen Beschluss und verschenkte den Rollator später an eine caritative Einrichtung, die ihn ins Ausland brachte.

Bei der ganzen Berechnung war der Arbeits- und Zeitaufwand, den i c h erbracht hatte, gar nicht berücksichtigt.

Aber so weit war das Jahr zu diesem Zeitpunkt noch nicht fortgeschritten. Erst einmal begann der Kampf um die Beschaffung der Windelhosen.

Hatten wir in der Vergangenheit für Muttis gelegentliche Reisen eine Packung Windelhosen auf Rezept von Muttis Hausarzt problemlos aus der Apotheke bezogen, nachdem wir die passende Größe an Probemustern festlegen konnten, war das für den Dauerbezug nicht mehr möglich. Die Krankenkasse hatte für solche Fälle eine eigene Marke, die nur über ein Rehazentrum aus Viersen zu beziehen war, und zwar in Paketen, die der Größe eines Umzugskartons entsprachen. Wohin mit den Riesenkartons in einer kleinen Wohnung, und was tun, wenn sich die gelieferten Hosen als zu klein oder zu groß herausstellten? Probeexemplare konnten wir nicht zur Verfügung gestellt bekommen und welche Größe, die richtige war, konnte nicht ohne Anprobieren festgestellt werden. Mutti hatte ihre Körpermaße in der letzten Zeit stark verändert. Welche Größe also, S, M, L oder XL.?

Die Frage konnte nicht zufriedenstellend beantwortet werden.

Die Windelhosen hatten zu passen. Wir hatten aber die Erfahrung gemacht, dass die Größen der anbietenden Firmen unterschiedlich ausfielen.

Wie verzichteten auf die Verschreibung und kauften die Hosen in kleinen Mengen und Packungen auf eigene Rechnung.

Bei dem Vortrag über Demenz hatte ich den Referenten angesprochen, ob es keine Selbsthilfegruppe für pflegende Angehörige gäbe und er hatte mich an die Caritas verwiesen. dort erfuhr ich, dass ich Anspruch auf einen zusätzlichen Betrag von 50 Euro hätte, bei der entsprechenden Diagnose, und wofür dieser Betrag eingesetzt werden könnte, entweder für die Bezahlung von Fahrten zu einem Demenz Café, das sie für ein oder zwei Stunden besuchen könne, während ich diese Zeit als gewonnenen Freiraum für mich nutzen könne, für die Kosten der Verhinderungspflege oder Kurzzeitpflege, oder um von dem Geld den Besuch von Betreuern zu bezahlen, die meine Mutter besuchen und zum Beispiel mit ihr Gesellschaftsspiele machen könnten.

Verhinderungs- oder Kurzzeitpflege kam nach den Erfahrungen und der Einstellung meiner Mutter in Sachen Heimaufenthalt vorläufig nicht mehr in Frage.

Der letztere Vorschlag ließ völlig außer Betracht, dass meine Mutter sich nur sehr zögerlich an neue Betreuungspersonen gewöhnte und seit einiger Zeit immer Angst hatte, bestohlen zu werden. Figuren von Mensch-Ärgere- dich-nicht-Spielen oder Halma konnte sie schon lange nicht mehr mit ihren Fingern fassen. Beide Lösungen halfen uns nicht wirklich.

Aber die Bereitschaft, mir zu zuhören und Verständnis für meine Schwierigkeiten zu zeigen, welche die Pflege und Verantwortung für meine Mutter mir bereiteten, schon allein die Möglichkeit zu haben, sich mit Menschen, die ähnliche Erfahrungen gemacht hatten, auszutauschen, bedeutete eine Erleichterung. Mit wem konnte ich sonst sprechen? Auf dem Weg nach Hause, besser zu meiner Mutter, kamen mir fast die Tränen. Ich zitterte und fror und war völlig erschöpft. Wovon? Von meinem Geständnis der völligen Überforderung?

Meine Schwester sagte immer nur: „Bring sie doch in ein Pflegeheim. Wenn du das nicht willst, bist du selber schuld. Klag nicht!", wenn ich ein Wort über die Belastung äußerte, welche die Pflege für mich bedeutete. Aber ich konnte mich zu einem solchen Schritt nicht entschließen und hätte das auch nie über Muttis Kopf hinweg oder gegen ihren Willen getan.

Nun hatte ich sie so viele Jahre betreut und verwiesen dann sollte ich sie in diesem hohen Alter abschieben? Sie hatte sich doch auch bei der Kurzzeitpflege schon nicht eingewöhnen können und gelitten. Wer weiß, wie kurz oder lang sie noch zu leben hatte!

Ich bekam einen Anruf von einer Cousine. Eine Tante in Belgien, ein halbes Jahr jünger als meine Mutter, war gestorben. Ich hatte sie noch zwei Jahre zuvor nach einem Verwandtenbesuch in Aachen, ein Cousin war siebzig geworden, in Begleitung ihres ältesten Sohnes besucht. Sie lebte zu diesem Zeitpunkt schon in einem Altersheim, ganz in der Nähe ihres langjährigen Wohnortes in Raeren/Belgien und fühlte sich dort sehr wohl. Freilich hatte sie ihre gesamte große Familie am Ort, die sich mit häufigen Besuchen noch liebevoll um sie kümmerte, und sie lebte in ihrer neuen Wohnung mit lauter alten Bekannten aus ihren letzten sechzig Lebensjahren zusammen.

Dazu kam, dass sie noch recht gut zu Fuß und unternehmungslustig war.

Sie war eine der letzten, die an den Wochenenden nach Veranstaltungen wieder zurück ins Heim kam, oft mit dem Taxi, und der man oft extra die Haustüre aufschließen musste.

Sie hatte ganz plötzlich einen Schlaganfall erlitten und war daran gestorben, ohne vorherige Krankheit oder Zeichen von Demenz.

Da ich mich ihrer Familie eng verbunden fühlte, war es nicht nur für mich sondern auch für meine Mutter selbstverständlich, dass ich zur Beerdigung fuhr. Mutti nahm es ohne Klagen in Kauf, dass sie an diesem Tag ausschließlich durch den ambulanten Pflegedienst versorgt werden sollte. Ich hätte ihr ja auch am nächsten Tag viel zu erzählen.

Nach der Beerdigung überredeten mich zwei meiner Cousinen, doch noch mit ihnen nach Hause zu fahren. Es war sonniges Wetter, zwar kalt, aber wir konnten in einem geschützten Winkel auf der Terrasse sitzen und auf die mir seit meiner Kindheit vertraute und geliebte Eifellandschaft sehen. Viele gemeinsame Erinnerungen stiegen in uns hoch.

Diese Stunden bei ihnen, wie insgesamt das Zusammentreffen mit meinen Verwandten, waren Balsam für meine Seele. Ich fühlte mich so liebevoll aufgenommen und angenommen, wie ich es schon seit Jahren nicht mehr erlebt hatte.

Sie wunderten sich darüber, dass ich mit Mutti diese langen und manchmal auch schwierigen Jahre alleine durchgestanden hatte und berichteten über ihre Erfahrungen bei der Pflege ihrer vor drei Jahren verstorbenen Mutter.

Sie hatten es zum Schluss nicht mehr geschafft, ohne einen Aufenthalt im Pflegeheim in Anspruch zu nehmen. Allerdings war die Tante schon lange Zeit schwer krank und lebte ohne Magen, weil ihr der nach einer Krebserkrankung entfernt worden war. Dennoch hatte sie noch viele Jahre relativ gut mit dieser Einschränkung gelebt. Nur – meine Cousinen berichteten, dass sie schließlich beschlossen hatten, ihr eigenes Familienleben nicht länger dem Diktat der Mutter zu opfern. Ohne schlechtes Gewissen!

Sie rieten mir zu einer ähnlichen Entscheidung.

Damit erreichten sie zumindest, dass ich mich eine Zeitlang weniger schuldbewusst fühlte, weil ich nicht noch mehr Zeit für meine Mutter aufbrachte. Und ich hatte erfahren, dass es auch außerhalb der Beziehung zu meiner Schwester noch eine Familie für mich gab, zu der ich gehörte.

Als ich wieder zurück war erzählte ich meiner Mutter natürlich nur die guten und auch für sie erfreulichen Erlebnisse dieses Besuchs.

Verzweiflung

Mutti ging es auffallend schlechter. Es passierte nun nicht nur gelegentlich, dass sie bemerkte: „Es macht keinen Spaß mehr zu leben!"

Ich fühlte mich dann immer persönlich betroffen. Was hatte ich versäumt, unterlassen, dass sie sich zu solchen Äußerungen veranlasst sah? Ich beeilte mich, ihr zu widersprechen, ihr die schönen Momente der letzten Zeit in Erinnerung zu rufen, versuchte, ihr noch mehr Zeit zu widmen, auch wenn meine persönlichen Bedürfnisse auf der Strecke blieben. Doch ich war nicht richtig erleichtert, wenn sie mir schließlich zugestimmt hatte. Ich war hin - und hergerissen. Wie lange sollte ich noch warten, bis ich endlich mein eigenes Leben anfangen konnte? Ich war zeitweilig völlig verzweifelt.

Muttis Alltag war ereignislos. Immer wollte sie deshalb von mir wissen, was ich erlebt hatte. Aber ich hatte ja selber kaum noch ein eigenes Leben und sollte mein Leben für sie mit leben.

Schon auf dem Weg zu ihr hin überlegte ich, was ich ihr Neues berichten könnte, um ihren Erwartungen zu entsprechen. Auch mir gelang es kaum noch bei dem täglichen Einerlei, die kleinen und größeren Ereignisse des Alltags zeitlich einzuordnen. Ich musste immer länger überlegen, um zu wissen in welcher Reihenfolge und vor allem wann etwas passiert war. Zu sehr wurde ich von der Eintönigkeit und der Anstrengung meines Alltags ausgehöhlt. Wozu sollte ich mich auch anstrengen, es genügte, wenn ich irgendwie funktionierte und keine schwerwiegenden

Fehler beging. Ziele hatte ich schon lange keine mehr. Was hatte ich vom Leben noch zu erwarten?

Ob Mutti sich die gleichen Fragen stellte? Sie wurde zunehmend lustloser. Dann kamen die Urenkel wieder zu Besuch und sie blühte auf. Es war ein dauerndes Auf und Ab. Mehr als einmal jammerte sie: „Es tut mir so leid, dass ich dir so viel Arbeit mache. Aber ich kann mich doch nicht selber totschlagen!"

Dann wiegelte ich ab: „Mach dir darüber keine Gedanken, ich schaff die Arbeit schon. Lerne du erst wieder besser laufen!"

Und dann schob ich sie bei gutem Wetter mit dem Rollstuhl in unserer Fußgängerzone spazieren. Fast immer trafen wir Bekannte, von ihr oder von mir. Sie genoss beides.

Wenn wir dann wieder in ihrer Wohnung waren, betonte sie, wie gut ihr der Ausgang getan habe. Das war dann wieder eine Ermutigung für mich.

Das jüngste Urenkelkind meiner Mutter wurde getauft. Das Ereignis sollte in Koblenz stattfinden. Der Großvater des Kindes wollte die Taufe selber vornehmen, in einer Kaserne der Bundeswehr, wo der Vater des Täuflings beschäftigt war.

Mutti bedauerte, dass sie an der Taufe nicht teilnehmen konnte; das hätte jedoch für sie zu viel Anstrengung bedeutet, denn die Fahrt dahin und wieder zurück hatte an einem Tag stattzufinden. Aber es gab wieder ein Thema, über das wir uns unterhalten konnten, vor und nach dem Ereignis.

Da uns der Termin der Taufe lange vorher bekannt war, konnte ich auch rechtzeitig für die notwendigen Einsätze des Pflegedienstes sorgen. Mein Mann würde sie zusätzlich noch besuchen. Er zeigte die ganze Zeit viel Verständnis für sie und entlastete mich, soweit er es konnte. Wenn ich mich bei ihm bedankte, erinnerte er mich daran, dass er früher auch viel Gutes von ihr erfahren habe. Er täte es nicht nur für mich sondern auch für sie.

Bei der Taufe erzählte mir meine jüngste Schwester, dass sie beschlossen habe, ihren anstehenden sechzigsten Geburtstag im September in Norditalien im engsten Familienkreis zu begehen, in einem Hotel, in dem sie früher schon oft gewohnt habe, und dass sie im Mai mit Mitgliedern ihrer Familie vier Wochen in die USA reisen wolle. Sie pflegte jedes Jahr weite und ausgiebige Auslandsreisen nach Übersee zu unternehmen, vornehmlich nach Südafrika und in die USA, wo alle ihre Kinder auch als Austauschschüler ein Jahr verbracht hatten und wohin sie gute Beziehungen unterhielt. Deshalb nahm ich ihre Pläne ohne besondere Überraschung zur Kenntnis.

„Nur, dass du schon einmal rechtzeitig informiert bist!", meinte sie.

Sie käme aber vorher noch Mutti besuchen und sich von ihr verabschieden. Und zu ihrem Geburtstag könne Mutti ja sowieso nicht fahren.

Ich erhielt keine Einladung zu ihrem Geburtstag, auch später nicht.

Ich verzichtete auf einen Kommentar. Auch, wenn ich nicht das allerbeste Verhältnis zu ihr hatte, fragte ich mich, wieso ich als einzige noch lebende Schwester nicht auch zum engsten Familienkreis gehörte und eingeladen wurde. Aber vermutlich war sie wegen des fast symbiotischen Verhältnisses von Mutti und mir davon ausgegangen, dass ich ja Mutti nicht alleine lassen konnte.

Wahrscheinlich hätte ich das auch nicht getan, aber ich fühlte mich doch übergangen, dass sie mich erst gar nicht einlud. Sie hätte die Entscheidung ja mir überlassen können, ab – oder zu zusagen.

Ich war mehr betroffen, als ich mir selber eingestehen wollte. Aber ich dachte voll Dankbarkeit an die Begegnung mit meinen Verwandten in der Eifel und Belgien. Es gab noch Menschen, die zu mir gehörten.

Die Frühlingstage brachten zwar wieder mehr Licht und Sonne, doch der Schnee wollte und wollte nicht weichen. Erst zu Ostern wurde das Wetter wieder angenehm.

Ich hatte mir einen hartnäckigen Husten zugezogen, der ebenfalls einfach nicht verschwinden wollte und fühlte mich schlecht. Grippe konnte es nicht sein, ich hatte mich dagegen impfen lassen. Nachts konnte ich kaum schlafen. Ich lag auf mehreren übereinander geschichteten Kopfkissen im Bett. Doch das brachte nur wenig Erleichterung, meine Rippen schmerzten höllisch bei jedem Atemzug.

Da ich nicht wusste, was ich Mutti zu Ostern schenken sollte, beschloss ich, für sie etwas Besonderes zu kochen und mit ihr zu Mittag zu essen. Das bedeutete zwar eine Anstrengung, vor allem da ich mich so schlecht fühlte und kaum stehen konnte, als ich aber ihre Freude darüber erlebte, schämte ich mich sogar ein wenig, das in der letzten Zeit nicht öfter getan zu haben. Früher waren wir manchmal zusammen essen gegangen, aber zuletzt eigentlich gar nicht mehr.

Nach dem Essen schlief sie wie üblich ein, während ich noch spülte. Ich ging nach Hause, um mich ebenfalls ein wenig hinzulegen. Zum Kaffeetrinken versprach ich, wieder zurückzukommen. Ich brauchte aber dringend meinen kleinen Spaziergang durch die frische Luft bis zu meiner Wohnung. Auch, wenn ich keine Verabredung mit meinem Sohn und seiner Familie hatte, fühlte ich mich in Muttis Wohnung wie eine Gefangene. Wahrscheinlich war das ungerecht und auf meine Enttäuschung zurückzuführen, dass ich zu Ostern nichts von meinen Kindern hörte.

Ich wusste, sie waren am Ostersonntag in Essen bei der Familie meiner Schwiegertochter, weil sich zu diesen Anlässen alle Mitglieder der Großfamilie bei der dort wohnenden Urgroßmutter einfanden, die allerdings auch genügend Platz hatte, all die vielen Leute bei sich unterzubringen. Das konnte weder Muttis noch meine Wohnung bieten.

Zum Kaffeetrinken hatte ich mein Strickzeug mit zu meiner Mutter genommen.

Wenn ich schon so lange untätig auf der Couch herumsitzen musste, konnte ich mich wenigstens mit Stricken etwas ablenken und die Zeit nutzen, um etwas zu gestalten, das meiner

Fantasie und Geschicklichkeit entsprungen war und so die verrinnenden Stunden und Minuten strukturieren.

Das Fernsehprogramm war, wie üblich an den Feiertagen, ätzend langweilig, über die Familienangehörigen konnte man sich auch nicht immer unterhalten, also strickte ich Masche um Masche, von Mutti teils bewundernd teils verwundert beobachtet.

Es fiel Mutti schon lange schwer, dem Geschehen in modernen Fernsehfilmen zu folgen. Das lag zum Teil an den schnell wechselnden Schnitten und dem Springen der Handlung von einem Schauplatz zum anderen. Dazu sprachen die Schauspieler und auch die Moderatoren in einer Geschwindigkeit, die es schon einem jüngeren Menschen schwer machten, dem Gesagten zu folgen.

Warum nahmen die so wenig Rücksicht auf ihre älteren Zuschauer? Wussten die nicht, dass ein großer Teil von denen in einem fortgeschrittenen Alter war?

Ich hatte schon einmal an einen Sender deshalb geschrieben – natürlich ohne Erfolg, noch nicht einmal eine Rückmeldung.. Die halbe Zeit musste ich deshalb Mutti die Handlung erklären oder Gesagtes wiederholen. Dazu kam eine völlig unangepasste Lautstärke von filmischer Hintergrundmusik. Allen Hörgeräteträgern dürfte diese Kombination Verständnisprobleme bereitet haben. Wenigstens über diese Kritikpunkte konnten wir uns unterhalten, aber auch das war kein neues Thema, weil wir uns schon jahrelang darüber ärgerten.

Da beschäftigte sich die Politik mit der Diskriminierung von Behinderten und in einem Bereich, in dem auf Grund der Beteiligung der Politiker an den Rundfunkräten ohne Weiteres Abhilfe geschaffen werden konnte, ging die Benachteiligung munter weiter!

Zum Glück bestand ein Teil des Sonntagnachmittagsprogramms aus alten Filmen, die noch in einer Art gestaltet waren, dass Mutti Freude an ihnen hatte, und wenn die auch nur aus dem Wiedererkennen der Schauspieler aus ihrer Jugendzeit bestand.

Der Ostersonntag schlich dahin, der Montag auch. Am Dienstag erschien mir die Notwendigkeit und Möglichkeit, einzukaufen und Besorgungen zu machen, wie eine Befreiung aus der Gefangenschaft. Auch war Maria an dem Tag wieder da, der wir so viel verdankten.

Streit

Als ich am Vormittag bei meiner Mutter ankam, war Maria gerade damit beschäftigt, das Badezimmer zu putzen. Meine Mutter monierte, sie wisse gar nicht warum Maria so lange dafür brauche. Das war einer ihrer üblichen Kritikpunkte, die sie in voller Lautstärke, wohl in der Annahme, dass Maria sie nicht hören könnte, aussprach. Schon mehrmals hatten wir deshalb Meinungsverschiedenheiten gehabt, ich wollte die ungerechte Kritik nicht akzeptieren, wollte aber auch keinen Streit mit meiner Mutter. Deshalb sagte ich ihr, wie schon so oft: „Frag sie doch!"

„Das kann ich doch nicht machen!", meinte Mutti.

Also war ihr Denkvermögen doch noch intakt.

Ich drehte die Kritikrichtung um. „Mutti", begann ich, „warum trägst du deine Hörgeräte nicht. Wie willst du dich mit Maria unterhalten, wenn du sie nicht einsetzt?"

„Das mache ich nachher, wenn sie hier ins Zimmer kommt", entgegnete Mutti nur. Ich nahm die Geräte und versuchte sie ihr einzusetzen. Mutti wehrte sich, sie wollte es alleine tun. „Geh du schon mal einkaufen!", meinte sie nur.

Ich gehorchte, mir war nicht nach Auseinandersetzungen.

Als ich zurückkam, stand Maria bei meiner Mutter im Wohnzimmer, sprach mich an und fragte, was sie als nächstes tun solle, im Schlafzimmer staubsaugen oder die Terrasse abfegen?

Ich stutzte. Sie hatte mich noch nie gefragt. Bei Mutti im Wohnzimmer lagen die Hörgeräte immer noch auf dem Couchtisch. Mutti hatte sie noch nicht eingesetzt und Maria hatte offenbar vergeblich versucht, von Mutti eine Antwort auf ihre Frage zu bekommen. Und dann beschwerte meine Mutter sich über zu langes Verweilen im Bad! Ich war empört!

„Mutti, steck sofort deine Hörgeräte rein!", herrschte ich sie an. „Du willst immer so vornehm sein, und dabei behandelst du Maria wie ..."

„Den letzten Dreck", hatte ich sagen wollen, es aber zum Glück nicht getan. Mir fiel so schnell kein Wort ein, das ich in Marias Anwesenheit sagen konnte. „ Du bist einfach nur unhöflich!"

Sicher war ich zu laut geworden, aber mir war der Kragen geplatzt. Immer so ein Getue und dann diese Missachtung! Das war nicht aus Unvermögen passiert! Das war volle Absicht.

„Schrei mich nicht so an!", keifte Mutti zurück. Ich entschuldigte mich bei ihr, genierte mich wegen meiner Lautstärke, die sicher im ganzen Haus zu vernehmen gewesen war, vor allem bei geöffneter Terrassentür. Aber auf normales Sprechen reagierte sie ja nicht. Immerhin entschloss sie sich, die Hörgeräte endlich einzusetzen, und siehe da, sie konnte es, fünf Minuten bevor Maria nach Hause ging.

Ich entschuldigte mich auch bei Maria – für meine Mutter und mich, für meine Lautstärke. Aber sie wehrte nur ab.

Es war ja nicht das erste Mal, das wir solche Auseinandersetzungen wegen der blöden Hörgeräte hatten. Es konnte auch keine Sparsamkeit im Umgang mit Batterien sein, die sie davon abhielt, die Hörhilfen immer dienstags, wenn Maria kam, so spät einzusetzen. Das war volle Absicht. Vielleicht brauchte sie jemanden, den sie herum-kommandieren und ihre Überlegenheit spüren lassen konnte. Mich zu dirigieren reichte ihr nicht.

Wahrscheinlich hatte sie ihre Hilflosigkeit nach dem ersten Schlaganfall noch nicht kom-pensiert und wollte sich und anderen etwas be-weisen. Später ärgerte ich mich vor allem über mich selbst. Hatte ich nicht vorhin allen und auch mir demonstriert, dass ich eigentlich mit Muttis Pflege total überfordert war?

Ich wusste doch, dass sie zeitweilig dement war und hatte mich dennoch hinreißen lassen. Ich hatte auf einmal Angst, dass ich dass alles nicht länger schaffen könnte. Ich brauchte Unter-stützung, vor allem beim Tragen der Verantwor-tung. Ich musste versuchen, mich mehr zusam-men zu nehmen.

Ein paar Tage ging es gut; ich lächelte, wenn sie mir wieder ihre Geschichten erzählte, dass jede Nacht jemand gegen ihre Korridortür poltern würde, dass Leute zu ihr in die Wohnung kamen, dass Stimmen ihren Namen riefen und erklärte, dass es mir auch schon passiert wäre, dass ich Traum und Wirklichkeit nicht auseinanderhalten könnte. Aber das ließ sie nicht gelten.

Dann machte sie mir Vorwürfe, dass ich abends vergessen hätte, ihr die Entwässe-rungstabletten rauszulegen. Ich meinte zwar, das getan zu haben, fühlte mich aber verunsichert. Was, wenn ich einmal die Tabletten verwechselte oder ganz vergaß und ihr deshalb etwas passier-te?

Ich sah sie schon im Geiste tot in ihrer Wohnung liegen und machte mich spätabends noch einmal auf den Weg zu ihr. Sie saß vergnügt im Nachthemd vor dem Fernseher.

Ich vereinbarte mit ihr, dass sie mich demnächst immer anrief, bevor sie Licht aus machte, ich blieb ohnehin immer lange auf, weil ich erst gedanklich abschalten musste, bevor ich ins Bett ging.

Sie rief ein paar Mal an, dann vergaß sie es. Dafür kamen wieder die Anrufe ihrer Schwägerin, und wieder fuhr ich manchmal nach dem Abendbrot mit dem Rad zu ihr, weil mir das Rangieren mit dem Wagen zu umständlich war und ich keine Lust hatte, von meinen Nachbarn angesprochen zu werden, ich würde meinen Wagen nicht gerade auf meinen Stellplatz stellen. Ich hatte abends manchmal nicht mehr die Geduld, im Dunklen so lange zu rangieren, bis der Wagen genau parallel zu den anderen stand und die Eigentümer des Parkplatzes, der neben meinem lag, fühlten sich durch meine Art zu parken beeinträchtigt.

Ich kontrollierte täglich Muttis Blutdruck und Puls, kontrollierte ihre Beine; las aufmerksam die Eintragungen des Pflegedienstes in die dafür vorgesehenen Mappen, wenn welche getätigt worden waren. Die Pflegerinnen mussten doch auch feststellen, dass Muttis Beine verfärbt oder geschwollen waren!

Aber da war wenig zu finden. Mal waren die Eintragungen äußerst dürftig, mal fehlten sie ganz, manchmal waren auch die Mappen nicht da. In Ordnung fand ich das nicht.

Ich fragte beim Pflegdienst nach. Wohl fühlte ich mich nicht dabei, immerhin war ich froh, dass Mutti die Pflegekräfte akzeptierte. Ich wollte niemanden verärgern.

Mal waren die Mappen bei der Leitung des Pflegedienstes, weil eine Prüfung der Pflegerin bevorstand, mal gab es einen anderen Grund, eine Besprechung oder sonst etwas. Aber es gab ganz selten mal eine Eintragung, die auf Muttis verschlechterten Zustand hinwies.

Ich hätte so gerne die Verantwortung mit anderen geteilt! Ich wusste ja, dass Muttis Herz geschwächt war und dass die geschwollenen Beine kein gutes Zeichen waren.

Überforderung

Auch mein Gesundheitszustand war nicht befriedigend. Erst hatte ich es auf einen Schub meiner Autoimmunerkrankung geschoben, dann glaubte ich an eine Erkältung.

Ich musste nun nicht mehr nur mehrere Kopfkissen übereinander legen, um nachts Luft zu bekommen, sondern auch noch das Kopfteil des Lattenrostes hochstellen. Dann kamen Ende anhaltende April Schmerzen dazu, erhebliche; ich wusste nicht mehr, wie ich im Bett liegen sollte, so taten mir meine Rippen weh. Auf der rechten Seite konnte ich nicht liegen, auf der linken auch nicht mehr, genauso wenig wie auf dem Rücken. Die Nächte verliefen fast schlaflos. Ich bekam Fieber, zwar zuerst nur leichtes, aber ich fühlte mich hundeelend.

Ich reagierte gereizt, wenn mich Bekannte anriefen und über ihre Wehwehchen klagten. Zwar versuchte ich, sie das nicht spüren zu lassen aber es kostete mich zunehmend Beherrschung, auch wenn ich seit langer Zeit Übung darin hatte.

Tagsüber lag ich in jeder freien Minute auf der Couch, von allen mir zur Verfügung stehenden Kissen gestützt. Nachts schwitzte ich mir die Seele aus dem Leib, stand mehrmals auf, um mein Nachthemd zu wechseln und machte mich morgens mit großer Anstrengung und Selbstbeherrschung auf den Weg, um Mutti zu besuchen. Die Kraft, um am Herd zu stehen und zu kochen, hatte ich nicht mehr; ich wärmte für Mutti Konservendosen auf, von ihren aufmerksamen und misstrauischen Blicken begleitet. Die Besuche bei ihr wurden zwangsläufig kürzer. Ich atmete nur noch wie ein Kind, das lange geweint hat, immer plötzlich von einer Art Schluchzen unterbrochen.

Nach ein paar Tagen fuhr ich zum Arzt. Meine Hausärztin war mit ihrer Familie in den Osterferien. Ich suchte mir deshalb den nächsten, der bereit war, mich anzusehen. Er schickte mich gleich ins nächste Krankenhaus zum Röntgen.

Es war eine einzige Qual, beim Warten auf den Stühlen zu sitzen; das dauerte so lange, aber ich hatte ja keinen Termin, und musste froh sein, dass ich überhaupt angenommen worden war. Dazu kam die Unruhe wegen Mutti; sie wusste ja nicht, dass ich später kam als sonst.

Der Radiologe warf nur einen Blick auf die Aufnahmen und meinte: „Sie wissen ja, dass Sie ein ausgeprägtes Emphysem haben?" „Ja, aber das ist doch nicht so schlimm. Das kommt wohl vom Lupus!"

Er hielt es nicht für angebracht, darauf zu antworten, sondern empfahl mir, umgehend, zu meinem Hausarzt zurück zu fahren. Der würde alles Weitere veranlassen.

Das tat der auch. Er verordnete mir sofortige Bettruhe und Antibiotika, obwohl ich die eigentlich auch nicht einnehmen wollte, weil ich sie nicht vertrug. Mein Fieber betrug ja noch keine neununddreißig Grad. Da kannte ich ganz andere Temperaturen. Für ihn war das keine Entwarnung. Bei meiner regelmäßigen Einnahme von Immunsuppressiva müsste ich das sehr ernst nehmen.

Ich fuhr also zur Apotheke und dann zu Mutti, die schon auf mich wartete.

Von ihrem Telefon aus versuchte ich, den Pflegedienst zu erreichen. Vor dem nächsten Tag konnte niemand zusätzlich für ihre Pflege eingesetzt werden. Es war Freitag, und auch am nächsten Tag konnten sie auch noch nicht dreimal am Tag eine Pflegerin schicken. Elke stand ohnehin nicht zur Verfügung. Ich musste es noch einen Tag schaffen; am übernächsten Tag wollte meine Schwester zu ihrem Abschiedsbesuch kommen, bevor sie nach Amerika flog.

Wie ich den Tag überstanden habe, weiß ich nicht. Mir wäre es auch recht gewesen, wenn ich gestorben wäre, nur nicht mehr die Schmerzen, diese Luftnot, diese Quälerei, dieses Versorgen und Umsorgen von anderen, wo ich kaum Kraft für mich hatte. Irgendwann war es dann geschafft; Mutti lag im Bett und ich konnte mich auch hinlegen und liegen bleiben. Sie hatte es mit Besorgnis und Kopfschütteln zur Kenntnis genommen, dass ich am nächsten Tag nicht zu ihr kommen wollte, wo doch der Besuch meiner Schwester anstand.

Ich erkundigte mich am nächsten Morgen telefonisch bei ihr, ob Elke da gewesen wäre und sie verstand sogar, was ich gefragt hatte.

Dann klingelte mein Telefon, meine Schwester rief an, ob ich wirklich krank wäre, sie käme mit der Auflistung und den Anweisungen für die Einnahme der Medikamente nicht klar. Es wäre eine Zumutung, was ich ihr aufgeschrieben hatte.

Sie hatte Recht. Ich hatte die verschiedenen Medikamente und deren Dosierung und Einnahmezeitpunkt auf zwei oder drei Briefcouverts geschrieben, weil es mir zu anstrengend war, bei meinem Befinden noch lange nach geeignetem Papier zu suchen. Auch hatte ich einen Bleistift benutzt, der eigentlich dringend vorher hätte angespitzt werden müssen. Das war mir alles zu viel.

A. kümmerte sich um Mutti, sie übernahm sogar einen Teil meiner Aufgaben. Aber es gelang ihr nicht so recht, sich mit ihr zu unterhalten. Sie nahm dann den gleichen Bleistift, den sie bei mir moniert hatte, und versuchte damit eine schriftliche Verständigung zu erreichen. Das Zeugnis dieser Bemühungen fand ich einige Tage später. Sie muss ziemlich verzweifelt gewesen sein, weil sie sich akustisch nicht verständlich machen konnte.

Am Montag wurde Mutti ausschließlich vom Pflegedienst betreut; ich hatte immer noch Fieber, nachts konnte ich nicht schlafen vor lauter Husten, mir tat immer noch alles weh, jetzt nicht nur die Rippen sondern auch der ganze Bauch. Nur das Fieber war etwas niedriger. Den Gang zur Toilette schaffte ich nur mit einer großen Willensanstrengung, an den Wänden entlang getastet. Ich konnte mich noch nicht einmal zum Essen an den Tisch setzen.

Ich verbrachte meine Stunden wechselnd zwischen Couch und Bett in einer Art Halbschlaf, mal von schlimmen Träumen, dann wieder von Selbstvorwürfen gequält. Hoffentlich war bei Mutti alles in Ordnung, hoffentlich kam sie in den Stunden des Alleinseins zurecht!

Ob ich nicht doch zu ihr fahren sollte? Aber ich hatte wirklich nicht die Kraft dazu.

Ende

Am nächsten Morgen klingelte recht früh das Telefon. Ein Blick auf die Uhr zeigte mir, es war kurz nach sieben Uhr. Hatte ich mich wieder getäuscht und mir das Läuten nur eingebildet? Nein, das Telefon klingelte erneut. Warum rief Mutti so früh an? Maria konnte es nicht sein, es war zwar Dienstag, aber sie kam immer erst später. Sollte Mutti wieder einmal gefallen sein?

Ich ahnte nichts Gutes.

Eine unbekannte, weibliche Stimme meldete sich. Es war eine Mitarbeiterin des Pflegedienstes, nicht Elke. „Sie sind doch die Tochter von Frau Förster?

Wir haben ihre Mutter im Flur ihrer Wohnung gefunden. Sie hat sich verletzt. Sie ist nicht ansprechbar. Was sollen wir tun?"

Ich war völlig geschockt. „Was ist mit ihr? Lebt sie?"

„Ja, sie lebt, aber sie reagiert nicht. Sie ist wohl gestürzt; hier ist alles voll Blut!"

Was sollte i c h tun? Ich konnte mich selbst kaum auf den Beinen halten, deshalb hatte ich doch den Pflegedienst beauftragt. Die mussten doch besser wissen, was jetzt zu tun war!

„Rufen Sie sofort einen Krankenwagen und bringen Sie Mutti ins Krankenhaus. Aber bitten Sie darum, dass man mich benachrichtigt, sobald sie dort eingetroffen ist und man Näheres weiß. Am besten ins M.- Hospital!"

Eigentlich hatte sie dort gar nicht mehr hingewollt und auch ich hatte Muttis letzten Aufenthalt dort noch in schlechter Erinnerung. Doch es war das nächste und ich sah mich nicht in der Lage, in meinem Zustand Auto zu fahren oder jetzt lange auf einem Stuhl im Wartebereich zu sitzen. Mir ging es einfach zu schlecht.

Eine halbe Stunde später rief ich in der Notaufnahme des Krankenhauses an. Mutti wurde noch untersucht. Ich bat, mich zu benachrichtigen, sobald sie auf einer Station wäre.

Ich wartete, aber das Telefon wollte und wollte nicht klingeln. Also rief ich wieder an. Mutti war noch beim Röntgen. Ich bekäme Nachricht.

Inzwischen hatte ich mich angezogen und etwas gefrühstückt. Mir war immer noch schwindlig, aber gleichzeitig fühlte ich mich in Panik, weil ich nichts tun konnte. Also rief ich erneut an. Immer noch nichts Neues. Es könnte noch dauern. Sie hätten so viel zu tun.

Ich sah in meinen Gedanken die ganze lange anstrengende Prozedur des Aufnahmeverfahrens ablaufen. Mutti war so alleine. Aber ich k o n n t e nicht bei ihr sein!

Ich rief den Pflegedienst an. Die wussten auch nichts. Ich glaube, sie hatten sie auch allein ins Krankenhaus bringen lassen, ohne Begleitung. Aber es waren ohnehin ihr fremde Pflegekräfte gewesen, keine Elke, die beruhigend auf sie gewirkt hätte.

Ich war innerlich zerrissen: Auf der einen Seite wusste ich, dass Mutti dringend jetzt meine Anwesenheit gebraucht hätte, auf der anderen Seite war ich selber kaum in der Lage, auf einem Stuhl zu sitzen.

Endlich klingelte das Telefon. Eine Ärztin meldete sich. Es war jetzt fast Mittag. Ob ich eine

Vollmacht für Mutti hätte. Ich bejahte, aber nur für Bankgeschäfte und Krankheitsfälle. Die Vollmacht dafür lag bei der Krankenkasse.

Sie müsse Mutti eine Magensonde legen. Ob ich damit einverstanden wäre. Eine solche Sonde hatte ich auch schon einmal über Wochen gehabt, zur Nahrungsaufnahme. Nicht schön, aber es gab Schlimmeres. Ich fragte erneut, ob Mutti jetzt endlich ein Bett auf einer Station hätte und ob ich sie besuchen könnte, auch wenn ich eine infektiöse Erkrankung hätte.

Ich könne sie besuchen, und sie würde sofort auf die Station gebracht. Die Ärztin nannte mir die Zimmernummer und die Station.

Ich rief ein Taxi an und machte mich auf den Weg.

Mutti lag in einem Dreibettzimmer, in der Mitte, sie war wach und erleichtert, mich zu sehen. Gleichzeitig zeigte sie mit anklagender Miene mit ihrem Finger auf die Magensonde, die mit einem Pflaster an ihrer Nase befestigt worden war. Sie zog daran. „Die soll weg!", sagte sie empört.

Ich versuchte ihr zu erklären, dass ich ihr Unbehagen verstehen könnte, aber dass im Moment dieser Schlauch notwendig wäre, um sie zu versorgen. Sie war nicht glücklich über diese Auskunft und sah mich bittend an. Ich konnte ihr nicht helfen und fühlte mich ratlos. Mir blieb nichts, als den Ärzten zu vertrauen.

So versuchte ich sie zu beruhigen, indem ich ihr berichtete, ich hätte das auch gehabt nach meinem Kieferbruch, das wäre auch bei ihr nur eine vorübergehende Maßnahme. Sobald sie wieder trinken könne, käme der Schlauch weg.

Ob sie mich verstand, weiß ich nicht, sie trug ja keine Hörgeräte, und natürlich war sie durch den Sturz und die plötzliche Einlieferung ins Krankenhaus total verstört.

Mit meiner Stimme drang ich nicht zu ihr durch, mir blieb nur, ihre Hände zu halten und zu streicheln. Sie wirkte so unglücklich; aber das war ich auch.

Eine Unterhaltung mit ihr war nicht möglich, so laut konnte ich nicht schreien. Wir waren ja nicht alleine im Zimmer; da lagen noch zwei andere Frauen und eine davon hatte Besuch, die andere hielt die Augen geschlossen. Vielleicht ging es ihr auch sehr schlecht und eine so laute Unterhaltung würde sie stören. Auch Mutti fielen immer wieder die Augen zu. Es war schon fortgeschrittener Nachmittag, als ich ging.

Ich versprach, am nächsten Tag wieder zu kommen und ihr eigene Nachthemden mitzubringen.

Auch wenn ich froh war, das Krankenzimmer verlassen zu können, war ich höchst beunruhigt. War es richtig, dass ich ging? Sollte ich nicht lieber noch bei ihr bleiben? Aber allein dieser Besuch war schon mehr, als mein Hausarzt mir erlaubt hätte. Er hatte mir für eine Woche strenge Bettruhe verordnet.

Ich versuchte, den Stationsarzt zu sprechen, um Auskünfte über ihren Gesundheitszustand zu erfahren, allein es lagen noch nicht alle Untersuchungsergebnisse vor. Ich fuhr wieder mit dem Taxi nach Hause und benachrichtigte meine Schwester. Sie wollte am nächsten Tag in die USA fliegen.

„Ach", meinte sie nur, „die Mutti hat sich schon so oft wieder erholt. Es wird wieder genauso sein. Wir fliegen trotzdem. Wir wollen uns mit H. und seiner Freundin treffen und gemeinsam einige Nationalparks besuchen. Wir haben schon alles gebucht. Wenn etwas ist, kannst du ja S. benachrichtigen. Wir mailen regelmäßig miteinander. Ihre Telefon-Nr. hast du ja."

Ich musste ihre Entscheidung hinnehmen.

Am nächsten Morgen fuhr ich erst in Muttis Wohnung, um Nachthemden und Toilettenartikel einzupacken und ihr zu bringen. In der Wohnung fand ich mehrere große, eingetrocknete Blutflecken. Ich versuchte, sie zu beseitigen, aber das war nicht ohne weiteres möglich. Ich hätte sie erst einweichen müssen. Aber dazu fehlte mir die Zeit. Ich hatte es eilig, ins Krankenhaus zu kommen.

Als ich in Muttis Zimmer kam, schlief sie; sie ließ sich auch nicht aufwecken.

Ich suchte eine Schwester, um mich zu erkundigen, wie sie die Nacht verbracht hatte.

Die Schwester, die ich schon sehr lange aus meiner Beschäftigungszeit in dem Krankenhaus kannte, fühlte sich sichtbar unbehaglich und zögerte:„Gestern, am späten Abend und in der Nacht war sie sehr unruhig, sie wollte immer aufstehen. Schließlich habe ich ihr eine Spritze gegeben und seitdem schläft sie." Es lag sehr viel nicht Ausgesprochenes in ihren Worten.

Ich fragte nach der Visite, wann die käme; es war Mittwoch, der Tag der regelmäßigen Chefvisite. Ich wollte den Chefarzt sprechen, den ich gut kannte. Es dauerte, bis der sich sehen ließ.

Immer wieder guckte ich nach Mutti, aber sie schlief und war nicht ansprechbar. Meine Unruhe wuchs von Minute zu Minute.

Ich wartete auf dem Flur, nicht in ihrem Zimmer, weil ich Angst hatte, der Arzt könnte die Station verlassen, bevor ich mit ihm gesprochen hatte.

Endlich kam er. Ich sah schon an seinem Blick, dass er mir nichts Gutes zu verkünden hatte. Die Kopfverletzung war nicht das Schlimmste. Mutti hatte einen Darmverschluss; eine Operation kam wegen ihres schwachen Herzens nicht mehr in Frage. Er riet, alle Medikamente abzusetzen und der Natur ihren Lauf zu lassen. Er könne ihr nur ein stilles Zimmer geben und dafür sorgen, dass sie keine Schmerzen erleiden müsse. Sie wäre siebenundneunzig, ihr Tod nicht mehr zu verhindern.

Ich bedankte mich für seine Offenheit, sagte ihm, dass ich nun nach Hause fahren würde, um die Familie zu benachrichtigen und dann wieder käme. Ich ging noch einmal in Muttis Zimmer, sie schlief immer noch. Ich verließ sie dann schnell, um mein Vorhaben auszuführen und dann zurückzukommen.

Ich benachrichtigte meinen Sohn und S., die Tochter meiner Schwester.

Dann fuhr ich wieder zu Mutti. Sie lag inzwischen in einem anderen Zimmer, allein, und schlief. Die Magensonde war entfernt worden, dafür hatte man ihr eine Infusion gelegt.. Von Zeit zu Zeit stöhnte sie auf. Hier, wo ich mit ihr alleine war, konnte ich mit ihr sprechen. Ab und zu öffnete sie ein Auge, aber ich merkte, dass sie mich nicht erkannte. Ihr Blick ging ins Leere. Sie atmete ungleichmäßig. In regelmäßigen Abständen kam eine Schwester herein, befeuchtete ihre Lippen, kontrollierte die Infusion und ging wieder.

Lippen befeuchten! Das konnte ich auch für sie tun. Sonst blieb mir nur, ihre Hände zu streicheln.

Das ging stundenlang so. Ich machte mir Vorwürfe, dass ich gestern Abend nicht bei ihr geblieben war. Aber mir hatte die körperliche Kraft dazu gefehlt. Ich hatte ja immer noch Fieber, Schmerzen und konnte kaum auf dem Stuhl sitzen. Dennoch, wenn ich gewusst hätte, dass es ihre letzten bewussten Stunden waren, hätte ich es versucht.

Als es schon dämmerte, kam mein Sohn. Er nahm mich voller Mitgefühl in den Arm und wachte mit mir. Die Zeit schlich. Als die Stationsärztin kam, fragte ich sie, wie lange Mutti wohl so liegen könnte. Diese Frage konnte sie mir nicht beantworten, riet mir aber nach Hause zu gehen; wenn eine Veränderung in ihrem Zustand eintreten würde, bekäme ich Nachricht.

Mein Sohn brachte mich nach Hause. Er wollte sich am nächsten Tag frei nehmen und mit mir wiederkommen.

Mutti lag am nächsten Tag genau so da, wie wir sie verlassen hatten. Wir saßen bei ihr, hielten abwechselnd ihre Hand oder streichelten sie. Die Zeit schlich.

Wir begannen uns mit der Frage zu beschäftigen, wie das weitergehen würde. Mutti hatte nicht ins Krankenhaus gewollt. Diesen Wunsch hatte ich ihr nicht erfüllt, nicht erfüllen können. In mir reifte der Gedanke, sie nach Hause zu holen.

Ich besprach dieses Vorhaben mit meinem Sohn; er fand es gut. Ich sprach die Stationsärztin an. Sie hielt es für machbar und zeigte sich hilfsbereit.

Alle Mitarbeiter der Station unterstützten mein Vorhaben nach Kräften.

Das war ein ganz anderes Bild, was sich mir jetzt bot, im Vergleich zu dem letzten Krankenhausaufenthalt, auch der Umgang mit meiner – zugegeben nun völlig hilflosen Mutter – war ausgesprochen liebevoll. Jetzt brauchte aber auch ich Hilfe bei der Durchführung meines Vorhabens, fachliche, die über die Möglichkeiten des Pflegedienstes hinausging.

Ich begab mich zur Krankenkasse, die ganz in der Nähe des Krankenhauses ihre Zweigstelle hatte, und trug mein Anliegen vor. Auch da war man sofort bereit, mir zu helfen. Überhaupt hatten sich die Mitarbeiter der Krankenkasse vor Ort in all den Jahren, in denen ich wegen der Angelegenheiten meiner Mutter bei ihnen vorstellig geworden war, als ausgesprochen entgegenkommend und hilfsbereit erwiesen. So setzten sie sich auch jetzt aus eigenem Antrieb mit der Palliativpflege in Verbindung; ich durfte von ihrem Anschluss aus mit dem Pflegedienst telefonieren, dessen Hilfe ich nun verstärkt in Anspruch nehmen musste, und zwar vom nächsten Tag an, zusätzlich zur Palliativpflege.

Ich informierte die Leitung des Pflegedienstes über meine bereits getätigten Vorplanungen und fand ihre Bereitschaft mitzuwirken. Die Palliativpflege versprach, sich auch noch um ehrenamtliche Unterstützung zu kümmern. Nun brauchte ich noch ein Pflegebett.

Auch diese Verschreibung organisierte ich. Das Sanitätshaus wollte am nächsten Morgen um acht Uhr das Pflegebett bringen. Mein Sohn machte sich auf den Weg zu Muttis Wohnung, um das Wohnzimmer auszuräumen. Dort musste Platz für Muttis Pflegebett geschaffen werden. Ich wollte in ihrem Schlafzimmer schlafen. Alles war organisiert. Auch wenn es keine leichte Zeit werden würde, Mutti könnte nach Hause kommen und da ihre letzten Tage und Stunden verbringen.

Ich verabschiedete mich am Abend mit einem Kuss von ihr und flüsterte ihr zu: „Morgen, Mutti, hole ich dich nach Hause. Du brauchst nicht ins Pflegeheim." Ich war aufgeregt und fast in Hochstimmung. Ich könnte ihr ihren größten Wunsch erfüllen, das letzte, was ich für sie tun konnte.

Schock

Für den nächsten Morgen hatte ich mir sehr früh den Wecker gestellt.

Ich wollte noch vorher Muttis Wohnzimmer putzen, bevor das Pflegebett dort aufgestellt würde. Als ich den Fernsehtisch zur Seite schob, fiel ein Blatt von der Zwischenablage. Ich hob es auf. Es war eine mit Bleistift geschriebene Notiz meiner Schwester an meine Mutter. Offenbar hatte sie sich mit ihr akustisch nicht mehr verständigen können. Mit Bleistift geschrieben stand auf einem linierten Blatt zu lesen:

„Wenn Du ins Pflegeheim gehst, kann Margit Dich jeden Tag besuchen und muss nicht alles für Dich organisieren. Die Organisation ist zu viel für Sie, dann stirbt Sie noch nächstens. Wenn Du ins Pflegeheim gingst wäre es einfacher für Sie! Sie wird dann länger Leben. Die kommt dreimal am Tag. Sie hat kein eigenes Leben."

Die Schrift, die Anordnung, die Rechtschreibfehler, die Wortwahl ließen ahnen, dass der Schreiber sich in höchst erregtem, ja verzweifelten Gemütszustand befunden haben musste, verursacht durch vergebliche Versuche, sich dem Adressaten gegenüber akustisch verständlich zu machen.

Sie konnten auch die schriftliche Antwort auf die Bemerkungen meiner Mutter gewesen sein. Es war auf jeden Fall die Schrift meiner Schwester, die meine Mutter am Wochenende vor ihrem Tod besucht hatte, als ich krank war.

Es war das letzte, was meine Mutter an Äußerungen meiner Schwester zur Kenntnis genommen hatte.

Dann lag noch ein Zettel mit dem Abflugtermin in die USA und das Datum ihrer Rückkehr auf dem Tisch.

Ich stand noch ganz geschockt, mit dem Papier in meiner Hand, an der offenen Terrassentür, als eine Nachbarin vorbeikam, die immer sehr früh ihren Hund ausführte, und mich sah. Sie war verwundert, denn sie wusste noch nichts von dem Krankenhausaufenthalt meiner Mutter. Ich zeigte ihr das Blatt, immer noch ganz entsetzt, dass A. Mutti so etwas geschrieben hatte. Sie hatte es wahrscheinlich gut gemeint, aber die Wirkung muss auf meine Mutter katastrophal gewesen sein, so, als ob sie ihr die Schuld an meiner Erkrankung und meinem baldigen Tod zuschieben wollte.

Vielleicht hatte ich aber an diesem Morgen alles zu düster gesehen, nur Mutti tat mir ungeheuer leid. Sollte das Letzte gewesen sein, was sie von ihrer Jüngsten zu „hören" bekommen hatte?

Jedoch ich hatte keine Zeit, lange mich solchen Gedanken hinzugeben.

Ich musste mich mit dem Putzen beeilen. Das Pflegebett würde gleich geliefert werden.

Ich hatte den Boden gerade trocken gewischt, da klingelte es schon; der Mitarbeiter vom Sanitätshaus kam mit dem Bett. Ich half ihm, die Teile hereinzutragen. Er hatte schon mit dem Zusammenbau angefangen, da klingelte es erneut. Diesmal war es das Telefon. Es war eine

Schwester von Muttis Station. Sie teilte mir mit, dass Mutti eben gestorben wäre.

Ich stand mit dem Hörer in der Hand und konnte mich nicht rühren.

Der Angestellte des Sanitätshauses wollte gerade wieder die Wohnung verlassen, wohl um weitere Bettteile zu holen. Ich hielt die Hand über den Hörer und stoppte ihn.

„Sie können aufhören mit dem Zusammenbauen", sagte ich zu ihm, „meine Mutter ist gerade gestorben."

Er packte wieder schweigend zusammen.

„Wann?", fragte ich die Schwester und dann, „kann ich zu ihr kommen?"

„Als wir heute Morgen um sieben Uhr zu ihr hereinkamen, um sie zu waschen, lag sie tot in ihrem Bett. Eine halbe Stunde vorher war eine Schwester noch bei ihr gewesen, da atmete sie noch ganz normal. Es tut uns leid. Natürlich können Sie jetzt kommen!"

Ich rief meinen Sohn an, berichtete ihm, was passiert war. Er kam sofort, um mit mir zum Krankenhaus zu fahren. Mein Mann begleitete ihn.

Ich funktionierte in der Zwischenzeit wieder in gewohnter Weise. Ich bestellte den Pflegedienst ab, informierte die Palliativpflege und bat, auch den ehrenamtlichen Unterstützungspersonen Bescheid zu sagen, dass ihre Hilfe nicht mehr nötig sei. Dann rief ich meine Nichte an, damit sie meiner Schwester die Nachricht von Muttis Tod mitteilen könnte.

Danach fuhren wir zu dritt zum Krankenhaus. Noch beherrschte ich mich, obwohl mein Herz immer schneller schlug, je näher wir ihrem Zimmer kamen. Ich beeilte mich, als ob ich immer noch in Gefahr wäre, zu spät zu kommen.

Nun war das eingetreten, was ich unter allen Umständen hatte verhindern wollen. Mutti war ganz alleine, mutterseelenalleine, gestorben, wie meine älteste Schwester. Ich konnte es nicht fassen, ich war nicht zu beruhigen.

Als ich in das Sterbezimmer kam, und sie da so still liegen sah, brach ich über ihr zusammen. Ich stürzte mich auf sie und küsste sie. Auf einmal fühlte ich solche Sehnsucht nach ihrer körperlichen Nähe in mir, dass es mir den Atem nahm. Der Hals schmerzte mir vor seelischem Leid und Schuldgefühl.

Ich hätte nicht nach Hause gehen dürfen, gestern Abend, um alles für sie vorzubereiten. Ich war weggelaufen, als ich zur Krankenkasse ging, um zu organisieren, ich hätte stattdessen bei ihr bleiben sollen. Es war doch ihre letzte Nacht.

Aber ich hatte es doch nicht gewusst, dass sie nur noch wenige Stunden zu leben hatte, und die Stationsärztin auch nicht, sonst hätte sie mich doch nicht unterstützt, alles für das Nachhauseholen vorzubereiten.

Mein Mann zog mich von ihrem Bett weg. „Komm, lass das!", sagte er nur.

Aber ich ließ mich nicht trösten. Nun brachen doch die Tränen aus mir heraus, ich machte nicht nur mir Vorwürfe – sondern ihr auch. „ Warum, Mutti, hast du nicht auf mich gewartet?"

Eine ältere Krankenschwester war unbemerkt ins Zimmer gekommen.

Sie meinte später, meine Mutter habe das absichtlich gemacht, zu sterben, als ich nicht dabei war. Sie habe mir die Belastung ersparen wollen, die mit ihrem Heimkommen verbunden gewesen wäre.

Hatte sie wirklich, trotz ihrer tiefen Bewusstlosigkeit, etwas von meinen Plänen mitbekommen? Diese Frage kann mir niemand beantworten. Sie beschäftigt mich bis heute.

Muttis Gesicht, so wie sie auf dem Kissen lag, war so fremd, so streng, ihre Nase so gerade, so schmal. Sie sah aus wie eine Wachsblume, als ob sie nie gelebt hätte. So hatte meine Mutter nie ausgesehen. Da lag ein Körper, aber wo war sie? Sie konnte doch nicht für immer weg sein!

Das Sterben meines Kindes war mir wieder gegenwärtig. Da hatte mich das gleiche Gefühl erfasst, genau so unbegreifbar, genauso atemnehmend. Sie war da, wo Dag war. Sie waren jetzt zusammen. Ich musste es hinnehmen.

Sie waren beide nicht allein. Vati war auch da - und Oma. Bald würde ich auch da sein. Aber vorher hatte ich noch Aufgaben zu erfüllen, zu funktionieren.

Wir bleiben noch eine Weile bei ihr sitzen, unterhielten uns nur mit gedämpften Stimmen. Schließlich stand ich auf, sah sie noch einmal an.

Doch dieses Gesicht wollte ich nicht in Erinnerung behalten.

Ich nahm Abschied.

In dem Stationszimmer wartete die Ärztin auf mich, sie hatte wohl von meinen Selbstvorwürfen gehört. Sie versuchte mich zu trösten, es wäre so für alle das Beste, Mutti brauchte sich nicht mehr zu quälen, und mir bliebe auch viel erspart. Niemand hätte sagen können, wie lange Mutti noch zu leben gehabt hätte. Und – sie wäre nun schon so viele Jahre auf der Station und noch nie habe sie es erlebt, dass jemand einen Angehörigen zum Sterben nach Hause holen wollte. Ich wäre die erste. Sonst brächten die Menschen ihre Verwandten zum Sterben ins Krankenhaus, nicht umgekehrt.

Dennoch trösteten mich ihre Worte nicht. Einen gewissen Trost gab mir nur das Bewusstsein, dass die Menschen, die ich am meisten geliebt hatte, jetzt zusammen waren und dass ihnen nichts Schlimmes mehr passieren könnte.

Mein Sohn brachte mich nach Hause.

Es lagen noch viele Aufgaben vor mir, die jetzt in Angriff genommen werden mussten.

Zuerst rief ich meinen Neffen in München an, der Oma in den letzten Jahren besonders nahe gestanden hatte und der in ihr - nach dem Tode seiner Eltern - einen Menschen gefunden hatte, der ihn vorbehaltslos liebte.

Als ich mit ihm sprach, versagte mir die Stimme. Ich hatte ihn im Dienst angerufen und versprochen, mich am Abend noch einmal zu melden. Dann nahm ich Verbindung zu einem Beerdigungsinstitut auf und vereinbarte für den späten Nachmittag einen Termin.

Später folgte die Benachrichtigung von weiteren Verwandten, vor allem meiner Nichte S. Es fiel mir immer noch schwer zu sprechen.

Meine Schwester rief aus Amerika an. Wie sie reagierte und was sie alles gesagt hatte, weiß ich nicht mehr. Mir blieb nur im Gedächtnis, dass sie mich anwies, mit der Urnenbeisetzung so lange zu warten, bis sie aus den USA zurückkäme. Sie würde morgen wieder anrufen.

Urnenbeisetzung!

Ich hatte mir noch gar keine Gedanken über die Frage Erdbestattung oder Einäscherung gemacht. Ich konnte Mutti doch nicht verbrennen lassen! Diesen Gedanken fand ich entsetzlich.

Für Vati hatten wir eine Erdbestattung gewählt, für meinen Sohn auch, wie für meine Schwiegermutter.

Über dieses Thema hatte ich mit Mutti auch noch nie gesprochen, wohl darüber, dass sie in W. beerdigt werden sollte. Sie hatte in den letzten Jahren mitbekommen, mit welchem Zeitaufwand und Krafteinsatz von mir die Pflege von Vatis Grab verbunden war. Ich war ja seit Jahren schon die einzige, die sich darum kümmerte und ohne M.s Hilfe hätte ich es in den letzten Jahren auch kaum noch geschafft. Ich war schließlich auch nicht mehr die Jüngste und schon gar nicht gesund.

Aber Mutti ohne die Begleitung von A. und deren Kindern beerdigen zu lassen, schien mir auch undenkbar. Ich musste eine Entscheidung treffen.

Neben dem Grab meines Sohnes war eine Grabstätte frei, und Dags Grab würde ich erhalten und pflegen, so lange ich lebte.

Als am Abend die Mitarbeiterin des Beerdigungsinstitutes kam, stellte sie mir auch die Frage nach der Art der Bestattung. Ich vertröstete sie auf den nächsten Tag, bat sie aber, sich schon einmal um die freie Grabstelle neben Dags Grab zu kümmern und sie für uns zu reservieren.

Abends telefonierte ich erneut mit meinem Neffen; mein Sohn und M. waren bei dem Gespräch anwesend.

Mein Neffe hatte Verständnis für meine für meine Bedenken, schließlich waren seine Eltern auch mit einer normalen Erdbestattung beigesetzt worden.

Aber diese Frage war für ihn eher nebensächlich. Er zeigte sich aber entsetzt darüber, dass A. erst in vier Wochen aus dem Urlaub zurückkommen wollte und mir zumutete, so lange mit der Beerdigung zu warten. Ihm waren die Tage des Wartens zwischen dem Tod seiner Eltern und deren Beerdigung noch in schlimmer Erinnerung. Meine „eigenen" Männer sahen weder in der Urnenbeisetzung noch in der langen Wartefrist ein großes Problem, hatten aber wenig Verständnis dafür, dass A. ihren Urlaub nicht abbrechen wollte und mich mit der ganzen Organisation allein ließ.

Nach einer fast schlaflosen Nacht entschloss ich mich, den Wünschen meiner Schwester zu entsprechen. Eine ernsthafte Entzweiung ihrer Töchter wegen einer solchen Frage hätte Mutti wahrscheinlich großen Kummer bereitet. Außerdem waren ihr eigener Vater und ihr Bruder auch eingeäschert worden.

Ich benachrichtigte die Dame vom Institut, dass es eine Urnenbeisetzung geben sollte. Als

Datum nannte ich den Tag nach A.s Rückkehr aus den USA.

Ich wollte diesen schlimmen Termin so bald wie möglich hinter mich bringen, auch nicht einen Tag länger als unbedingt nötig warten.

Nachdem diese wichtige Frage entschieden war, hatte ich Zeit für die anderen notwendigen Aktivitäten. Es gab eine Fülle von Angelegenheiten, die bedacht werden mussten, das Aussuchen der Urne und viel Schreiberei. Vor allem musste ich mir eine Liste von Namen und Adressen anlegen von Menschen und Institutionen, die benachrichtigt werden mussten. Und ich war immer noch nicht gesund! Meine Lungenentzündung war noch nicht ausgeheilt.

Frieden

Beim nächsten Gespräch mit meiner Schwester teilte ich ihr mit, dass ich in ihrem Sinne entschieden hatte und wann die Beerdigung stattfinden sollte. Ich bat darum, dass ihr Mann, der ja immerhin Pastor gewesen war, den Trauergottesdienst und die Ansprache übernehmen sollte. Ich wollte nicht noch einmal erleben, dass bei der Beisetzung eines lieben, nahen Angehörigen die Ansprache überhaupt nichts mit dem Verstorbenen zu tun hatte und die Person für die Hinterbliebenen darin überhaupt nicht zu erkennen war. Ich wünschte mir eine persönlichere Ansprache, immerhin kannte W. meine Mutter lange, sie hatten sich nahe gestanden und – er hatte die Beerdigung meines Patenonkels auch übernommen.

Von der anderen Seite der Telefonleitung tönte ein entschiedenes „Nein".

Mein Schwager ließ sich nicht umstimmen. Da erklärte ich, dass ich die Aufgabe übernehmen würde, die Ansprache zu halten. Für den Rest würde ich einen Pastor finden. Mein Schwager riet mir von meinem Vorhaben ab. Das wäre nicht gut, wenn ein Angehöriger sprechen würde. Ich wüsste nicht, was ich mir damit antun würde.

Aber wer kannte Mutti besser als ich? Auch wenn diese Aufgabe schwierig zu bewältigen wäre, das würde der letzte Liebesdienst sein, den ich ihr erweisen könnte, ihre Persönlichkeit und ihre Leistungen zu würdigen.

Ganz wohl fühlte ich mich in meiner Haut nicht. Was wäre, wenn W. Recht hatte? Ich müsste es schaffen. Wenn ich in der Vergangenheit für fremde Menschen Ansprachen gehalten hatte, müsste ich es für meine Mutter doch auch können! Ich hatte ja Zeit, die Gedanken in meinem Kopf reifen zu lassen. Und wenn ich den Faden verlor oder mir die Stimme versagte? Wer sollte mir das verübeln?

Am nächsten Tag rief ich den inzwischen pensionierten Pastor an, der lange den Altenkreis betreut hatte, zu dem meine Mutter früher ging.

Ich unterbreitete ihm mein Anliegen, begründete es und er zeigte sich einverstanden. Mutti hatte früher sogar schon einmal zu mir gesagt, dass sie von ihm beerdigt werden wollte, wenn sie mal stürbe. Aber da war der Pastor noch im Dienst. Wir verabredeten einen Termin für seinen Besuch bei mir, ich bekam von ihm die Aufgabe zugeteilt, drei Lieder für die Beerdigung auszusuchen und dann gab es für mich kein Zurück mehr.

Meinem Mann und Sohn verschwieg ich einstweilen mein Vorhaben.

Ich konnte keine weitere Verunsicherung mehr gebrauchen. Fragen stellte ich mir schon selber genug.

Ich formulierte den Text für die Todesanzeige, ich suchte den Blumenschmuck für die Kapelle aus, ich arbeitete eine ganze Liste von Dingen ab, die nach einem Todesfall üblicherweise anfallen. All das lenkte mich tagsüber von meiner Trauer ab, doch spät abends, wenn ich in meinen vier Wänden alleine war, wurde die mir die Unwiederbringlichkeit des verlorenen Lebens schmerzlich bewusst.

Sicher, mein Alltag war leichter geworden, ich war nicht mehr so fremdbestimmt, wie noch vor Wochen, und doch litt ich unter dem Verlust. Immer wieder sagte ich mir, dass ich doch noch etwas geduldiger hätte sein können, etwas zärtlicher, etwas mehr auf sie eingehen können oder müssen. Aber jetzt war ich in einer anderen Situation, ich hätte ohne Sorgen einschlafen können, aber ich schaffte es immer noch nicht ohne Schlaftabletten.

Ich schreckte immer noch nachts hoch, weil ich glaubte, mein Telefon oder meine Haustürklingel gehört zu haben, ja, ich glaubte sogar manchmal, Mutti an meinem Bett stehen zu sehen. Natürlich wusste ich, dass es sich um die Visionen überspannter Nerven handelte, aber Muttis Tod war immer noch nicht in meinem Bewusstsein angekommen. Meinen Tagesablauf gestaltete ich immer noch so, wie ich es viele Jahre, von ihren Alltagsbedürfnissen diktiert, getan hatte.

Ich wartete morgens immer noch im Unterbewusstsein auf ihren Anruf, ging zur gleichen Zeit wie früher aus dem Haus, in ihre Wohnung, aber ich konnte mich nur kurz darin aufhalten. Es roch immer noch darin nach ihr. Ich putzte und saugte, reinigte die Teppiche, rieb an den Blutflecken, brachte ihre Kleidung in Ordnung, um sie zu caritativen Einrichtungen bringen zu können, aber änderte sonst nichts. Nur den Keller leerte ich ganz. In dem war sie in all den Jahren, die sie in ihrer Wohnung gelebt hatte, nicht einmal gewesen. Dieser Bereich war ihrer Putzhilfe und mir vorbehalten, deshalb barg er auch für mich keine Erinnerungen an sie.

Hatte ich mich früher manchmal über ihre Weigerung einmal auch diesen Raum aufzusuchen geärgert, weil ich darin eine gewisse Degradierung von Maria und mir gesehen hatte, dass sie uns diese Arbeiten zuwies, konnte ich heute darüber lächeln. Auf einmal war eine harmlose Marotte, was vorher genervt hatte.

Vielleicht war das ein Versuch von ihr gewesen, eine gewisse Herrschaft über mich zu behalten, während sie schon spürte, dass sie in immer mehr Bereichen von mir abhängig wurde. Ihre Selbständigkeit und Unabhängigkeit war ihr nach über fünfzig Ehejahren, in denen sie in totaler Abhängigkeit von meinem Vater gelebt hatte und dann plötzlich, über Nacht, zu eigenen Entscheidungen und Aktivitäten gezwungen wurde, sehr wichtig und von ihr mit aller Kraft verteidigt worden.

Als mein Vater einmal nach langer Abwesenheit wieder seine gewohnte Rolle als Familienoberhaupt einnehmen wollte, hatte sie damals auch ihre Selbständigkeit und ihr neues Rollenverständnis in der Ehe verteidigt.

Diese Position war auch das Haupthemmnis für sie, in ein Altersheim zu gehen, obschon sie sich sehr gut anpassen konnte und sie auch recht gesellig war.

Sie hatte erlebt, was Fremdbestimmung bedeutet, und zur Hilfe verpflichtet zu sein, bedeutete für sie Abhängigkeit, genauso, wie von anderen Hilfe annehmen zu müssen.

Dabei hat sie über viele Jahre einer alleinstehenden alten Dame aus ihrer Nachbarschaft freiwillig und zuverlässig freundschaftliche Hilfsdienste geleistet. Aber das war ihre eigene Entscheidung gewesen, wurde von ihr nie gefordert, sondern einfach geschenkt und auch von ihr nie als Belastung sondern als natürlicher Ausdruck von Freundschaft betrachtet.

Bei dem avisierten Altenheim in ihrer ehemaligen Nachbarschaft gehörte diese Haltung jedoch zu den Aufnahmevoraussetzungen. Und das hatte sie damals bewogen, den von mir für sie besorgten Platz aufzugeben.

Wenn ich dann in den Abendstunden wieder bei mir angekommen war, setzte ich mich hin und versuchte erste Gedanken und Erinnerungen aufzuschreiben, die geeignet waren, einer Trauergemeinde einen ganz persönlichen Eindruck von dem Leben und der Leistung meiner Mutter zu vermitteln. Allzu viel durfte das nicht sein, und intime Dinge, die auch die Interessen Dritter berühren könnten, wollte ich auch nicht ansprechen.

Aber was war das Besondere an ihr gewesen? Ich konnte nicht anders, ich musste sie in Gedanken mit mir vergleichen. Was unterschied uns?

Mir fiel in allen Lebensabschnitten bei ihr immer eins auf: Ihr ungetrübter Optimismus. Es war nicht so, dass sie uneingeschränkt an ihre eigene Kraft glaubte, sondern viel mehr, dass ihr schon nichts passieren würde. Sie ging davon aus, dass alles gut ausgehen würde. Sie glaubte an ihr Glück. Sie lebte praktisch in dieser Gewissheit. Das gab ihr Kraft. Und sie zögerte kaum, ihre Pläne umzusetzen. Wenn sie eine Möglichkeit gefunden hatte, ein Problem zu lösen, griff sie sofort zu.

Genauso blind und vertrauensvoll, wie sie früher alle Entscheidungen meinem Vater überlassen hatte, ergriff sie selber die Initiative als er zunächst vorübergehend, später für immer, nicht für sie da war. Und sie zweifelte nicht an ihren Ansichten, an der Richtigkeit und Durchführbarkeit ihrer Pläne, und diese Zuversicht übertrug sie auf andere. Sie bettelte nie um Hilfe, man bot sie ihr an und sie zögerte nicht, sie anzunehmen. Auch das war ein Zeichen von Stärke.

Woher kam diese Zuversicht? Sicher nicht aus einer religiösen Motivation.

Die konnte sie allein deshalb nicht ihre Quelle sein, weil ihr Vater, den sie sehr geliebt hatte, schon in jungen Jahren aus der Kirche ausgetreten war und meine Großmutter war in ihrer Ehe immer der zurückhaltende, dienende Partner gewesen.

Das Partnerschaftsverständnis meiner Großmutter hatte sie auf ihre eigene Rolle in ihrer Ehe übertragen, nur - und darin unterschieden sich ihre persönlichen Erfahrungen in ihrer Kindheit und Jugend gravierend von ihrer eigenen Mutter – sie fühlte sich von Anfang an geliebt, von beiden Eltern.

Das war der wesentliche Grund für ihre Ausgeglichenheit, ihre Fröhlichkeit und ihre Zuversicht. Sie war nicht nur an einem Sonntag geboren sondern blieb ihr Leben lang, Dank einer glücklichen Kindheit, ein Sonntagskind. Die Liebe gab ihr die Kraft, auch die schwersten Zeiten zu überstehen. Diese Liebe war ein Geschenk, das sie ohne Zögern angenommen hatte und an ihre Kinder und Enkel weiter gab.

Wie oft hatte mich als junge Frau ihre Naivität, als die ich ihre Zuversicht empfand, genervt und wie gerne hätte ich selber etwas mehr davon gehabt!

Meine ältere Schwester und ich hatten früh gemerkt, dass wir mit Problemen nicht zu ihr kommen konnten. Sie sah keine, es gab für sie keine. Wir hatten deshalb ihre Erziehungskompetenz angezweifelt aber gleichzeitig uns ihr gegenüber verpflichtet gefühlt, für sie zu sorgen, weil wir sie für naiv und gefährdet hielten. Sie schaffte es immer, wahrscheinlich ungewollt und von ihr selber nicht bemerkt, sich als ein schutzbedürftiges Wesen hinzustellen und weckte bei allen Beschützerinstinkte. Gleichzeitig überraschte sie danach vollständig mit unerwarteter Selbständigkeit und Erfolgen.

Diese ausgeglichene Balance war wohl mit einer der Grundsteine für ihre doch verhältnismäßig gute Gesundheit und ihr langes Leben. Ihre Zufriedenheit resultierte daraus und machte allen, auch ihrer Familie und später besonders mir, den Umgang mit ihr und ihre Betreuung leichter.

Sie vertraute uns aus Liebe, weil sie die in ihrer Kindheit erfahren hatte.

Wir, ihre Kinder, würden ihr keinen Schaden zufügen.

Ich musste meinen Großeltern für diese Haltung dankbar sein!

Ein Teil dieser Überlegungen sollte das Gerüst für meine Ansprache bilden, Liebe, erfahrene Liebe, als Kraft für das ganze Leben. Keine religiöse Liebe im Sinne von kirchlicher Glaubenslehre, sondern ganz einfach gelebte Liebe in Beziehungen innerhalb der Familie und Freundschaften. Liebe, über den Tod hinaus.

So war sie, und nicht anders.

Und dieser Haltung fühlte auch ich mich verpflichtet und in ihr geborgen.

Die Wochen bis zur Beerdigung schlichen dahin. Niemand wartete während dieser Zeit auf mich, ich hatte mehr Zeit als je zuvor, fühlte mich aber immer getrieben und voller Unruhe. Auch wenn ich ausreichend aß, nahm ich noch weiter an Gewicht ab. Ich hatte nach Muttis Tod nicht nur Pfunde verloren. Wenn während dieser Zeit sich mein Sohn und mein Neffe aus München nicht immer mitfühlend und gesprächsbereit gezeigt hätten, wären diese Wochen noch schwerer zu überstehen gewesen. Die beiden jungen Männer gaben mir Trost, das Gefühl, nicht alleine zu sein, weil ich wusste und spürte, dass auch sie trauerten. Innerlich schwankte ich noch lange zwischen Zweifeln und dem Gefühl der Sicherheit mit der Übernahme der Ansprache, die richtige Entscheidung getroffen zu haben. Dennoch hoffte ich, dass der Tag der Beisetzung bald überstanden wäre.

Am Morgen des lang erwarteten Tages fuhr ich mit Mann und Sohn zum Friedhof; einen Trauergottesdienst sollte es vor der Beerdigung nicht geben. Ich war froh, viele vertraute Gesichter vor der Einsegnungshalle zu sehen und tauschte manche mitfühlende Umarmung. Meine Mutter hatte viele Freunde und Verwandte gehabt; auch wenn sie die meisten überlebt hatte, waren doch noch viele zur Beerdigung gekommen, auch die Angehörigen ihres Mannes aus der Eifel und Belgien.

Meine Schwester und ihre Familie traf ich vor der Kapelle. Sie ging auf mich zu und umarmte mich, als sei es das Selbstverständlichste von der Welt. Ich konnte es aber nicht verhindern, dass ich unter ihrer Berührung steif wurde. Auch ihre Kinder zeigten sich von Muttis Tod sehr betroffen und traten weinend auf mich zu. Das war das letzte Mal, dass ich sie seit Jahren gesehen habe. Nur der Sohn meiner verstorbenen Schwester, war noch zweimal bei mir in W. und hielt auch sonst unsere Verbindung durch Telefonate lebendig, und auch ich habe ihn einmal in München besucht.

Als ich die Blumen geschmückte Urne in der Kapelle stehen sah, bedurfte es all meiner Beherrschung, um nicht die Fassung zu verlieren.

Das war alles, was von meiner Mutter geblieben sein sollte? Die kleine Urne stand trotz eines dekorativen Blumenschmucks so einsam und verlassen auf der Säule.

Der Pastor begann mit seinen rituellen Gebeten und Handlungen. Gleich sollte ich sprechen. Mir klopfte nun doch das Herz bis zum Hals. Nachdem ich die ersten Sätze gesprochen hatte, trug mich das Bedürfnis, das Wissen um das, was ich sagen wollte, durch den Rest der Ansprache. Ich wollte meine Mutter, schildern, wie sie gelebt hatte. Dazu gehörte das Schildern von liebenswerten Schwächen, aber auch das Beschreiben des Mutes, sich neuen Herausforderungen zu stellen.

Am Ende meiner Rede versagte mir dann doch die Stimme. Aber ich hatte gesagt, was mir wichtig war.

Die folgende Urnenbeisetzung vermittelte mir nicht das Gefühl eines richtigen Abschiednehmens. Das setzte später ein, als ich ihren Haushalt auflöste und mir so viele Erinnerungsstücke in die Hand fielen. Fast jedes hatte eine Geschichte und ich konnte mich von keinem trennen.

Ich hätte Unterstützung gebraucht für diesen Prozess und konnte immer nach einer Stunde nicht mehr weiter machen mit Ordnen und Einpacken.

Am schlimmsten war es, die Fotos zu betrachten, die mir in die Hand fielen: Mutti als Kind, als junge Frau, als stolze Mutter, als attraktive Ehefrau, Fotos, die sie gemeinsam mit meinem Vater zeigten, bei Familienfeiern, als ältere Dame, als Greisin, immer gepflegt und gut angezogen, meist gut gestimmt. Ein langes, erfülltes Leben, so viel Fleiß, Freude, Liebe, Tapferkeit.

Und das alles vorbei!

Und ich sah mich selber an ihrer Seite, auch in fortschreitenden und wechselnden Rollen. Die letzte würde ich ohne sie spielen.

Jetzt war ich wirklich allein.

Die Mitbewohner des Hauses, in dem Mutti die letzten Jahre gewohnt hatte, sprachen mich an und fragten, was ich mit der Wohnung machen würde. Verkaufen? Vermieten? Ich konnte mir nicht vorstellen, dass jemand anders darin leben würde. Sie war über so viele Jahre nicht nur Muttis sondern – wie ich jetzt merkte – auch zu meinem Zuhause geworden.

Ob ich vielleicht selber dort einziehen wollte? Das wäre ihnen am liebsten.

Ich machte mich mit dem Gedanken vertraut, freundete mich damit an.

Es sprach einiges dafür, die Lage, die Ausstattung und vor allem, ich hatte guten Kontakt zur Hausgemeinschaft. Es gab dort Menschen, die meine Mutter gekannt hatten und die auch mir nicht fremd waren.

Nach einem halben Jahr zog ich ein, Weihnachten verbrachte ich schon in u n s e r e r Wohnung. Hier war ich ihr nahe, näher als auf dem Friedhof, auch wenn ich mich langsam an ihr Grab gewöhnte.

Muttis Foto hängt in meinem Schlafzimmer und guckt mich an, wenn ich morgens aufstehe und wenn ich abends ins Bett gehe. Ich spreche manchmal mit ihr. Auch die Fotos meiner anderen verstorbenen Lieben hängen dort.

Die Fotos meiner Enkel schmücken mein Wohnzimmer, und natürlich das meines verstorbenen Sohnes. Er ist immer bei mir.

Seit einiger Zeit höre ich nicht mehr nachts das Telefon klingeln; warum sollte sie mich anrufen, ich bin doch da! Ich sehe Mutti auch nicht mehr als Schatten neben meinem Bett stehen. Ich träume jetzt manchmal von ihr, so wie ich auch seit einiger Zeit wieder von meinen anderen Lieben träume, und es sind keine Albträume. Ich bin innerlich zur Ruhe gekommen.

Vor einigen Wochen ging m e i n e Waschmaschine, genauer gesagt, die ich von Mutti übernommen hatte, kaputt und war nicht mehr zu reparieren.

Ein Nachbar meines Sohnes nahm die alte mit, um sie zu verwerten. Als ich die Stelle im Badezimmer, wo sie gestanden hatte, sauber machte, fand ich auf dem Boden drei Tabletten, Muttis Entwässerungstabletten, die ich ihr jeden Abend in eine Plastikschale gelegt und auf die alte Maschine gestellt hatte, da sie diese Tabletten morgens früh direkt nach dem Aufwachen mit einem Glas Wasser einnehmen sollte. Lange Zeit war es nur eine Tablette gewesen, aber als die Wasseransammlung in ihren Beinen immer schlimmer wurde, hatte der Hausarzt eine zusätzliche verordnet. Sie lagen einfach da - auf dem Boden.

So seltsam das klingen mag, ich war erleichtert. Hatte ich es doch nicht vergessen, sie Mutti zurechtzulegen!

Mutti hatte mich nämlich zweimal morgens vorwurfsvoll begrüßt, ich hätte versäumt, abends an ihre Entwässerungstabletten zu denken. Ich meinte zwar, dass ich diese Routinehandlung wie immer erledigt hatte, war aber nicht sicher. Auch ich konnte mal etwas vergessen. Nur hatte mich seitdem die Angst geplagt, vielleicht doch mit ihrer Betreuung überfordert, am Ende gar für die Verschlechterung ihres gesundheitlichen Zustandes verantwortlich zu sein und ich hatte mich mit diesen Gedanken immer und immer wieder gequält und sehr verunsichert gefühlt. Zwar hatte ich sie gefragt, ob ihr die Tabletten vielleicht hingefallen sein könnten, aber das hatte sie empört verneint.

S i e doch nicht. Nein, es wäre mein Versäumnis.

Damals hatte ich auch schon den Boden nach den Tabletten mit der Taschenlampe abgesucht, aber die kleinen Tabletten nicht gefunden. Sollte ich sie wirklich vergessen haben? Hoffentlich hatte das keine schlimmen Folgen für Mutti! Ich passte damals noch mehr auf, kontrollierte mich noch mehr als sonst, und ging jeden Abend mit einer gewissen Unruhe ins Bett. Ich hatte mich vielmals bei ihr entschuldigt für mein Versäumnis.

Beim zweiten Vorkommnis dieser Art war meine Bestürzung noch größer. Baute ich jetzt mental ab, war ich nicht mehr zuverlässig?

Nun fand sich eine Erklärung für die verschwundenen Tabletten. Aber warum hatte sie mich im Glauben an meinen Fehler gelassen? Hatte sie sich selber nicht mehr daran erinnern können, dass ihr die Tabletten hingefallen waren oder hatte sie keinen eigenen Fehler eingestehen wollen?

Sie konnte die Fragen jetzt nicht mehr beantworten und es war eigentlich auch unerheb-

lich. Nur fragte ich mich, ob dieses „Nichteinge-
stehenwollen" vielleicht auch ein Zeichen von
Demenz war. Oder gehörte es zu ihrem Wesen?
Ich glaube nicht, dass sie mich bewusst ärgern
oder belasten wollte. Aber es hatte mich damals
belastet.

Meine neue Waschmaschine hat inzwischen
zuverlässig ihren Dienst aufgenommen und trotz
der zusätzlichen Kosten, die mit der Anschaffung
verbunden waren, bin ich froh darüber, dass die
alte ihren Geist aufgekündigt hat. Sie hat
dadurch einige meiner Selbstzweifel beruhigt.

Dennoch lebe ich in dem Bewusstsein, dass
ich nicht immer alles richtig gemacht habe in der
Behandlung und Betreuung meiner Mutter.

Sicher war ich manchmal ungeduldig, auch
wenn ich meistens versucht habe, es ihr nicht zu
zeigen. Aber ich habe mich bemüht, ihr ihre
Selbständigkeit, ihre Würde und ihre gewohnte
Umgebung so lange wie möglich zu erhalten,
auch wenn ich ihr nicht alles Leid und manchmal
auch gewissen Ärger nicht ersparen konnte.

Aber ich habe sie geliebt. Ich habe mein Versprechen ihr gegenüber gehalten, sie musste
nicht ins Heim, sie konnte ihre Tage in Selbstbestimmung leben.

Auch wenn der Preis dafür manchmal hoch
war; dieses gute Gefühl bleibt.